윈드벨, 기억의 문을 열면

윈드벨, 기억의 문을 열면

김신우 소설집

강

차 례

이사

"이번 선거가 얼마나 중요한지 당신도 알고 있겠지만, 우린 지금 무조건 가야 되는 상황이야. 한 표라도 보태는 심정으로 가주면 안 될까. 다른 주소지에서 투표한다는 것도 우스운 일이고 윤 의원 쪽에서 부탁하기 전에 우리가 먼저 자발적으로 움직여주면 얼마나 든든하겠냐."

이사만 가면 만사가 순조롭게 풀릴 것처럼 장담하던 영호의 태도가 압박 수위를 높여가면서 미진과 티격태격 다투는 일도 늘어갔다. 단순히 주소지 변경의 문제가 아니었다. 충성심 내지는 소속감 차원의 정체성을 묻는 의도여서 미진은 심리적인 부담에 시달리지 않을 수 없었다. 육아를 핑계로 경제적 수단도, 연장하려던 학업도 모두 내려놓은 상태라 이사를 안 가겠다고 버틸 명분이 없었다. 하지만 잠시 휴업 중인 자신의 처지를 몰아세워 번갯불에 어쩌고 하는 식으로 이사 가자는 주장에 찬성할 수 없었고 기회비용 면에서 볼 때도 흔쾌히 동의할 수 있는 문제가 아니었다. 마지못해 끌려가는 소의 심정이 꼭 이러할 것 같았다. 정치집단의 계파에 줄을 서기 위해 지역에 몸을 던지는 것이라면 영호가 김칫국을 먹어도 단단히 먹은 게 아닐까 미진은 생각했다.

"자기가 무슨 십자군이라도 되는 줄 아나 봐."

생각할 시간을 벌고자 무심코 던진 한마디에 영호가 눈에 불을 켜고 달려들었다.

"십자군이 아니라 십자가를 짊어지고 뛰어들어도 모자랄 판이라고! 당신이 미적미적 한 발 물러선 것처럼 구니까 선임 보좌관 체면에 내가 민망해서 사모 얼굴을 볼 수가 없어. 이번 기회에 같은 지역 사람이구나 하는 믿음을 심어줘야 한다니까!"

"출퇴근 거리는 어쩌려고. 여의도에서 일하고 집에 오면 오밤중 되겠네."

"그래봐야 삼사십 분 차이야. 같이 살 비비고 살자는 거지. 지역구 물려받으려면 별수 있나. 왜 그런 거 있잖아. 이런들 어떠하리 저런들 어떠하리 같은 거 말이야."

"가족끼리도 살 비비고 안 사는 세상인데 그것 참 난감한 일이네. 그리고 나도 내 일이라는 게 있는데 그렇게 동선이 멀어지면 곤란하잖아? 시조 같은 소리 하고 있네, 진짜."

영호는, 도대체 네가 요즘 하는 일이 뭔데, 미진을 향해 정곡을 찌르려던 것을 꾹 참고 가까스로 입을 다물었다.

미진 역시 영호가 입을 쩝 다무는 모양만 보고도 그가 내뱉고 싶어 하는 근질근질한 주제가 무엇인지 알았기에 영호를 독을 품은 눈으로 흘겨보았다. 이제 좀 한숨 돌리고 일을 손에 잡아보려나 싶은 때를 기가 막히게 알아채고 갈등의 씨앗을 물어 오는 영호가 정말로 콱 물어버리고 싶을 만큼 미웠다.

그러거나 말거나 영호는 또 어떻게든 미진을 설득해 이사 문제를 해결해야만 했다. 하루라도 빨리 윤 의원의 지역구에 내려가 뿌리를 내리고 살지 않으면 자신이 뿌리 뽑혀져 버려질 것 같은 위기감을 느끼고 있었기 때문이었다.

영호와 미진이 서로를 잡아먹지 못해 안달인 게 벌써 여러 날이었다.

영호가 여의도 국회의원 사무실에 근무하는 동안 지역구 사무실에서는 심상치 않은 기류가 흐르고 있었다. 새로운 비서관을 비공개로 채용할 거라는 말이 돌기 시작했고 지역 예산이나 의정 활동 영역을 입법 현안과 분리시켜 지역 쪽에 더 많은 힘을 실어주도록 조직을 개편할 거라는 소문이 그 뒤를 따랐다. 중앙과 지역의 일을 효율적으로 분리시킨다는 취지였지만 편 가르기를 촉발시키기 딱 좋은 구도였다. 윤 의원이 이미 기초단체장들과 긴밀히 움직이고 있다는 신호 같기도 했다. 영호는 의원실의 총책인 자신이 그런 민감한 사안들로부터 배제된 채 사모의 측근들로부터 풍문처럼 정보를 주워듣게 되는 상황이 몹시도 마음에 걸렸다. 윤 의원이 지역의 특정한 인맥들에 흔들리기 시작하면 자신의 동아줄이 과연 안전할지 장담할 수 없었다. 윤 의원의 재선을 기필코 성공시켜보리라는 야심찬 기대가 졸지에 허탈한 백일몽이 돼버린 기분이었다.

국회 사무실의 선거캠프 인력을 축소하고 인턴들로만 교체하라는 지시를 받은 것도 유감스러웠다. 경험 부족인 인턴들을 데리고 움직이는 게 팀의 순발력을 떨어트릴 수밖에 없었으며 무엇보다 영호는 중앙에서 어정쩡하게 뛰고 있는 자신의 포지션에서 불안함을 떨칠 수 없었다. 이 일이 이게 아닌데, 하는 생각이 자꾸만 조바심을 갖게 했다. 비서관 자리가 공석으로 있는 것도 아니고 굳이 한 사람을 더 투입시킨다면 선거를 치른 후에 인사를 이동하는 편이 바람직했다. 자신이 윤 의원에게 신임을 잃었거나 후계자로서의 가치가 떨어진 게 아닐까, 영호는 이제껏 돌고 돌아 올라온 자리 밑에 커다란 구멍이 뚫려 있는 것같이 위태로운 기분에 휩싸였다.

"……그러니까 결론은 이사를 가야 된다는 거야. 일단 그쪽 동네로 이사를 가서 자연스럽게 사모 옆에만 따라다니면 돼. 당신이 마이크 들고 다니면서 선거운동 나서라는 게 아니잖아. 가만히 사모 옆에서 자리만 지키고 있어도 인정받을 수 있다니까. 책상하고 컴퓨터만 있으면 당신은 어디서든 글은 쓸 수 있잖아."

그러나 영호가 하는 말은 미진에게 지구를 떠나서 글을 쓰라는 말처럼 들렸고 그런 미진은 상실감에 부르르 떨었다. 미진은 책상과 컴퓨터 근처에 가본 게 언제인지 기억조차 가물가물했으나 그래도 이렇게 미련 없이 이사를 가도 되는 것인지 걱정이 앞섰다. 자신 앞에 닥친 시련이 한 장의 투표용지만도 못한 것인가 분노가 끓어올랐다. 허나 밥줄과 이어진 생계 앞에서 그런 궁상이 다 무슨 소용일까도 싶었다.

아쉬움이 남는 신혼집 동네였다. 널찍한 방 두 칸에 거실 겸 작은 부엌이 달린 신혼집을 전세로 구해놓고 몇 날 며칠 설레어 잠이 오지 않던 때가 엊그제 같았다. 5층까지 계단으로 오르내려야 했는데도 드디어 월세를 탈출한 기쁨에 입이 다물어지지 않았더랬다. 출판사가 소소히 자리 잡았던 동네를 산책할 때면 등에 젖먹이를 업고 있어도 마냥 꿈에 부풀어 있었는데 느닷없이 이사라니.

미진은 끝내 실연한 여자처럼 흑흑 울었다. 이곳은 나의 첫사랑이야. 이럴 순 없다고. 영호야 이 나쁜 자식아 내 사랑을 돌려줘라. 눈이 퉁퉁 붓도록 울었던 건데 그런 줄 모르고 아직도 출산 후 부기가 덜 빠져 얼굴이 부었다고 눈치 없이 말하는 영호가 원망스러워 미진은 속으로 가슴을 쳤다. 정확히는 영호가 원망스러운 게 아니라 그런 영호 옆에서 가슴을 치고 있는 자신의 처지가 원망스러운 거였다. 어차피 그게 그거겠지만. 속으로 가슴을 쳤는데 젖이 불어 진짜로 가슴이 아팠다. 아, 나 정말 살고 싶지가 않다, 아가야. 맛있게 젖을 먹고 있는 아기한테 할 소리는 아니었지만 영혼 없는 영호보다 차라리 아기가 듣고 알아먹기가 쉬울 것 같았다.

주머니 사정으로야 소형 아파트 전세를 대출 없이 들어갈 수 있는 조건이라면 당장은 좋겠지만 나중에 서울과의 집값 차이를 좁히기가 쉽지 않아 눌러살게 될지도 몰랐다. 미진이 이사에 대해 부정적으로 말할 때마다 영호는, 원래 시골 출신인 사람이 수도 서울에 무슨 애착이 그리 많은 거냐고 핀잔 아닌 핀잔을 주었다. 집값은 말할 것도 없고 교육비며 먹고 입고 마시는 모든 물가가 비싼 곳에서 애 키우는 게 꼭 정답은 아니다, 차 막히지 공기 나쁘지, 애 데리고 나가서 놀아줄 생태체험지가 있느냐, 외곽으로 조금만 나가면 녹지가 지천이요, 고속도로가 사통팔달로 뚫려 있다 등등. 영호는 아예 다시는 살던 곳으로 돌아오지 않을 사람처럼 이사 갈 동네에 대해 예찬론을 펼쳐놓았다.

갓난쟁이 은서에게 공기 좋은 곳에서 살게 하는 것이 나쁜 것은 아니었다. 하지만 서울에서 원룸을 전전하며 학교를 졸업하고 직업을 갖기 위해 버티고 자리 잡은 시간들이 아까운 건 어쩔 수 없었다. 아직 아무것도 해놓은 게 없는데 닦아놓은 시간들을 생략하고 혈혈단신 뚝 떨어져 책상과 컴퓨터만 놓고 글을 쓰라는 거였다. 은서의 옹알이보다도 못한 영호의 말을 들어주고 싶지가 않았다.

"주말부부 하면 왜 안 되는데? 어차피 집에도 잘 안 들어오면서 우리가 꼭 이사를 가야만 할까? 나 다음 학기에 원서 넣어보려고 하는데……"

"여태 설명하니까 너 진짜 귓구멍이 막혔냐! 이미지가 중요하다고 몇 번을 말해! 지역의 후계자 자리가 무슨 주말농장 고구마 캐고 오는 건 줄 아냐고!"

영호가 소리를 꽥 지르자 미진도 잡아먹을 듯 영호를 노려보았다.

"당신이야말로 무슨 드라마 찍어? 후계자니 뭐니 그런 게 우리한테 가당키나 해!"

영호 역시 한 발짝도 물러나지 않고 인신공격을 퍼부었다.

"그래! 드라마라도 좀 보고 배워라. 다른 여자들이 어떻게 하는지. 간식에 야식에 도시락 겹겹이 싸 들고 찾아오는 건 기본이고 선물이며 기념일 챙기는 센스는 또 어떤데. 그것도 못 하겠으면 사모한테 수시로 안부 전화라도 하든가."

"기가 막혀. 여기가 무슨 군대 조직이야?"

"먹고사는 일에 상명하복 운운하고 그래. 특히 홍 비서 누나한테 잘하라고 했어 안 했어. 사모 입이 곧 홍 비서 입이라고 했는데 아직도 딱딱하게 홍 비서님, 홍 비서님. 당신이 그렇게 도도한 여자야? 의원님 대담집 펴내는 일이라도 거들라고 했더니 애 핑계로 숨어버리고. 도대체 뭐 하자는 거야!"

윤 의원의 재선 도전을 앞두고 하루가 다르게 미진의 결혼 생활은 최대의 위기를 맞고 있었다. 미진은 이토록 슬픈 선거는 처음이었다. 선거가 뭐라고 이렇게 가슴이 아파야 하나. 윤 의원의 지난 선거 때는 마치 영호 자신이 선거에 패배할까 안달복달 좌불안석 인생 끝날 것처럼 굴기에 미진은 결혼이고 뭐고 치사해서 다 그만두려 했었다. 그때도 영호가 결혼을 인절미 콩고물만치도 중요히 안 여기더니 이제는 미진의 '책상과 컴퓨터'를 투표용지 쪼가리보다도 귀히 여기지 않는다고 생각하자 미진은 코를 골며 자고 있는 영호의 코를 비틀어버리고 싶었다. 돌아오는 선거 때마다 영호가 미진의 인생에 어떤 훼방을 놓을지 알 수 없었다. 미진의 인생에 중요한 전환점마다 찾아오는 선거, 영호의 괴롭힘, 영호의 구원투수 홍비서, 시시콜콜 참견하는 그녀의 배려, 친절해서 짜증 나는 목소리, 더듬이같이 늘어뜨린 헤어스타일……

미진은 이사가 아닌 이혼을 해야 하는 것이 아닐까 심각한 회의감에 빠졌다. 미진의 인생이야 개똥같이 굴러가든 말든 선거만 이기면 그만이다 이건가. 막상 이사까지 갔는데 윤 의

원이 선거에서 지면 어떻게 되는 것일까. 떨어졌다고 다시 이사를 오는 것도 배신자 같고. 윤 의원의 와이프인 금 사모 뒤를 오종종 따라다니는 것은 도저히 자신이 없었다. 웃을 때마다 입속에서 홍홍, 소리가 굴러다니는 홍 비서의 웃음소리에 언제까지 손뼉을 쳐주고 있어야 하는가. 미진이 보기에 그녀는 에너지음료로 과도하게 충전된 사람 같았다.

"그 여자는 갓난아기도 아니고 웃을 때 왜 옹알이를 해?"

미진이 홍 비서에 대한 불편함을 영호에게 털어놓을 때마다 영호는 '누나'라는 호칭을 써가며 홍 비서를 두둔하고 나섰다.

"그 여자라니. 홍 비서 누나가 얼마나 좋은 분인데. 사람이 너무 순수해서 소녀 같은 감수성이 있는 것뿐이지 악한 데는 없어."

"누나라는 말 좀 쓰지 마. 직원들끼리 누나는 무슨 누나야."

순수한 사람이 때론 사람을 잡는다고 미진은 홍 비서 때문에 뒤로 넘어갈 뻔했던 일이 한두 번이 아니었다. 남들이 시집살이를 빗대 '시월드'라 말할 때 미진은 홍 비서에게 '비서월드'를 당해야 했다. 그녀는 대개 친절과 배려를 가장하여 타인의 일상에 지나치게 간섭하거나 지적하고 나서는 경향이 있었다.

윤 의원이 선거법 위반으로 재판이 진행 중일 때 미진은 혼자 산부인과를 다녔다. 당선이 무효가 되느냐 마느냐를 놓고 노심초사였던 영호는 마침 국정감사 기간의 과중한 업무를 이유로 밖에서 살다시피 했다.

"홍 누님이랑 같이 병원에 다니지그래. 누나가 당신 안쓰럽다고 동행해준다는데."

영호는 엎어지면 코 닿을 거리에서도 집에 못 들어오고 전화질만 해댔다. 똑같은 안부를 반복하는 전화도 곧 싫증이 나서 미진은 전화기를 부수고 싶던 참이었다.

"친정 언니도 아니고 내가 왜 그 여자랑 같이 산부인과를 다녀? 됐으니까 차라리 신경을 쓰지 마."

미진이 질겁하며 말을 끊기도 전에 영호의 폰에서 홍 비서의 목소리가 홍홍거리며 울렸다.

"우리 미진이 어떡해? 남편 뺏겨서. 우린 자기 남편이랑 살다시피 하는데 미진이 혼자만 힘들겠다. 보좌관님 걱정은 하지 마. 속옷이랑 셔츠도 여기 다 있어. 언니가 먹이고 입히고 재우고 알아서 하고 있으니까 미진이 너는 신경 쓰지 말고 몸 풀 걱정이나 하고 있어."

뭘 어떻게 알아서 하겠다는 것인지 모르겠지만 홍 비서의 오글거리는 말투는 간도 쓸개도 빼줄 것처럼 살살 녹았다. 설탕도 너무 달면 화학조미료처럼 느껴질 때가 있는 법이다.

"네네. 옆에서 챙겨주시니 제가 오히려 고맙죠."

미진은 맹목적인 감사함과 충만함 뒤에서 공허하게 웃었

다. 점점 더 멀어지는 책상과 컴퓨터를 그리워하며 그것들을 언젠가는 되찾으리라 칼을 갈기도 했으나 화학덩어리 같은 홍 비서에게 그따위 칼날이 먹혀들지는 않았다.

홍 비서의 '비서월드'는 계속되었고 양수가 터지던 날, 윤 의원에게 약식 벌금형이 선고되었다. 의원직 유지가 가능해지자 영호가 쓰러질 듯 찾아와 안도하며 잠을 잔 곳은 산부인과 병실이었다. 모르는 사람들은 영호가 진통을 지켜보다 탈진한 줄 알았지만 사실은 미진이 얼마 못 먹고 남긴 미역국까지 싹싹 긁어 먹고는 포만감에 잠든 것이었다. 미진은 그런 영호의 목을 순간 조르고 싶은 충동을 느꼈다.

새벽에 분만을 하고 몇 시간쯤 겨우 자고 일어났을 때 이른 아침부터 홍 비서가 직원들을 데리고 기습하듯 병문안을 왔다. 미진이 축구공처럼 부어 있는 얼굴과 환자복에 묻어 있는 모유와 분비물 따위를 감출 겨를도 없이 홍 비서가 미진의 배를 보고 깜짝 놀라며 외쳤다.

"어머머, 미진아! 어떻게 배가 하나도 안 들어갔니? 나는 삽으로 떠낸 것처럼 바로 쏙 들어가던데. 어머 애, 아직도 애 안 낳은 거같이 불러 있다!"

그러자 함께 온 직원들이 일제히 미진의 배를 쳐다보았다.

"정말이네요. 신기하다."

인턴 여직원이 눈을 동그랗게 뜨고 쳐다보자 미진은 얼른 이불로 배를 가렸다. 홍 비서가 홍홍 웃었다.

"나는 만삭 때도 너무 말라서 임부복 따로 안 사 입었잖아. 뒤에서 보면 진짜 여대생인 줄 알고 사람들이 학생, 하고 불렀다니까. 연년생으로 애 낳고도 배가 하나도 안 튼 거 있지."

미진은 속에서 불이 뿜어져 나오는 것을 간신히 참으며 물개처럼 홍홍, 따라 웃었다.

'간신, 역적 같은 것들. 내 책상과 컴퓨터만 손에 쥐면 너희들을 살생부에 올리고 말 것이다.'

이참에 미진의 민낯을 까발리겠다는 듯 홍 비서의 기세 역시 만만치 않았다.

"어머, 미진아, 이 기미 좀 봐. 어떡하면 좋아. 임신했을 때 생긴 건 안 없어지는데."

그러자 또 모두들 축구공처럼 부은 미진의 얼굴을 쳐다보았다. 미진은 전혀 아무렇지 않은 얼굴로 계속해서 홍홍 웃었다. 웃을 때 자기 얼굴이 늙은 호박 같다는 생각을 하며, 옆에서 헤벌쭉 따라 웃는 영호의 입을 찢고 싶은 충동을 누르며, 속없이 헤헤 웃었다.

영호와 미진의 이사 문제에 종지부를 찍어준 것은 집주인이었다.

집주인은 애초에 재계약을 할 것처럼 구두로 주고받았던 말들을 없던 것으로 하더니 자기의 친정 오빠가 들어와 살기로 했다고, 잘된 일처럼 얘기했다.

미술학원이 즐비한 그 골목에도 불황이 오래인지라 임대료가 비싼 상가의 학원을 정리해 미진 부부가 살던 빌라로 옮길 계획이라고 했다. 집주인은 전세금 걱정은 하지 않아도 된다고 했다. 언제든 원하는 날짜에 보증금을 빼줄 것이며 이사 비용 역시 보상하겠다고 했다. 듣기에 따라서는 돈 줄 테니어서 빨리 나가달라고 부탁하는 것처럼도 들렸다.

미진은 부랴부랴 복덕방에 매물을 뒤지고 다녔으나 종적을 감춘 전세와 숨바꼭질하는 일이 쉽지 않았다. 마음에 든다 싶은 집은 월세밖에 없었다. 전세 대출에 필요한 은행 동의서도 집주인들이 달가워하지 않는 분위기였고 그 틈을 타 영호의 압박은 절규에 가까워졌다. 미진이 대책 없이 아이를 가졌으니 미진 역시 영호의 인생에 책임을 져야 할 판이었다. 자신이 마음 한 번 달리 먹으면 영호의 앞날이 보장되며 빚에 허덕인 채 집을 찾아 헤매고 다니는 일은 면할 수 있으리라는 실낱같은 희망을 가져보기로 했다. 미완성으로 남아 있는 책상과 컴퓨터의 권리를 부르짖으며 한 남자의 '정치인생'을 끝내버리는 잔인한 짓은 하지 않겠다고 타협을 했다.

이삿짐을 싸는 아침부터 눈이 펑펑 쏟아지기 시작했다. 짐을 꾸리던 이삿짐센터 기사들이 욕하는 소리가 간간이 들려왔다. 사다리차 기사하고 서로 싸우는 것 같기도 하고 큰 소리로 욕을 하며 농담을 주고받는 것 같기도 했다. 그들이 화장실 타일에 침을 뱉고 변기에 담배꽁초를 버리는 것까지 보다가 미진은 추위에 떨며 차 안으로 들어왔다. 친절과 봉사를 약속하는 포장이사라고 명함에 강조한 것과는 대비되는 모습들이었다.

미진은 이삿짐센터의 태도에 실망하며 영호 쪽을 바라보았다. 숙취가 덜 풀린 몰골로 차 안에서 자고 있는 영호의 얼굴을 보는 것은 더욱 실망스러웠다. 이사 가는 날 새벽까지 송년회를 한 일당들을 용달차에 실어 어딘가로 보내고 싶은 마음이 새해 소망처럼 간절하게 미진의 마음에 생겨났다. 가장 먼저 트럭에 오를 홍 비서와 인턴 여직원의 얼굴을 미진은 흐뭇하게 떠올려보았다. 홍홍, 손을 흔들고 떠나가는 상상을 하며 정작 미진 본인이 서울의 도심을 빠져나가고 있었다.

"저기, 알지? 윤 의원님 지역구 사무실. 몇 번 가봤잖아. 지나가는 길에 얼굴이라도 비추고 가야겠다."

품에 안겨 곤히 자고 있는 은서가 깰까 봐 숨소리를 죽이고 있는 미진이 선뜻 대꾸하지 못하고 주춤하는 사이 영호는 쏜살같이 갓길에 차를 대놓고 사무실로 성큼성큼 올라가고 있었다. 잠시 정차해놓고 올라간 영호가 금방 내려올 줄 알고 차에 앉아 있던 미진은 잠든 은서의 등을 토닥이고 있었다.

누군가 차창을 두드리는 소리에 고개를 들어보니 금 사모가 서 있었다. 근방의 유치원 연합회 회장을 몇 차례 맡았고 복지관이며 장학회며 기념사업회 등 그녀의 손길이 미치지 않는 곳이 없을 만큼 지역에서 막강한 영향력을 행사하고 있는 인물이었다. 영호와 윤 의원의 동문회 모임 시절부터 영호가 줄곧 형수님이라 부르며 따랐던 터라 금 사모와 미진이 서로 낯선 사이는 아니었지만 형수님이 사모님이 되고부터는 어딘가 어려운 면도 없지 않았다.

생글생글 웃고 있는 금 사모와 눈이 마주치자 화들짝 놀란 미진이 창문을 내리고 경황없는 인사를 했다. 그사이 지역에서 일손을 돕는 당원들이 금 사모 뒤를 빙 둘러싸고 있었다.

"남편은 팥죽 나르고 있는데 부인은 차 안에서 뭐 하고 있어? 바늘 가는데 실이 안 따라오고."

장난기 가득한 목소리가 불쑥 튀어나오자 왁자지껄한 웃음소리가 그 뒤를 따랐다. 자다가 놀란 은서가 울음보를 터뜨리며 미진의 품으로 파고들었고 미진도 죄짓다 들킨 것처럼 차에서 부랴부랴 튀어나와 깔깔깔 또 속없이 웃었다.

낯선 곳에서 웅크리고 깨어난 은서가 쉽사리 경계심을 풀지 못하고 미진의 몸에 코알라처럼 매달려 있는 통에 미진은 서커스 같은 몸짓으로 팥죽을 날랐다. 동짓날 경로당 행사 뒤풀이로 사무실에서 남은 팥죽을 먹던 영호는 어느새 이사는 안중에도 없고 팥죽 뒤편에서 벌이는 윷판에 껴 있었다.

이삿짐 차가 도착했다고 기사가 신경질적으로 전화를 끊어버리자 미진은 입천장을 데어가며 먹던 팥죽을 급하게 먹어 치우고 일어섰다. 사무실을 나가려는데 금 사모가 힐끗 미진을 쳐다보며 물었다.

"벌써 가려구?"

"이삿짐 때문에 저라도 먼저 가야 할 것 같아서요."

"요즘엔 다 알아서 해주지 않나? 가봤자 할 일도 없을 텐데."

"홍홍. 그렇긴 하네요."

"그래도 뭐. 가보긴 해야겠지. 잠깐, 진주 엄마 좀 보고 가."

"진, 누구 엄마요?"

윷판에서 튀어나온 함성 때문에 금 사모의 말을 얼른 알아 듣지 못한 미진이 귀에다 손을 갖다 대고 물었다.

그때 설거지를 하다 나온 키 큰 여자가 고무장갑을 벗으며 미진에게 인사를 했다. 늘씬한 키에 까만 눈동자가 자꾸만 시선을 끌게 하는 인상이었다.

"이번에 우리 팀에 새로 합류하신 김 비서관님 와이프. 이분들도 며칠 전에 이사를 왔어. 고맙게도 선거 전에 굳이 이사를 오겠다는 바람에. 혹시 못 들었어? 은서 아빠가 아직 말 안 했구나. 우리 의원실에 새 식구 들어왔잖아. 진주 엄마랑 자기랑 나이도 비슷할걸? 아닌가? 진주 엄마가 한 살 어린가?"

팥죽을 먹던 무리 중 누군가 큰 소리로 농담을 던졌다.

"영호 보좌관 마나님 긴장 좀 해야겠다!"

왁자지껄 또 한바탕 웃음소리가 터져 나왔다.

사무실을 나와 이사 갈 집으로 향하던 미진은 팥죽이 얹힌 것처럼 속이 편치 않았다. 걸쭉하고 개운치 않은 예감이 어디에서 오는지 알 수 없었다. 미진은 뭔가 초조한 기분에 시달렸다. 뭐지, 이 느낌? 복선이 있는데 이거? 그건 어쩌면 '토끼발' 같은 것인지도 몰라. 「미션 임파서블」 시리즈에 나오는 토끼발 말이야. 영화가 끝날 때까지 토끼발이 대체 무엇인지 분명하게 알려주지는 않지만 토끼발 때문에 톰 크루즈가 계속 악당과 싸우고 쫓고 쫓기잖아.

미진은 금 사모가 분명 토끼발 같은 뭔가를 손에 쥐고 있는 게 틀림없다고 생각했다. 정작 초조해해야 할 당사자는 재선을 준비 중인 금 사모 쪽이어야 했다. 초선을 준비할 때는 애끓는 심정으로 잠도 못 자고 밥도 못 먹더니 재선이라 그런지 분위기가 사뭇 여유 있어 보였다. 눈치 없는 영호 혼자서만 결사항전하며 선거캠프 운운했던 걸까. 그도 아니면 전세난을 미끼로 영호가 미진을 귀양살이라도 시키려 했나. 미진이 글 쓴답시고 가산을 탕진한 것도 아닌데 왜 자신을 유배지로 끌고 온 걸까. 미진은 머릿속으로 별별 생각들이 뒤죽박죽 떠올랐다.

더욱이 진주 엄마, 뭔가 노련해 보이는 그 여자에 비해 미진은 허술한 재래식 농기구를 들고 있는 것같이 모양 빠지는 기분이었다. 모 의원실에서 비서로 줄곧 일했다는 것도 정치쪽에 문외한인 미진을 주눅 들게 했다. 미진보다 키라도 작거나 뚱뚱했더라면 좋았을 텐데. 피부도 탱탱한 것 같고. 미진은 유치한 감상에 젖어드는 자신이 이미 불리한 판세에 있다고 느껴 얼굴이 화끈거렸다.

이삿짐 기사들은 제멋대로 구색을 맞춰 짐을 부려놓고 있었다. 조금씩 이상하게 자리를 잡아놓고는 집을 비운 미진을 향해 툴툴대며 불만을 쏟아냈다. 눈발은 그쳤으나 오후로 접어들자 기온이 다시 떨어지고 난방이 들어와도 방 안은 여전히 썰렁했다.

"날씨 한번 더럽게 춥네요."

밖에서 담배를 피우고 돌아온 기사가 미진을 향해 얼굴을 찌푸리며 웃었다. 날씨가 매우 춥다는 얘기였겠지만 기분이 몹시 더럽다는 말로도 들려 미진은 은서를 이불로 꽁꽁 싸서 들춰 업고는 방해가 되지 않도록 한쪽으로 물러나 있었다.

이삿짐 기사들이 모두 돌아갔는데도 아무데나 널브러진 짐들 때문에 발 디딜 공간이라고는 없었다. 미진은 은서를 그나마 따뜻해진 안방에 넣어놓고는 징검다리를 건너듯 깨금발을 짚으며 물건들을 치웠다. 그 모습이 재미있었는지 은서가 자꾸 안방에서 기어 나오려고 했다.

"은서야, 나오지 마. 여기는 위험해."

은서를 안방에 넣고 다시 뛰고 안방에 넣고 또다시 뛰고 호떡 뒤집듯 몇 번을 왔다 갔다 했더니 영호의 물건들만 빼고는 대충 정리가 되어갔다. 영호의 물건이지만 한 번도 영호의 손길이 닿아본 적 없는 물건들을 미진이 쓰레기장에서 주워 온 라면 박스에 차곡차곡 담았다. 먼지가 폴폴 날리는 논문들, 곰팡이로 얼룩진 초중고 앨범, 장교 전역식 기념패며 작아진 군복, 철 지난 업무 다이어리들, 닳은 만년필 뭉치…… 보기만 해도 골동품 냄새가 폴폴 나는 물건들을 미진은 코를 막아가며 먼지가 날리지 않게 상자 속에 격리시켰다. 물건을 버리는 것을 질색하는 영호였으므로 미진은 그것들을 차마 버리지는 못하고 보이지 않는 곳에 꼭꼭 숨겨놓아야 했다. 미진이 기다리던 책상과 컴퓨터가 있는 쪽으로 진입하려면 영호의 물건들을 일차적으로 치우지 않을 수 없었다. 통로를 확보하기 위해 미진은 불도저처럼 움직였다.

날이 어둑어둑해지고 술냄새를 풍기며 영호가 돌아왔다. 홍 비서와 몇몇 무리들을 이끌고, 족발과 라면과 치킨을 손에 들고. 누군가는 떡볶이와 어묵 국물을 들고 있고 또 누군가는 담요에 화투와 포커를 싸서 품에 안고 있었다.

"오늘 그냥 확, 집들이해부러!"

격앙된 목소리의 사람들이 신발을 벗고 들어와 방바닥에

판을 펼쳐놓고 앉았다. 방금 전까지 미진이 기계적인 힘을 발휘하여 치워놓은 자리에 그대로 화투판이 깔렸다.

"미진아, 고생했지. 아유, 눈 밑에 다크서클 내려온 거 봐. 언니가 뭐 도와줄 거 없어? 일부러 오늘 일찍 퇴근하고 장정들 데려왔잖아."

홍 비서가 미진을 토닥거리며 안아주었다. 미진도 엉거주춤 엉덩이를 빼며 홍 비서의 어깨를 톡톡 두들겨주었다. 인턴 여직원이 코트를 벗어 내려놓고는 싱크대 문을 열고 닫았다. 미진이 화들짝 놀라며 그러지 말라고 했으나 여직원은 업무의 연장선상인 듯 익숙하게 움직였다.

"저희가 알아서 세팅 할게요. 가만히 계세요, 언니. 쟁반이 어디에 있나……"

꽉 끼는 스커트와 목줄 같은 징신구가 달려 있는 블라우스를 입은 인턴이 쪼그리고 쟁반을 찾자 불편해진 미진이 달려가 서랍을 뒤졌다.

"저도 아직 어디에 뭐가 있는지 잘 모르는데…… 앉아 있어요. 퇴근하고 여기까지 오느라 힘들었을 텐데."

미진이 어수선한 테이블을 정리하며 의자를 빼는 사이 누군가는 냉장고 문을 열고 누군가는 설거지통에서 컵을 찾아 물에 헹구었다.

"어째 제대로 된 게 하나도 없네. 이사를 한 거야 부부 싸움을 한 거야. 에라, 모르겠다, 새집에 술로 소독부터 해야지."

"아이, 뭐야. 어서 일해, 일!"

덩치 큰 수행비서 춘식과 홍 비서가 깔깔깔 농담을 주고받았고 미진은 정신이 나갔다 들어왔다 여기저기 불려 다니고 뛰어다녔다. 문득 어릴 때 했던 고무줄놀이의 동작이 생각났다. 함께 부르던 노래도 있었는데. '무찌르자 오랑캐'로 시작하는 가사였던가……

미진이 웃고 종종 뛰고 대답하는 사이 적당히 판이 돌았고 배도 채워졌다. 초토화된 방바닥을, 겨우 기기 시작한 은서가 기어 다니며 과자를 주워 먹으려고 시도했으나 미진은 돌을 매달아놓은 것처럼 몸이 움직여지지 않았다.

"집이 깨끗하고 좋네요. 역시 홍 누님 말 듣고 오길 잘한 것 같아요."

영호가 만족스러운 얼굴로 두리번거리며 말했다. 울퉁불퉁 일어나 찢어진 벽지가 영호의 눈엔 신경 쓰이지 않는 것 같았다.

"그럼. 우리 영호, 누나만 믿고 이사 오라고 했잖아. 미진이는 차 필요하면 언제든지 언니 차 빌려줄게. 내가 영호 차 타고 카풀하면 되잖아. 아니, 영호가 누나랑 카풀 할래?"

홍 비서가 차의 부속품까지 꺼내줄 것 같은 얼굴로 살랑살랑 웃으며 말했다.

"어? 형수 장롱면허잖아요. 뭔 차가 필요해. 급할 때 내가 좀 써야 되겠다. 헤헤."

춘식이 넙죽 맥주를 마시며 미진을 가리키자 영호가 곧바로 춘식의 말을 정정하고 나섰다.

"장롱면허라고? 당신 무면허 아니었어?"

입을 안 열면 중간은 갈 수 있을 것 같은 기대감으로, 미진은 허파에 바람이 들어간 사람처럼 실실 웃으며 사람들의 시선에 몸을 비비 꼬았다.

"이번에 새로 오신 김 비서관님 와이프는 미니버스도 몰던데요? 어제 보니까 노인회 어르신들 모시고 와서 국회의사당 구경시켜주고 계시던데. 어르신들이 우리 의원님이랑 악수하고 기념사진도 찍고 좋아들 하셨어요."

조용히 귤을 까고 있던 인턴 여직원이 화제를 돌리자 자연스럽게 심 비서관에 대한 이야기들이 쏟아져 나왔다.

"충청 쪽에서 날렸다던데? 미스 충청 출신이라나. 무용과 나오고. 의원회관에서 일할 때도 똑소리 나게 일 잘해서 서로 스카우트하려고 난리였다는데."

춘식이 진주 엄마에 대한 신상을 쭉 읊어주었다. 미스 충청이라고? 미진은 어리석게도 그 여자가 자기보다 키가 작았거나 뚱뚱했다면 어땠을까 생각했던 일이 창피해서 혼자만 얼굴을 붉혔다.

"이 보좌관님은 잘 알걸? 우리 그때 태안으로 엠티 갔을 때."

홍 비서가 홍홍, 옹알이를 하며 뭔가 비밀스럽게 속삭이자 일제히 영호에게 시선이 몰렸다. 당황한 영호가 헛기침을 하며 생뚱맞게 웃었다.

"제가 뭘요."

"아이 참, 옛날에 우리 다 같이 태안에 놀러 갔을 때 미스코리아 왔다고 난리 났었잖아. 기억 안 나? 밤새도록 술 마시고 진실게임 하고. 벌칙으로 업고 바닷가 뛰어갔다 오고. 나는 우리 영호 보좌관 숨겨논 피앙세가 그 미스코리안 줄 알고 신방까지 차려주려고 했잖아."

"홍 누님도 참, 큰일 날 소리 하시네. 누가 들으면 진짠 줄 알겠어요. 나는 그 사람이 그 사람인가 기억도 안 나는데 왜 그러세요."

영호가 펄쩍 뛸수록 홍 비서는 재밌어죽겠다는 듯 배꼽을 잡고 깔깔 웃었다.

"아니야. 둘이 진짜 잘 어울렸어. 모르는 사람들은 영호 결혼식장에 갔을 때 신부가 바뀐 줄 알았다니까. 그때 미진이는 태안에 왜 같이 안 왔던 거야? 둘이 싸웠어? 냉전도 있고 좀 그랬지."

"싸우긴 뭘 싸워요. 냉전은 또 무슨 냉전이에요. 우리 집사람이 그때 글 쓴다고 어디 잠깐 들어가 있었는데."

"아, 글 쓰느라. 그래도 그렇지 정말 독하다. 한창 연애할 때 그렇게 떨어져 지내기 쉽지 않은데. 미진이 요즘도 글 써?

책은 언제 나와? 자기 책 나오기 기다리다 우리 늙어 죽겠다. 호호호."

미진은 마냥 웃고 있다가는 질식할 것 같아 창문을 살짝 열었다. 웃음으로 당겨진 양쪽 볼 근육을 톡톡 두드리면서 자리에서 몸을 뺐다. 미진이 시선을 고정한 곳의 벽지가 가만 보니 곰팡이로 새카맸다. 막상 계약한다고 하니 보증금 오백을 더 올려먹은 집주인이 홍 비서와 언니 동생 하는 사이였다고 했던가. 미진은 홍 비서를 곰팡이 벽지 쪽으로 살짝 밀어버리고 싶은 충동이 가볍게 일었다.

"김 비서관님 와이프하고 우리 쪽하고 원래부터 친분이 있었구나."

인턴 여 비서가 다시 화제를 바꾸자 홍 비서가 자기가 알고 있는 정보들을 또 줄줄이 꺼내놓기 시작했다.

"우리 의원님이랑 그쪽 의원님하고 원래부터 신망이 두터운 사이잖아. 사모들끼리도 친하고. 녹색사모바자회 들어가기 힘든 건 자기도 알지? 그쪽 사모가 우리 사모한테 녹색사모바자회 모임에 줄을 대주고 암튼 그랬어. 덕분에 우리 의원님 이미지도 좋아졌고. 이번 선거는 그쪽 의원실에서도 적극 지원해주기로 했어. 김 비서관님도 그쪽 의원님이 적극 추천해주셨으니까."

뭐가 놀라운지 인턴이 손뼉을 짝짝 마주쳐가며 토끼 눈을 하고 있었다.

"그러니까 김 비서관님은 초선 재선 할 것 없이 여기저기서 밀어주는 거네요. 떠오르는 실세 아니야. 눈도장 쾅 찍어놔야겠다."

"자기는 자기네 학교 출신 선배들이 수두룩한데 뭐가 걱정이야."

미진이 언니라 부르라고 한 적도 없는데 꼬박꼬박 언니라고 부르면서 미진을 은근 투명인간 취급하는 인턴 여직원과 홍 비서가 어느새 미진을 곰팡이 벽지 쪽으로 젖혀놓고 이야기에 열을 올리고 있었다.

"참, 원래 있던 전 비서관님은 요즘 왜 안 보이세요?"

"……어머, 내 정신 좀 봐. 회계 자료 첨부할 거 있었는데 깜빡했다."

홍 비서가 수선을 떨며 가방을 챙기자 모두들 약속이나 한 듯이 자리를 털고 일어났다.

집은 다시금 난장판이 되었으나 미진은 이제 기어 다닐 힘도 없었다. 빈 술병들 옆에서 아무렇지 않게 자고 있는 영호를 소파 쪽으로 끌어와 눕히고는 미진도 겨우 양말을 벗었다. 하루 종일 걸레가 된 양말에서 퀴퀴한 냄새가 났다. 미진이 글 쓰겠다고 산속으로 처박히러 떠날 때 영호가 사다 준 양말이었다. 잠바 품속에서 한 뭉치의 양말을 꺼내며 영호가 말했었다. "산속은 추워요. 미진 씨 체질이 발을 차갑게 하면 안 좋대요." 영호와 살면서 양말 다발이 돈다발로 바뀌는 기적을 바란 적은 없지만 미진은 어쩐지 자신의 운명이 도매용으로 묶여 있는 양말 꾸러미로 전락한 것 같은 기분이 들었다. 영호와 같이 양말이나 따뜻하게 신으면 될 줄 알았는데 영호랑 양발이 묶여버린 기분이었다. 미진은 자고 있는 영호를 꼬집고 흔들었다. "눈 좀 떠봐. 뭐가 어떻게 돌아가고 있는 거야!"

　미진과 영호와 은서가 아직 내복 차림으로 굼벵이같이 누워 있는 시간에 득달같이 홍 비서의 모닝콜이 걸려왔다. 전날 먼지를 잔뜩 들이마신 미진이 껄끄러운 목소리를 큼큼 가다듬으며 전화를 받았다.

　"여보세요."

　"늦잠 자고 있었구나. 몇 신데 아직도 자. 꿈은 잘 꿨고?"

　"네, 아니 뭐, 네네. 말씀하세요, 언니."

　"오늘 진주네도 집들이를 한다고 그러네. 어제 우리가 이 보좌관님 집에서 재밌게 놀았다고 하니까 배 아픈가 봐. 홍홍."

　"갑자기 집들이를요? 그럼 저녁 시간 비워놔야 되겠네요."

　"아니 아니야. 오늘은 여자들끼리만."

　'여자들끼리만'이라고 말하는 홍 비서의 목소리가 유난히 반짝이는 것처럼 들렸다.

　"점심 건너뛰고 할 건가 봐. 주말이니까 집에서 간단히 먹고 나와. 우리가 먼저 가서 도와주자. 거긴 아직 은서보다 개월이 안 돼서 혼자 힘들 거야."

제집 정리도 안 해놓고 남의 집 구경이라니.

미진은 또다시 책상과 컴퓨터 근처에는 얼씬도 못해보고서 나갈 차비를 서둘렀다. 엉망으로 정리된 욕실에서 칫솔과 비누를 찾아냈다. 주방 세제가 변기 뚜껑 위에 있고 은서 머리 감길 때 쓰는 베이비샴푸가 세탁기 위에 있었는데 다행히 칫솔과 비누는 목욕 바구니에 그대로 들어 있었다.

"당신 더 잘 거야?"

미진은 치약 거품을 보글보글 일으키며 영호를 흔들었다.

"나는 조기축구회 가봐야 돼. 축구복이랑 신발 좀 찾아줘."

생수 한 통을 비우다시피 마시고 난 영호가 기지개를 켰다.

"진주 아빠랑 같이 돌아다니려고?"

"뭘 둘씩이나. 거긴 지금 의원님 출국하는 거 보러 공항 가 있을 텐데."

"보좌관은 공 차러 가고 비서관은 의전을 한다고?"

"돌아가면서 하면 되지. 뭘 그런 걸 따져."

"그래도 우린 겨우 어제 이사 왔는데…… 그나저나 어제 인턴이 전 비서관 어쩌고 하던데 전 비서관은 어디 다른 데 간 거야?"

"경력 좀 필요하대서 잠깐 다른 방으로 보냈어."

"다른 의원실? 누구?"

"뭐 그런 게 있어."

영호는 꼬치꼬치 물어보는 미진을 내보내고 화장실 문을 잠갔다. 언젠가는 알게 될 일이지만 미진에게 현재 돌아가고 있는 상황들을 세세히 얘기한다면 여기까지 이사 오자고 주장한 영호를 미진이 당장에 물어뜯을지도 몰랐다.

위기는 기회이기도 하므로 변방으로 밀리는 때일수록 변방의 입지를 적절히 활용할 필요가 있었다. 윤 의원의 지역구로 내려온 이상 지역 기반을 잘 잡아보리라 영호는 마음먹었다. 자신이 언제까지나 법안 처리며 질의서 따위를 만지고 있을 나이가 아니기도 했다. 윤 의원이 이른 나이에 당선될 수 있었던 것도 텃밭 농사를 게을리하지 않았기 때문이었다. 영호와 비슷한 또래의 보좌관들 중에서 이번에 벌써 출마 도전상을 내건 이도 있었다. 영호 역시 중앙당 천장만을 바라보고 있기에는 불안할 수밖에 없는 시점이었다.

김 비서관의 집들이에 불려간 미진은 그 집에 도착한 순간부터 거대한 그림에 압도당하는 기분이었다. 거실과 주방 바닥 전체가 우윳빛 대리석으로 깔려 있는 44평 새 아파트였다. 꼭대기 층이라 서비스 면적으로 받은 복층 구조까지 환하게 터 계단식으로 꾸며놓으니 집이 아니라 갤러리 같았다. 옵션을 손보는 데만 억은 들었겠다고 수군대는 소리들이 들렸다. 모델 하우스처럼 생긴 집에 은서를 내려놓아도 될까 미진이 조심스럽게 서 있을 때 홍 비서가 어른 키만 한 유모차에 진주를 싣고 다니며 호들갑을 떨었다.

"어머, 애기가 어쩜 이렇게 순해? 북적북적 시끄러운데도 안 깨고 자는 거 봐. 유모차가 편해서 그런가? 이거 엄청 비싼 거지. 유모차 누구 주기 아까워서 빨리 둘째 낳아야겠다. 참, 미진이는 둘째 안 가져?"

"아직은 좀…… 여유가 없네요."

미진은 말끝을 흐리고는 기어 다니려 발버둥을 치는 은서의 뒤꽁무니를 얼른 잡아당겼다.

"자기가 먼저 둘째 낳으면 이 유모차 빌려달라고 해봐. 수입 유모차 중에 제일 비싼 거래. 언제 이런 걸 써보겠어? 육아용품은 원래 나눠 쓰고 돌려쓰고 하는 거야. 세상에, 진주는 엄마 닮아서 눈썹 까맣고 긴 거 봐……"

미진의 집 평수의 거실에 이렇게 큰 유모차를 끌고 다닐 만한 공간이 없다는 것을 알면서도 참새처럼 지저귀는 홍 비서의 부리를 미진은 누가 좀 실로 묶어주었으면 좋겠다고 생각했다.

웅성웅성 집 구경에 신이 난 사람들을 몰고 다니며 가이드처럼 집 구경시켜주기 바쁜 진주 엄마 대신 미진이 앞치마를 두르고 음식을 갖다 날랐다.

"진주 엄마, 이 와인 먹어도 돼? 비싼 거면 안 먹고."

"그렇게 말씀하시면 서운하죠. 여자들끼리 편하게 마시려고 와인 바에 가득 채워놨는데."

"언제 이런 집을 장만해놨대? 젊은 사람들이 능력 있다. 우리도 이 아파트 지을 때 엄청 분양받고 싶었는데."

"친정아빠 명의로 분양받은 집에 얹혀사는 거지, 저희가 돈이 어디 있어요. 빨리 분가하게 언니들이 우리 진주 아빠 좀 잘 밀어주세요."

"아유, 남편 챙기는 거 봐. 진주 엄마 붙임성 있다. 은서 엄마! 여기 와인 좀더 가져와봐! 부침개도 더 부쳐 오고. 마른 안주도 떨어졌다!"

진주 엄마는 와인을 먹어도 취하지 않았고 미진 혼자만 얼굴이 벌겋게 달아올랐다.

"자기는 상황 파악도 못하고 혼자서 무슨 술을 그렇게 마셨어. 은서 데리고 집에 가서 잠이나 자. 이 동네에서 발붙이고 살기가 쉬울 줄 알았어?"

미진이 귀를 의심하고 고개를 들었으나 방금 전까지 속살거리던 홍 비서는 이미 무리들과 휩쓸려 노래방으로 사라져가고 있었다.

와인 몇 잔에 녹초가 되어 돌아온 미진은 그날 밤 백 인분도 넘는 요리의 접시들을 밤새도록 닦는 꿈을 꾸었다. 진주 엄마가 먹은 음식 그릇을 홍 비서가 들고 와 미진에게 닦으라고 시키는 꿈이었다.

윤 의원의 대담집 출간기념회가 열리고 있는 시민회관 소강당은 일찍부터 사람들로 북적거렸다. 지역신문 기자들과 관련 정당인들, 후원회며 각종 단체의 활동가들이 몰려 자연스럽게 연말 분위기와 어우러졌다. 다음 총선 뒤에 있을 지역자치단체 선거까지 분위기를 살피기 위해 찾아온 예비 기초단체장들의 움직임도 분주했다.

어디서 나타났는지 홍 비서의 호들갑스러운 목소리가 쩌렁쩌렁 울렸다.

"어머, 미진아, 너는 한복 안 입었어?"

한복이라는 말에 미진이 눈을 동그랗게 뜨고 되물었다.

"무슨 한복이요?"

"금 사모랑 진주 엄마는 한복 입고 왔잖아. 미리 얘기 못 들었어?"

"작년에도 한복 같은 거 안 입었잖아요."

"올해는 좀 임팩트 있게 하자고 진주 엄마가 제안을 해서. 나는 자기도 다 얘기가 된 줄 알았지. 선거가 코앞이잖아."

홍 비서가 코를 찡긋하고 웃으며 선거가 코앞이라고 또 속살거렸다.

"누가 입으면 어떻고 안 입으면 어때요."

"어머 미진아, 언니가 미안해. 나라도 자기 챙겨줬어야 하는데. 내가 요새 너무 정신이 없어서 말이야. 근데 진주 엄마가 한복 입고 등장하니까 다르긴 다르더라. 보는 사람들마다 사진 찍자고 난리야. 한복 모델 같다니까. 꼭 김 비서관님 출정식 같아, 호호호.”

말없이 봉투에 책을 넣고 있던 직원들이 우르르 몰려가 진주 엄마 쪽을 바라보았다. 미진도 구경에서 빠질 수 없어 까치발을 하고 두리번거렸다. 윤기가 자르르 흐르는 진주색 저고리를 입은 진주 엄마가 한 마리 학처럼 금 사모 뒤를 따라다니고 있었다. 진주 엄마가 금 사모를 돋보이게 하는 것인지 금 사모가 진주 엄마를 돋보이게 하는 것인지는 알 수 없었으나 아무튼 완벽한 콤비처럼 조화를 이루고 있었다. ‘저거였나? 금 사모의 여유 있는 웃음 뒤에 숨은 토끼발은.’ 미진이 초인적인 노력을 기울인다 해도 금 사모와 진주 엄마 옆에서 쌍두마차가 되기에는 역부족일 것 같았다. 책상과 컴퓨터의 모서리 끝에 겨우 걸쳐 사는 미진은 쌍두마차 바퀴에 치여 먼지로 사라져버리고 말 것 같았다. 마치 그것을 모르고서 달려든 불나방처럼, 타들어갈 것 같은 후회가 밑바닥에서부터 치고 올라와 미진은 또 가슴을 쳤다.

미진이 화장실에서 은서의 기저귀를 갈아주고 나왔을 때였다. 복도 끝 비상계단 쪽에서 담배를 피우며 인턴들끼리 주고받는 얘기가 귀에 들어왔다.

“……비교가 안 되더라. 김 비서관 처가에서 후원회 비슷한 걸 만들 거라는 게 사실이야?”

"이영호 보좌관도 떨떠름하게 됐네. 한자리하겠다는 꿈만 야무지게 꿨군. 적당한 자리 봐서 나가는 게 낫지 않나? 김 비서관한테까지도 밀릴 것 같으면. 이 지역구가 노른자라고 소문이 자자해서 왕자의 난이 일어날 지경이라는데?"

"적자와 서자의 싸움이라 이거야? 이영호 보좌관은 그래도 적자 계열인데 쉽게 내쳐지기야 하겠어?"

"글쎄. 전 비서관을 이영호 보좌관보다 먼저 오른팔 라인에 넣은 걸 보면. 나이로 보나 브레인으로 보나 순서가 그게 아니긴 한데 말이지. 전 비서관은 기회가 많이 남았을 텐데 말이야."

"하긴. 나도 이영호 보좌관이 추천받을 줄 알았어. 행정 쪽으로 갈아타기 딱 좋은 시기였잖아."

"물먹은 거라고 봐야지. 보좌관 딱지 계속 달고 있기도 좀 그렇겠다."

"보좌관을 투톱으로 바꾼다는 말도 있어. 애초에 김 비서관을 그럴 목적으로 데려왔다고 하던데."

"경쟁이 치열하겠네."

"홍 비서가 차기 시 의원 출마 자리를 약속받았다는 소문도 있어."

"홍 비서가?"

"우리도 사다리 잘 타야 되겠다. 김 비서관처럼 장가라도 잘 가든가."

미진은 잠든 은서를 데리고 조용히 소강당을 빠져나오며 전에 영호가 말했던 사통팔달로 뚫려 있는 고속도로를 멀리 바라보았다. 캄캄한 도로 위를 달리는 화물 트럭이 금방이라도 전복될 것처럼 위태로운 굉음을 내고 있었다. 외진 길을 따라가다 보면 생태체험장으로 이어지는 연못이 나올 것이었다. 그곳 어디쯤에서 난데없이 거위 우는 소리가 밤의 적막을 거칠게 갈라놓았다.

미진은 책상과 컴퓨터가 있는 집으로 서둘러 돌아가고 싶었으나 걸음이 더디게만 움직였다. 되돌아갈 마음의 지표를 잃은 채 미진은 지금 떠나온 곳으로부터 너무나 먼 지점에 놓여 있는 것 같았다.

얼굴

오래전 일이다. 벌써 이십여 년이나 지난 이야기를 해야
겠다.

그때 나는 작가 지망생이었고 대학을 졸업한 뒤 간간히 손
에 잡히는 일들로 생활하고 있었다. 다행히도 제대 후 복학한
지 얼마 안 됐을 당시 작은 일간지에 글이 실리게 된 것을 계
기로 노교수의 배려를 받을 수 있었던 덕분이었다. 어쩌면 형
편없었을지 모를 짧은 소설이 우연한 기회를 만들어준 셈이
었다. 그러나 습작을 방해받지 않는 범위 내에서의 일들은 막
연하게 주어지곤 했으므로 불투명한 미래에 관하여 초조한
마음을 떨쳐낼 순 없었다.

그날은 모모 작가의 작업실에 출근하기로 했던 두 달간의

계약 기간이 얼추 끝나가던 무렵이었다. 그는 노교수의 지인을 통해 몇 다리쯤 건너 알게 된 추리 소설가였는데 한강변에 조그마한 사무실을 두고 있었다. 모모는 그의 필명이었다. 어쩐지 추리소설과는 어울리지 않는 이름 같았으나 그쪽 분야에서는 나름의 명성과 입김도 있는 작가라고 했다.

그가 어느 부류의 작가인지 여부를 떠나 아직 갈 길이 멀던 나로서는 다소 생소하고 어정쩡한 입장에서 모모 작가의 일을 돕게 되었다. 더욱이 내가 습작하고 있던 글들이 그가 속한 장르와 맥이 닿아 있는 것도 아니어서 그저 두 달 동안의 임금을 선불로 받았다는 부담감만이 그곳에서 일하게 된 동기로 작용하고 있었다.

그는 처음 대면하는 자리에서 미리 준비해둔 수표를 봉투에 담아 건넨 유일한 인물이있다. 한시직인 페이지고는 훌륭한 보수였다. 물론 노교수와 적당한 선이 닿아 있다는 점 때문에도 쉽게 거절할 상황은 못 되었다.

모모 작가의 작업실엔 기다란 책상 하나와 컴퓨터 한 대가 덩그러니 있을 뿐 책도 몇 권 꽂혀 있지 않았다. 생수대 옆에서 커피 한 잔을 마시고 나면 이내 어색해져버리고 마는 삭막한 공간이었다고 할까. 아무튼 그는 동그란 테이블에 주로 앉아 있었는데, 꺼내놓은 노트북은 사용하는 일도 거의 없고 휴대폰을 만지작거린다거나 신문을 두어 종류 펼쳐놓고 보는 게 전부일 정도로 무료한 사람 같아 보였다.

근무 시간은 오전 아홉시부터 오후 여섯시까지였다. 길다면 길고 짧다면 짧은 시간이었다. 그러나 출퇴근이란 게 하루를 꼬박 바쳐야만 하는 일인지라 집에서 온전히 글을 쓰는 데에만 사용할 수 있다면 피같이 소중한 시간이었다.

이틀째 되던 날 역시도 딱히 할 일이 없어 멀뚱거리던 차에 나는 내가 해야 할 일이 무엇인지 모모 작가에게 다시금 되묻지 않을 수 없었다. 물음이 떨어지기가 무섭게 그는 자신이 살아온 이야기를 조목조목 꺼내놓기 시작했다.

처음에는 고개를 조아리며 듣고 있다가 갈수록 하품이 나올 것처럼 집중력이 떨어지기 시작할 즈음 그가 약간의 명령조로 얘기했다.

"적어봐."

나는 예예, 하며 듣고 있다가 갑자기 '예?' 하고 목소리를 바꾸어 물을 수밖에 없었다.

"타이핑 해가면서 들어야 할 거 아니야."

영문을 알 수 없어 재차 확인을 해야 했다.

"저어, 선생님의 육필 원고를 문서 형식으로 정리하는 일이라고 하지 않으셨습니까?"

"그런 건 아무 때나 하면 되고. 그보다 자서전 쓰는 게 우선이야."

으름장을 놓듯 의자를 뒤로 젖히며 모모 작가가 팔짱을 꼈다. 뭔가 일이 꼬인 것 같다는 생각이 들었다.

"자서전이라면, 제 능력 밖의 일이고 금액 부분에서도 차이가 나는 일이라서 말입니다."

원고료를 따로 지불해야 한다는 말은 차마 꺼내지 못했다.

"그러니까 자네는 내가 쓰라는 대로만 쓰면 돼. 작가적 고민에서 덧붙일 필요 없이."

"자서전이라는 게 불러주는 대로만 쓴다고 되는 게 아니잖습니까. 이미지 메이킹에 필요한 포인트를 어떻게 잡아야 할지 정도는 방향을 잡고……"

"됐어. 유명 서점가에 깔아놓고 팔 것도 아닌데 무슨. 내가 단체장 자리 하나 맡게 될 것 같은데 홍보용으로다 최소한만 찍어내려고 그래. 구수한 경험담 위주로 투박하게 펴낼 생각이니까 구성이고 뭐고 너무 신경 쓸 필요 없다고. 알았지."

그가 그선까지 보았던 인상과 달리 고압적인 태도로 돌변하여 완강하게 굴었다. 구술하는 내내 타이핑을 하는 것이 비효율적이기 때문에 녹음을 하겠다고 해도 단호히 고집을 부렸다.

"자네가 아직 뭘 모르는구만. 녹음기를 돌려가며 정리하는 것도 보통 일이 아니라고. 편집하는 데 손만 더 가지. 괜한 시간 낭비하지 말어. 무엇보다 나는 대필 작가에게 전적으로 의존해서 만들어지는 자서전은 내고 싶지가 않아. 진솔한 느낌이 나질 않거든."

그는 몇 단락 정도씩의 이야기를 풀어내고 그것을 모니터

링하는 방식으로 자신의 자서전에 깐깐히 개입하였다. 인고의 시간으로 반추해보았을 때 그 일은 터무니없는 일이었다. 산 너머 산이 있고 강 건너 다시 들이 이어지는 식이었다. 고작 이십대 중반에 불과했던 나에게 그의 인생 일대기는 지루한 고문에 지나지 않았다. 차라리 추리소설 한 권을 써내라고 협박했다면 어떻게든 쥐어짜냈을 것이었다.

그의 이야기를 듣고 있으면 머리가 점점 하얗게 비어가는 것 같았다. 아침에 눈을 뜨면 그가 쏟아내는 이야기로부터 도망칠 수 없을까 고민하며 괴로운 하루를 시작하곤 했다. 일을 그만두고도 싶었으나 선불로 받은 돈을 절반 넘게 써버렸고 두 달이라는 기간은 애매하기 짝이 없는 시간이었다. 제대할 날짜를 카운트다운 하는 심정으로 그냥저냥 버티면 될 것도 같았다.

모모 작가는 또, 당뇨 때문에 식단 관리를 철저히 했다. 집에서 싸 온 도시락으로만 점심을 먹었고 오후 여섯시가 되면 무조건 자리에서 일어났다. 피치 못할 약속이 아니고는 집에서의 규칙적인 식습관을 보약을 먹듯 지켰다. 문제는 그가 일어남과 동시에 나도 자리를 떠야만 한다는 것이었다. 아랫사람 혼자 작업실에 남겨놓고 일하지 못하게 하는 것이 그의 원칙 중 하나였다. 전에 일했던 누군가가 담배를 피우다 불을 낼 뻔했던 일이 있고부터는 정해진 시간에만 사무실을 개방한다고 했다. 나는 담배를 끊었다고 했지만 그는 막무가내였

다. 젊은 혈기에 담배를 끊었다는 말을 어떻게 믿어야 하느냐
고 도리어 다그치듯 반문했다. 그는 무료한 게 아니라 무모할
정도로 독선적인 사람이었다. 어떻게든 일을 끝내고 작업 기
한을 앞당겨보려던 나는 어떤 꼼수로도 그에게서 벗어날 수
가 없었다. "여긴 이렇게 고쳤으면 좋겠는데? 저긴 없애고."
메아리 같은 울림이 매일 반복되었다. 신경 안 쓴다던 자서전
에 그는 점점 공을 들이고 있었다.

그날 저녁에 같은 과 선배인 C의 여행 산문집이 출간된 것
을 기념하여 조촐한 술자리가 있었다. 반응이 좋은 책이란 걸
알고는 있었으나 하나같이 산문집 얘기에만 화제가 집중되자
약간의 거부감이 올라왔다. 기분 탓인지 유쾌한 자리는 아니
었다. 산문집을 낸 출판사 근황에 대해 이모저모 털고 나서는
각자의 여행 경험담으로 옮겨져 잡담이 이어졌다.

쓸쓸한 파티였다. 여행은커녕 국내선 항공기조차도 이용해
본 적 없는 나로서는 괜히 어깨가 작아지는 기분이었다. 밥
한 번 안 사는 인간들이 잘도 돌아다니는구나. 나는 말없이
술만 마셨다. 며칠만 기다리면 모모 작가와의 계약이 끝나는
데도 기분이 개운치 않은 까닭에 술맛이 좋지 않았다. 그의
고집대로 끌고 가다가는 약속 시한을 훌쩍 넘겨서야 책이 완
성될 터였다. 그때까지 물고 늘어지지는 않겠지. 일 끝났다고
잠수를 타버리면 노교수와의 관계가 껄끄러워질까. 일이 끝
나도 끝난 게 아니었다. 나도 언젠가 책을 낼 날이 오긴 올까.

머릿속이 복잡했다.

한심한 고민 따위나 하며 비참하게 앉아 있는데 한껏 고조된 C가 산문집에 사인을 해서 한 권씩 돌리고 있었다. 그런데 차례가 돌아가도 나에게 책이 전달되지 않았다. 내 앞에서 어쩔 수 없이 끊긴 것도 아니고 나를 건너뛰어 다른 쪽으로 전해지고 있었다. 고의적인 행동이라는 게 눈에 보였다. 내가 그 자리에 나온다는 것을 C가 몰랐을 리 없었다. 모임 공지를 띄운 것도 나였고 인원수를 그에게 알려준 것도 나였기 때문이었다. 어이가 없었지만 까짓거 안 주면 그만이지, 하고서 그냥 있었는데 옆에 있던 동기 녀석이 눈치 없는 소리를 했다. 나를 가리키며 C에게 책 한 권 더 없냐고 물은 것이다. 비웃음 같기도 하고 익살 같기도 한 표정으로 C가 말을 툭 던졌다.

"야 인마, 넌 좀 사서 읽고 그래라. 요새 돈도 잘 번다면서 선배 책 좀 팔아주면 안 되겠냐? 나도 노교수 말 잘 듣고 안 찍혔어야 했는데. 글 쓴다고 잔머리 굴리고 다녀서는. 학교 쪽에 발을 들이기는 글렀겠지?"

시비를 허세로 퉁치는 모양새가 비열해 보였다. C는 내가 마치 노교수의 충견이라도 되는 양 후배들도 섞인 자리에서 면박 아닌 면박을 주었다. 그중에 여자 후배인 '수'도 있었다. 나는 그녀와 눈이라도 마주치게 될까 봐 수치심에 얼굴이 달아오르는 것을 간신히 참았다.

치사한 인간. 책 한 권 가지고 유난은. 너 같은 인성이야말로 유명세 얻은 걸로 후배 밥그릇까지 뺏을 위인이지. 너보다 글도 못 쓰는 주제에 다른 쪽으로 줄 서는 게 아니꼽다고 솔직하게 까보시지. 잘난 책 표지 뒤에 숨어서 털털한 소신을 갖고 있는 양 웃지 말고.

그러나 내 속을 아는지 모르는지 수는 분위기에 도취되어 무리 속에서 웃고만 있었다. 모두들 C에게 잘 보이고 싶어 어쩔 줄 모르는 꼭두각시들 같았다.

술을 자제하고 일찍 귀가했어야 했다.

울적한 마음으로 무리에서 이탈하여 나와 보니 연말이라 택시 잡기가 쉽지 않았다. 추위에 떨며 기다리던 차를 몇 대 놓치고 난 뒤 겨우 다음 차에 몸을 실을 수 있었다. 낡은 택시였다. 퀴퀴한 냄새도 나고 시트도 불편했다. 얼마쯤 가다 속이 울렁거리고 어지러웠다. 식은땀도 났다. 기사가 백미러로 험상궂게 쳐다보았다. 뒷좌석 유리창을 살짝 내렸더니 바로 퉁명스런 목소리가 날아왔다.

"학생, 속 안 좋으면 빨리 말해!"

그와 동시에 나는 고개를 처박고 토하고 말았다. 꾹꾹 눌러놓았던 불쾌한 감정들이 고약하게 밀고 올라왔다. 기사는 눈살을 잔뜩 찌푸리며 갓길에 차를 세웠다. 하필 승객이 많은 연말에 그랬으니 화가 날 법도 했다. 미안했지만 어쩔 수가 없었다. 목적지까지 감안한 요금에 세차비를 물고 기름 넣으라는 성의로 얼마를 더 내고 난 뒤 택시에서 가까스로 내릴 수 있었다.

마장동 어디쯤이었을까. 무작정 내리고 보니 낯선 거리였다.

인적이 드문 곳에 떨어트려져 칼바람을 맞고 있자니 집에 갈 일이 막막했다. 대로변에서도 찾기 힘든 택시를 만날 수 있으려나. 귀를 감싸며 비틀비틀 걷고 있는데 어디서 나타났는지 검은색 모범택시 한 대가 스윽 다가와 섰다. 언뜻 보기에 고급스러운 중형 세단이었다. 요금을 따질 처지가 아니라 잽싸게 택시 안으로 몸을 집어넣었다. 미끄러지듯 앞으로 나아가는 승차감에서 비로소 안도의 숨을 쉴 수 있었다. 이전까지의 기분을 전부 상쇄시킬 수 있을 만큼 편안하고 쾌적한 차였다.

그러나 다시 생각해보니 주머니에 돈이 없었다. 앞차에서 갖고 있던 현금을 다 써버린 걸 깨달았다. 카드로 결제가 가능한지를 물었다. 당시는 카드 단말기가 의무도 아니었고 심야 영업은 카드를 피하는 경우가 많았다. 아니나 다를까, 모범인데도 단말기가 없었다. 기사에게 자초지종을 얘기한 후 집 근처 은행 앞에서 내려달라고 부탁했다. 자동화기기에서 돈을 찾아 요금을 지불할 생각이었다.

"어차피 방향이 비슷한데 그냥 갑시다. 나도 이만 집으로 들어가는 게 좋겠소. 사연을 들어보니 딱하기도 하고. 젊은 친구한테 야박하게 기계에서 돈 빼 오라고 하는 것도 그렇구려."

뜻하지 않게 운이 좋았다. 모범에 심야 할증이면 공짜로 태우긴 아까웠을 텐데도 서글서글하게 나와주니 마음이 눈 녹듯 했다.

"그나저나 속은 좀 괜찮소?"

뒤에서 얼핏 보기에 연로하다고 느껴지지는 않았는데 노인 같은 말을 쓰는 사람이었다.

"중간에 술이 많이 깨서 또 그럴 일은 없을 겁니다. 고마운데 달리 방법은 없고 다음 기회라도 꼭 이용을 하겠습니다."

나는 뒷좌석에서 전면의 대시보드 주변을 이리저리 보았다. 기사 연락처가 달려 있을 만한 곳을 훑어보았으나 아무것도 보이지가 않았다. 영업 차량이라면 일반적으로 붙어 있을 기사의 사진이나 이름 혹은 연락처 같은 게 눈에 들어오지 않았다. 술이 덜 깬 탓인가 싶어 기사에게 다시 물었다.

"인사성이 바른 청년이네그려. 차를 새로 바꾼 지 얼마 안돼서 내부가 아직 썰렁하다네. 자질구레한 것들을 떼어놓았거든."

그러고 보니 새 차 특유의 냄새였을 뿐 흔한 방향제조차 달려 있지 않았다. 시트에 투명하게 부착되어 있는 보호 필름이 눈에 띄었다.

대신에 그는 한 가지 제안을 했다.

"고마우면 아무 이야기나 하나 들려주는 건 어떤가. 안 그

래도 졸리던 참이었는데. 택시 요금하고 청년의 이야기를 맞
바꾸는 거지."

황당한 제안을 들은 나는 뜬금없이 목소리가 높아졌다.

"이야기를요? 나보고 이야기를 하라고요?"

"어렵게 생각하지 말고 그냥 아무 이야기나 해보시우. 오늘
하루 동안, 아니 날짜가 바뀌었으니 어제가 되겠군. 어제 하
루 동안 있었던 이야기를 나열해도 좋고."

"……"

"청년이 내가 오늘 만나는 첫 손님이자 마지막 손님이라네.
사실 지난주에 차를 새로 뽑고 운행은 오늘이 처음이야. 감
기로 한 이틀 쉬었거든. 저녁 먹고 늦게 운행을 나왔다가 컨
디션이 신통치 않아서 여태 찜질방에 있다 나오는 길이지 뭔
가."

"……"

나는 듣고 있지 않은 척 눈을 꾹 감았다. 그러나 무임승차
를 하고 있는 마당에 자는 시늉을 하고 있기가 그래서 도로
눈을 떴다.

"그러니까 내 말은 새 차에 첫 손님으로 청년이 임자라는
말을 하는 거요. 새 차 타면 재수 좋다는 말 못 들어봤나? 혹
시 알어, 고민 같은 걸 털어놓으면 해결이 될지도."

난감한 일이었다. 노래하라고 강제로 마이크를 쥐여주는
꼴이었다.

이야기를 풀어놓는 재주가 있다면 모모 작가의 말도 안 되는 자서전이나 받아 적고 있지는 않았겠지. 간밤의 술자리에서 C에게 모욕을 당하는 일도 없었을 테고.

그렇지만 아무 말이라도 하기는 해야 할 것 같았다. 또다시 택시에서 내릴 수는 없는 일이었다. 욱하는 마음에 나도 모르게 생각지도 않은 말이 튀어나왔다.

"누군가를 욕해도 되겠습니까?"

"허허. 남 욕하는 것처럼 재미있는 이야기도 없지요."

쉽게 입에서 떨어질 것 같지 않았던 말들이 얼마쯤 지나자 술술 새어 나오기 시작했다. 취중진담이란 말처럼 맨정신일 때보다 오히려 막힘이 없었다. 그러다 이내 근심 어린 목소리로 바뀌었다.

"……사고 니면 세상이 확 달라져버렸으면 좋겠어요. 내일부터 당장 출근 안 해도 되고 호출 당할 일도 없으면 얼마나 마음이 편하겠습니까. 나도 내 책을 내야 할 텐데 글을 언제 쓰게 될지 알 수도 없고……"

"오, 글을 쓰시오? 작가인가?"

"아직 작가라고 하기에는 부족하고, 지망생이라고 해두는 게 맞겠죠."

"내가 작가 양반을 태웠구먼. 영광이오."

"영광이라뇨. 아직은 무명에 지나지 않는데요."

"앞길이 창창한 젊은이, 사람 일은 모르는 거요."

"말씀만이라도 고맙습니다만……"

"어디 계속해보시오. 청년이랑 이야기를 하다 보니 졸음이 싹 달아났지 뭐요."

"여기까지 하면 안 되겠습니까."

왠지 그가 나의 세계로 성큼 들어오려 한다는 느낌을 받았다.

"아니, 택시 요금하고 이야기를 거래하기로 했으면 이야기를 제대로 팔아야지. 뭐라도 결말을 맺고 끝내야 요금 값을 하지 않겠소. 안 그래요?"

그의 시선이 나를 향해 뻔히 쳐다보고 있는 것 같았다. 그의 말은 어떻게 들으면 전투력이 없는 나의 문장력을 비난하는 것처럼도 들렸다. 문득 그의 표정이 궁금해 고개를 빼고 백미러를 보았으나 거기에도 짙은 톤의 보호막 필름이 붙어 있어 운전자의 얼굴을 뚜렷이 볼 수 없었다. 밖에서 들어오는 헤드라이트 불빛들이 반사될 뿐 여태 누군지도 모르는 사람과 이야기를 하고 있었다는 생각이 들었다.

하지만 익명성이라는 편리함 뒤에 숨어 사람들은 택시에서 평소보다 많은 얘기를 떠드는지도 몰랐다. 어차피 내리고 나면 그만일 뿐이었다. 그의 말대로 거래는 거래니까. 대충 이야기를 끝내고 집에 가고 싶은 생각이 굴뚝같았다. 돌아가는 것도 아닌데 목적지가 참으로 길게 느껴졌다.

"……그들은 가짜들입니다. 시간 맞춰 제때 밥이나 먹으러

가는 거 말곤 자서전에 기록할 게 없는 작자들이에요. 그런데도 한사코 자신들의 비겁한 얼굴을 책 페이지 속으로 숨겨버리지요. 그래봤자 책 한 권으로 얼굴밖에 못 가리겠지만요. 그따위 책으로 사람을 기만하고 우롱하다니, 그런 인간들은 책 밖으로 까발려져야 돼요. 아니, 모조리 사라져버려야 해요!"

말을 마치고 났을 때 이상한 희열감마저 솟아났다. 술도 완전히 깬 듯 몸이 가뿐했다.

"다 씹고 나니 후련하오?"

난데없는 말투에 기분이 묘해졌다.

"예?"

"하, 요즘 젊은 애들 말하듯 따라해봤소. 기분 상했다면 미안하오."

"아, 예……"

열뜬 기분은 식고 이내 허탈함과 피로감이 몰려왔다. 창밖으로 익숙한 동네의 모습이 눈에 들어왔다. 집 앞의 공원과 횡단보도였다. 드디어 집에 왔다는 사실이 감격스러울 정도였다. 주섬주섬 내릴 준비를 하고 있을 때였다.

"언젠가 작가 손님이 쓴 소설 속에 나를 꼭 한번 등장시켜주면 안 될까. 이런 우연도 지나고 보면 추억이 아니겠소. 자네 같은 젊은이가 쓴 작품이라면 나한테도 행운이 생길 것 같네만."

헤어질 때가 되니 조금 쑥스러운 투로 그가 내게 부탁을 하는 것이었다.

"어려운 일이겠지?"

나는 어서 집에 가고 싶은 마음에 선뜻 대답을 해버렸다.

"공짜로 집까지 태워주셨는데 그게 뭐 힘든 일이겠습니까. 등장시키고말고요."

"허허허. 약속하는 거요."

나는 그제야 공짜 택시에서 당당히 내릴 수 있었다.

"잘 가시오, 청년."

그가 내 쪽으로 살짝 고개를 돌려 인사했다. 나도 인사를 건네려는데 상대방의 얼굴이 보이지 않았다. 헛것을 보는 게 아닐까 멍한 눈을 깜빡이며 다시금 쳐다보았다. 하지만 다시 보아도 분명 사람의 얼굴은 없었다. 뭔가 말하려는 순간 택시는 떠나고 나는 꼼짝없이 길 위에 서 있기만 했다. 숫자가 찍혀 있지 않은 뒷 번호판이 천천히 시야에서 벗어났다. 머리를 둔탁하게 얻어맞은 느낌이었다.

집에 들어와 알코올이 문제일 거라고 되뇌며 그대로 잠이 들었다.

다음날인 월요일 아침 나는 모모 작가의 급작스런 사망 소식을 들었다. 그가 전날 아침 등산로에서 내려와 길을 건너다 변을 당했다는 비보였다.

모모 작가는 이른 아침마다 집 근처 산을 올랐다. 그토록 자신을 관리하던 그가, 내가 술 취해 자고 있을 시간에 죽음을 맞이했다는 게 믿기지 않았다.

최강 한파가 이어지던 일요일 아침이었다. 밖에 나온 사람이 적어 사고 현장을 목격한 이가 없었다고 했다. 보행자 신호가 없는 건널목이었다고 해서 모모 작가가 함부로 길을 건널 성격은 아니었다. 그가 그렇게 황망하게 가버렸다는 사실은 쉽게 받아들여지지 않는 일이었다.

그의 죽음으로 하루아침에 나는 족쇄 같았던 구속감에서 놓여날 수 있었다. 작업실은 운영을 하지 않게 되었고 자서전 쓰기도 중지되었다.

장례식장에서 유가족과의 인사를 마지막으로 그와의 인연은 끝이었다. 술김에 그가 사라져버려야 한다고 말했던 게 바늘처럼 폐부를 썰렀다. 그러나 영징 사진 속의 그는 신념과 의지가 흐르는 얼굴을 하고 있었다. 나는 변명하듯 간밤의 일들을 우연한 해프닝으로 규정하며 장례식장을 빠져나왔다.

그렇게 연말이 지나고 해가 바뀌었다.

봄 학기에 나는 대학원에 진학했다. 모든 일이 순조롭게 풀리는 것 같았다. 습작해둔 몇 편의 원고를 읽은 노교수가 친분이 있는 출판사의 편집자를 소개해주었고 그로 인해 여러 모임의 사람들과 선이 닿을 수 있게 되었다. 문학잡지에 글이 실릴 기회도 생겨났다. 더 이상 나는 C의 영향권 아래에서 빌빌 기지 않아도 되었다.

잘나가는 것 같았던 C에게도 슬럼프가 찾아왔다. 어느 날 C는 홀연히 인도와 네팔 등지로 여행을 떠나버렸다. 일 년이 지나도 돌아오지 않자 C가 그곳에서 실종되었다는 설이 파다하게 들려왔다. 현지인들에게 마지막으로 목격된 이후 가족과 지인들 모두 연락이 끊겼다고 했다.

그가 사라진 사건은 이슈를 추적하는 방송 프로에서 다뤄질 정도로 의문스러운 일이었다. 삼십대 초반의 건장한 남성이 갑자기 사라져버렸기 때문이었다. 처음에는 조난 사고에 초점이 맞추어졌던 것이 점차 범죄에 희생되었을 수 있다는 가능성으로 번지면서 해외여행자들에 대한 안전 문제가 집중적으로 거론되기도 했다. C가 몸담았던 출판사 주변은 물론 학교 동문들 사이에서도 그 일은 충격으로 남았다.

그러나 또다시 시간이 지나면서 C의 일도 조용해져갔다. 오직 수만이 C로 인해 괴로워하고 있었다.

그날 택시에서의 일이 우연이었을지 나는 생각하곤 했다. 하지만 얼굴 없는 존재와 취중진담을 했기로 그들이 사라져버렸다는 것은 나 스스로를 미치광이로 취급하는 거나 다름없었다. 시간이 지날수록 내가 마주한 실체가 허상이었는지 아니었는지도 알 수 없었다. 다만 나는 수의 옆에 있기 위해서 그날 밤의 일에 대해 생각하지 않기로 했다. 수가 나에게 마음을 열고 의지할 수 있도록 하기 위해 그 기억이 사실이 되어서는 안 된다고 믿었는지도 모르겠다.

나는 마음을 들키지 않을 만큼씩만 수에게 다가갔다. 그녀가 나를 밀어내지 않도록 조금씩 웃고 하고 싶은 말도 아껴가며 했다. 그리고 내 본분에 성실했다. 노교수와의 관계가 견고해질수록 나는 그의 신망을 받았다. 동기들 사이에서 나는 점점 C와 같은 존재로 부각되었다. 나를 따르는 후배들도 늘어났다. 초조했던 과거로부터 나는 멀어지고 있었다. 마침내 첫 장편을 냈을 때 수와 나 사이는 거리가 좁혀져 있었다. 모든 것이 원하는 대로 순조롭게 진행되었다.

　어느 날 C의 어머니로부터 한 통의 연락을 받았다. C의 행방 때문에 전에도 그의 어머니를 만난 적이 있었다. 마침 그즈음 나는 C가 일했던 출판사에 관여할 일이 종종 있었다. 아마도 그 때문에 C의 모친이 나를 찾는 것 같았다.

　몇 년 사이에 부쩍 상해버린 C의 모친은 사막에 버려져 있는 동물의 뼈를 연상시켰다. 그 모습을 마주하기가 곤혹스러워 자꾸만 초점이 흔들렸다. 피할 수 있다면 자리를 박차고 달아나고 싶을 지경이었다.

　그녀는 보자기로 꽁꽁 묶어 온 원고 뭉치들을 나에게 건넸다.

　"아무래도 애 아버지랑 나는 정리할 수 없을 것 같아 가지고 왔어요."

　차곡차곡 쌓여 있는 종이 원고들이 묵직했다.

　"컴퓨터에 저장되어 있던 글들은 전에 어딘가에서 카피해갔는데 이건 도무지 정리하기가 어렵겠더라구요. 부모 입장에선 그렇다고 묵혀두지도 못하겠고…… 못다 쓴 거라도 책으로 만들어지면 우리 애가 좋아할 것 같아서……"

손수건으로 눈시울을 닦는 C의 어머니와 눈을 마주치지 못하고 나는 종이 뭉치로 시선을 옮겼다. 순간순간의 시상과도 같은 메모들이 대부분이었다. 노트에 기록한 것도 있었고 아무 종이나 찢어서 긁적인 것도 있었다. 일기처럼 날짜가 적힌 글과 그렇지 않은 글들이 뒤섞여 있어 어떤 형식으로든 정리를 한다면 의미가 있을 것도 같았다.

집에 돌아와 C의 원고 뭉치를 책상 위에 올려놓고 맥주를 한 모금 마셨다. 얼마쯤 목을 축인 후에야 그가 친필로 남긴 것들을 마주볼 용기가 났다.

낙서 같은 것들은 추려내고 뭔가 읽을 만한 게 없을까 뒤적이고 있는데 시선을 끄는 몇 개의 글들이 있었다. 한참을 읽다가 나는 자리에서 일어섰다. 그러고는 조용히 원고를 덮었다.

출판사 측에 전달한 C의 원고는 단상집 형식으로 출간되었다. 그 뒤로도 나는 C를 회고하는 작업에 이름을 올리게 되었고 그리운 얼굴이라는 테마로 제작된 책은 그가 전성기 때 냈던 여행 산문집만큼이나 조명을 받았다. 그 일은 수의 마음속에 앙금처럼 남아 있던 C의 기억을 어두운 곳에서 꺼내올 만큼의 효과를 가져왔다.

어느덧 내가 수와 커플이 된 것을 주변에서도 당연히 여기는 눈치였다. C를 대신하여 나는 새로운 얼굴로 살아가는 기분이었다. 모모 작가의 작업실에서 타이핑이나 두드리던 모습과는 전혀 다른 얼굴이 되어가고 있었다.

여느 때처럼 수와 같이 영화를 본 뒤 집에서 간단히 맥주를 마시고 있었다. 냉장고에서 안주 삼을 만한 걸 찾고 있는데 책장 주위에서 머뭇거리던 수가 뭔가를 꺼내보고 있었다.

"이거 뭐야? 메모지가 흩어져 있네. 내가 정리해줄까?"

수가 내용을 자세히 읽기도 전에 나는 그녀의 손에 있던 것들을 빼앗았다. 돌발적인 행동에 수가 당황하며 쳐다보았다. 나는 그녀의 시선을 외면하고서 다시 안주를 챙기는 척했다.

"영수증 뒷면에 생각 없이 낙서한 걸 거야. 버릴 거니까 만지지 마."

C의 원고 뭉치에서 슬쩍했던 장면이 떠올라 나도 모르게 얼굴이 창백해졌다. 출판사로 원본을 넘기기 전에 편취한 몇 장의 원고들이었다. 급하게 갈겨쓴 필체의 메모들 사이로 눈에 띄지 않은 원석을 발견한 느낌이었다. 단순한 호기심에 지나지 않았던 감정이 점점 질투심으로 바뀌었고 가져가 내 것으로 만들고 싶다는 욕심으로까지 커지게 되었다. 그것을 손에 쥐고 있으면 수 역시 절대적으로 내 곁에 둘 수 있을 것 같은 믿음마저 들었다.

책이 출간되고 나서 C의 어머니에게 원본을 돌려주었을 때 그의 모친은 사라진 원고에 대해 알 기운조차 없을 만큼 수척해져 있었다. 하루를 간신히 지탱하고 사는 나무처럼 말라버린 그녀는 고맙다며 내 손까지 잡아주었다. 아이러니한 상황이 펼쳐지고 있었다. 그럼에도 C의 것을 훔쳤다는 죄의식은 들지 않았다. 잠시 그의 것을 빌린 것뿐이라고 생각했다. 입고 돌려주면 그만인 옷처럼. 옷장 안에 둬봤자 입을 사람이 없는 C의 옷을 내가 입었다고 해서 세상이 달라질 것은 없었다.

나는 싸늘한 웃음을 뒤로하며 수의 어깨를 가볍게 안았다. 웃고 있었지만 기분이 상당히 언짢았다. 수를 잃게 될까 봐 두려웠던 마음이 거짓말처럼 사라지고 있었다. 갑자기 수가 지겹다는 생각이 들었다. 그냥, 간사한 감정 자체에 싫증이 난 건지도 모르겠다. 수가 옆에 있을 때마다, 사라졌던 C가 당장이라도 눈앞에 튀어나올 것만 같았다. C는 영원히 책 표지 속에 이미지로만 남아 있어야 했다.

나는 수에게 다가갔을 때처럼 이번에도 천천히 그녀를 밀어냈다. 조금씩 서운하지 않을 만큼만 선을 그었다. 마침 수의 아버지가 일조를 하였다. 그녀의 아버지는 가감 없는 사람이었다. 내 직업의 현재와 미래에 대해 솔직한 생각을 갖고 있었다. 사업가의 시각에서 봤을 때 내가 갖고 있는 포지션이란 무난하지도 특별하지도 않은 것이었다.

수는 낙심하여 학교에 모습을 나타내지 않았다. 마음을 못

잡고 방황하는 수에게서 나는 묘한 해방감을 느꼈다. 다시는 그녀를 못 본다 해도 아쉬울 것 같지가 않았다.

수는 체념하는 데 오랜 시간을 끌지 않고서 유학을 갔다. 나는 지긋지긋한 사슬에서 벗어난 기분으로 모처럼 학교 주위를 배회하였다. 동문들 사이에서 유학을 떠나버린 수에 대해 좋지 않은 평이 돌았다. 집안의 재력을 믿고 평소에도 도도했다거나 순진한 선배를 유혹했다 부모님 반대를 핑계로 버렸다는 등의 소문이었다. 나의 이미지가 타격을 받지 않는 한 어찌됐건 상관없었다. 그녀가 울면서 떠났든 웃으며 떠났든 그런 것은 중요하지 않았다.

십 년쯤 전에, 수의 부고를 알리는 기사가 뜬 것을 봤다. 미국과 캐나다 국경을 오가는 경비행기가 추락하여 한인이 사망했다는 기사였다. 헬기 투어 중 일어난 사고였다. 사망한 한국인 여성이 모 중소기업 오너의 장녀라는 짤막한 내용이었다.

얼마 전 나는 등단 이십 주년을 맞아 소설집을 냈다. 제자들의 성원도 있었고 시기를 놓치지 않고 발표한 최근작들의 평가가 나쁘지 않은 결과였다.

그동안 나는 꾸준히 글을 썼고 주목받는 작품도 더러 있었다. 긍정적인 평가들이 쌓여 모교에서 제자들을 가르치는 일도 맡게 되었다. 교수로 임용되는 데는 퇴임 때까지 나의 뒤를 돌보아준 노교수의 힘이 컸다.

눈 깜짝할 사이에 이십 년이 지났다. 그 시간들이 어떻게 흘러가버렸는지 돌아보기에는 턱없이 짧은 세월 같기도 했다. 기억할 필요가 없다고 여겨지는 것들을 휴지통에 넣고 비워버린 것처럼 머릿속에 아무것도 들어 있는 것 같지가 않았다. 하지만 삶에는 여유가 생겼고 쫓기는 듯한 초조함도 사라졌다.

간혹 그날의 일이 생각난 적도 있으나 이십 년이란 세월은 그날의 기억이 왜곡된 것에 지나지 않는다고 믿도록 만들기에 충분한 시간이었다. 내 주위에는 실재하지 않는 얼굴보다 실재하는 얼굴들이 훨씬 많아졌다. 아내와 두 아이들은 물론 글을 쓰는 동료 작가들과 그 주변의 사람들까지. 그것들과 함께 내 얼굴 또한 빛나고 있었다.

늦은 아침 커피를 내려 마시고 있을 때 아내로부터 영상통화가 걸려왔다.

방학 때마다 아내는 아이들을 데리고 해외 주재원으로 나가 있는 처형 집으로 떠났다. 고만한 또래의 사촌들과 어울려 영어로 말하고 학습 캠프 등을 이용해 현지에서의 교육을 짧게나마 체험하고 돌아왔다. 아내는 가능한 기회가 주어진다면 그곳의 학교에서 아이들을 가르치고 싶어 했다. 성격이 야무지고 묵묵한 편인 아내 덕에 비교적 편한 마음으로 글을 쓸 수 있었던 점을 감안하면 아이들 교육 문제에 와이프의 손을 들어주지 않을 이유도 없었다.

아내가 있는 곳은 크리스마스 준비로 떠들썩해 보였다. 영어로 인사를 건네는 아이들의 표정이 해맑았다. 꼬맹이에서 훌쩍 커버린 둘째 녀석은 제법 의젓해 보이기까지 했다. 멀리 떨어져서 보고 있어도 흐뭇한 영상이었다.

잠깐 눈을 붙이고 일어나자 조교로부터 메시지가 와 있었다. 출판사와 가까운 시내 모처에서 열리는 출판기념회 자리 참석을 확인하는 내용이었다.

시간이 남아 외출하기 전까지 청탁받은 원고를 들여다보았다. 다음 계절에 발표할 짧은 단편이었다. 일정상 시일이 촉박했으나 아직 반도 쓰지 못한 상태였다. 밤을 새우고 아침까지 붙잡고 있어도 별 진전이 없었다. '지난날을 돌아보며 나의 글이 진실에 근접한 것이었는지 되묻지 않을 수 없다. 하지만 이제 와 새삼 진실의 또 다른 실체가 있다고 믿는 독자들이 있을까. 그렇다 해도 나는 그것과 전혀 동떨어진 얼굴을 하고 있지는 말았어야 했다……' 직전까지 썼던 문장들을 지우고 다시 썼으나 마음에 들지 않았다. 밤에 돌아와 고치기로 하고서 집을 나섰다.

모임 장소의 분위기는 화기애애했다. 즐거운 담소와 맛있는 음식들이 넉넉하게 마련된 자리였다. 준비하느라 애쓴 제자들을 격려해준 뒤 나는 시간을 봐서 먼저 나왔다. 글을 마무리할 생각에 술도 몇 잔 마시지 않았다. 차 키를 들고 나간 조교가 미리 대리운전을 불러놓았다. 덕분에 기다리지 않고 곧바로 차에 오를 수 있었다.

조교에게서 목적지를 전달받았는지 대리기사는 방향을 묻지 않고 차를 출발시켰다. 나는 뒷좌석 쿠션에 몸을 기대고 편하게 눈을 붙였다.

얼마쯤 가자 살짝 정체가 왔다. 창밖을 보니 눈이 내리고 있었다. 대리기사는 무뚝뚝하게 운전대만 잡고 있었다. 눈이 온다고 했나…… 무심코 중얼거린 소리가 기사에게 흘러들어갔는지 그가 말을 걸어왔다.

"중부지방에 눈이 온다고 방금 라디오에서 하는 말 못 들으셨습니까."

라디오가 켜져 있었던가. 아무 소리도 들리지 않는다고 했더니 그가 피식 웃는 소리로 말했다.

"지금 막 라디오를 껐거든요."

나는 다시 눈을 감았다. 약해진 청력뿐 아니라 요 며칠 눈이 더욱 침침한 것 같았다.

"하지만 걱정 마십쇼. 조금 있으면 진눈깨비로 바뀔 거니까."

그가 확신에 찬 소리로 자신 있게 말했다. 나는 눈을 감은 채로 물었다.

"요새 일기예보는 그렇게도 알려줍니까? 기술이 좋긴 좋군요."

그러나 그는 딱 잘라 말했다.

"라디오에서 한 말이 아닙니다. 내 직감이 그렇다는 거죠."

신기하게도 얼마 안 가 눈이 비로 바뀌었다. 차창 밖으로 약해진 눈발과 함께 빗줄기가 흘러내렸다.

"이런 날 손님 내려주고 집에 돌아가려면 짓궂겠습니다."

"안 돌아가면 되지 않겠습니까."

그의 목소리가 어딘지 모르게 낯익었다. 내가 잘못 들은 소리 같기도 해서 잠자코 있는데 그가 다시 웃으며 말했다.

"하하. 농담입니다. 다 돌아갈 방법이 있지요."

신호에 걸려 차가 멈추었다. 눈이 떠져 차창 밖을 보니 마장동 부근인 것 같았다. 집으로 곧장 가지 않고 돌아가는 듯했으나 그냥 내버려두었다. 오랜만에 본 풍경이 많이 변해 있었다. 일부만 알아챌 수 있을 정도로 온통 달라진 느낌이었다.

"기억이 나시오?"

운전석에 있던 대리기사가 순간 내 쪽으로 몸을 돌렸다.

이십 년 전과 똑같이 얼굴 없는 사람이 나를 보고 있었다. 나는 그대로 얼어붙고 말았다. 과거의 어느 순간에서 시간이 정지해버린 것 같았다.

"착각이 아니었어."

작은 비명을 삼키며 그의 얼굴을 똑바로 보았다. 그는 다시 유유히 차를 몰았다.

"청년도 나이를 먹었군. 우리, 약속을 하지 않았었나?"

"약속……"

악몽을 꾸듯 되뇌어보았다.

"그동안 자네의 소설을 빠짐없이 읽었지. 신문에 쓴 칼럼이며 인터뷰 어디에도 내 이야기가 들어가 있지 않더군. 나는 그쪽을 도와주었다고 생각했는데. 기억 안 나나?"

이십 년 전으로 거슬러 올라가 모모 작가와 C, 그리고 수의 얼굴도 떠올랐다. 지금 눈앞의 형체 없는 얼굴과 나눈 대화까지도 하나하나 생각이 났다. 그리고 머지않아 내 얼굴은 비웃음으로 일그러졌다. 돌이킬 수 없는 일이었다. 지나버린 과거로 움츠러들 만큼 나는 젊지가 않았다. 새로운 글을 쓰면 그들은 또다시 기억에서 지워질 것이었다. 나는 경멸 섞인 시선으로 그를 향해 웃음 지었다.

"이봐 기자 양반. 당신 얼굴을 보고도 그런 말이 나와? 당신같이 괴상망측하게 생긴 허구의 인물을 내가 왜 글 속에 등장시켜야 하지?"

"자네가 이제껏 써온 글이야말로 엉터리 같은 허구지. 가짜 이미지에 사람들은 잘도 속더군. 지금 보니 자네, 꽤 근사해진 얼굴을 가지고 있군그래. 자네가 약속을 지켰다면 나도 완성된 얼굴을 가질 수 있었을 테지. 지금이라도 자네의 얼굴을 사람들에게 밝혀내겠어!"

"어리석군. 당신처럼 얼굴도 없는 존재의 말을 사람들이 믿어줄 거라 생각하나?"

"믿도록 해야지."

그는 순식간에 팔을 뻗어 내 목을 옥죄었다. 질식할 것 같은 고통이 숨을 압박해왔다. 나는 필사적으로 그의 손아귀에서 빠져나와 있는 힘껏 팔을 꺾었다. 그의 상체가 쉰 소리를 내며 고꾸라졌으나 차는 이상 없이 앞으로 달리고 있었다. 악을 쓰며 짓누르고 짓눌리는 싸움 끝에 그의 몸에서 힘이 빠지고 있다는 것을 느꼈다. 기운을 잃고 나는 그 상태로 쓰러져 버렸다.

차가운 한기에 정신을 차렸을 때 차 안에는 나 혼자였다. 차는 집 앞 주차장에 반듯이 세워져 있었다. 아직 어둑함이 가시지 않은 새벽녘이었다. 차에서 내려 몸에 익은 습관처럼 아파트 현관으로 걸어 들어갔다. 엘리베이터 안에서 거울을 힐끗 보았다.

집 안은 따뜻하고 아늑했다. 평상시와 같이 가족사진이 걸려 있었다. 거실을 물끄러미 돌아본 후 서재로 들어가 앉았다. 파일을 열어 쓰다 만 문서를 화면에 띄웠다. 마지막으로 수정된 문장들을 지우고 다시 글을 써 내려갔다. 제목을 얼굴, 이라고 고쳐보았다. 입가에 희미한 미소가 번졌다.

나는
  아무 짓도
하지 않았다

자동차 키를 잃어버렸다. 차 키에는 쇠 종 모양의 묵직한 열쇠고리가 달려 있었기 때문에 실수로 바닥에 떨어트렸다면 뭉툭한 소리가 났을 텐데도 아무런 소리를 듣지 못했다. 분리수거장에서 쓰레기를 버리고 지하 주차장으로 내려와 차 앞에 선 순간 열쇠가 감쪽같이 보이지 않았다.

차 문은 잠겨 있지 않아 그냥 열렸다. 시동 스위치에 차 키를 꽂아두고 내리는 경우가 간혹 있었으므로 차 내부를 샅샅이 뒤졌으나 차 안 어디에서도 열쇠는 나오지 않았다. 점퍼와 바지 주머니를 더듬어보고 크로스백을 거꾸로 들어 탈탈 털어도 보았지만 역시나였다. 집에서 나올 때 분명 손에 들고 있었는데 알 수 없는 일이었다. 엘리베이터를 타고 다시 올라가 동선을 되짚어보다가 혹시 내 손에 차 키가 들려 있었다고 처음부터 착각한 건 아니었나 의심마저 들었다. 정신을 놓고 다니는 나의 이력에 아직까지 가스 불 켜놓고 외출했다가 집을 홀랑 태워먹지 않은 것만 해도 용한 일이기는 했다.

한번은 홈플러스에서 장을 보고서는 집에 도착해서야 차 보닛에 계란 한 판이 올려져 있는 것을 발견한 적도 있었다. 계란이 어떻게 차에서 안 떨어지고 집까지 왔는지 생각해보니 홈플러스 지하 주차장에서 집까지 오는 길이 계속 오르막이었기에 가능한 일이었다. 속도를 내지 않고 천천히 경사진 길을 올라왔으니 그럴 수도 있었지만 보닛 위에 계란이 올라와 있는 줄도 모르고 운전석에 앉아 있었다는 게, 나의 정신이 도저히 이해가 가지 않았다. 길가의 수많은 사람들이 저 차 뭐지? 하고 바라봤을 게 아닌가.

다가구가 복잡하게 모여 있는 원룸 반지하에서 자취하던 대학 시절에는 현관 키를 열쇠 구멍에 꽂아둔 채 다음날 아침까지 뭣 모르고 잔 적도 있었다. 지금처럼 번호키가 없던 때라 외출을 하려면 반드시 집 열쇠를 챙겨들고 나가야 했는데 아침에 학교 가려고 아무리 열쇠를 찾아도 보이지 않았다. 지각할 것 같아 문 잠그는 걸 포기하고 집을 나서는 순간 현관문에 밤새 이슬을 맞은 채 꽂혀 있는 열쇠가 보였다. 바깥에 열쇠를 꽂아두고 안에서만 문을 잠근 것인데 문을 활짝 열어놓고 잔 것이나 다름없어 머리가 주뼛 섰다. 친한 고향 선배한테 "술도 안 먹었는데 너 참 정신 빠진 가시나다잉" 욕을 듣고도 비슷한 일이 한 번쯤 더 있었을 것이다. "이 처자 좀 보소. 목숨줄 내놓으려고 환장을 했네. 세상 무서운 줄 모르고……"

그 선배한테 밥을 얻어먹을 때마다 지청구를 들은 게 말이 씨가 되었는지 진짜로 목숨줄 내놓을 뻔했던 일도 있었다. 또 다른 원룸에서 살 때였는데 싱크대 천장에 달린 형광등을 갈다가 딛고 올라간 의자가 돌아가는 바람에 느닷없이 공중 낙하를 하게 되었다. 그 집은 바닥의 높낮이가 다른 특이한 구조의 반지하였는데 하필 바닥이 솟아오른 곳으로 떨어지면서 갈비뼈가 정통으로 충격을 받았다. 손을 뻗을 만한 자리에 핸드폰이 있었던 건 불행 중 다행이었다. 하늘이 노랗고 숨이 컥컥 막히고 기어갈 수도 없었다. 끙끙거리며 내복 차림으로 119에 실려가야 했다. 하필 소방대원 중 하나가 젊은 청년이었다. 아픈 중에도 너무나 창피해서 눈을 뜰 수가 없었다. 고향 선배와 그 선배에게 밥을 얻어먹곤 했던 무리 몇이 죽을사 들고 병실에 찾아와서는 "정말로 골로 갈 뻔했구나. 바퀴 의자 위에 올라가 형광등을 갈았다고. 혼자서 참 잘 논다"며 금이 간 갈비뼈를 보고 쯧쯧 혀를 찼다.

마지막으로 이사 간 원룸에 살 때 집에 도둑이 들었다. 단순 절도범이 아니라 일부러 빈집에 침입해 불을 못 켜도록 형광등까지 빼놓고 기다렸던 무시무시한 강도범이었다. 범인은 부엌 쪽에 난 작은 유리창을 깨고 안으로 팔을 뻗어 현관문을 열고 들어왔다. 순찰차가 출동해 도난 물품과 침입 흔적 등을 조사하며 집에 사람이 없었길 천만다행이라고 했다. 단순한 절도 '사고'가 아니라 강간 '사건' 같은 봉변을 당할 뻔한 일이었던 것이다. '범죄'라고 생각하니 무서워서 잠시도 마음을 놓을 수가 없었다.

TV에서 보던 것처럼 범인의 족적이나 지문 같은 걸 채취해 갈 줄 알았는데 지구대에서 출동한 순경들은 치안이 취약한 지역에서 흔히 일어나는 일인 듯 처리하는 데 그쳤다. 형사로 보이는 사람이 뒤늦게 조사를 나와 한다는 말이 장대비가 억세게 쏟아지는 칠흑 같은 밤이어서 누가 죽어도 몰랐을 거라고 진뜩 겁을 주고 돌아갔다. 겁에 질린 시민에게 그게 경찰이 할 소리였는지는 모르겠으나 아무튼 '누가 죽어도 몰랐을 거라는' 생각을 쉽게 떨칠 수 없었다. 조그만 소리에도 깜짝 깜짝 놀랐다. 범죄를 당한 피해자들에게서 나타나는 트라우마였다. 천둥 번개와 함께 폭우가 사납게 내리치는 밤, 빈방에 숨어 있었을 범인을 떠올리는 것만으로도 잔혹한 범죄영화의 한 장면이 생생히 그려졌다.

공포심 때문에 밤에는 정상적인 잠을 못 자고 아침이 되어서야 가슴을 쓸어내리며 숙면을 청했다. 남들이 출근하는 소리를 들어야 안심하고 잠이 왔다. 그날 밤 선배와 그 무리들과 또 비슷한 종류의 패거리들과 어울려 새벽까지 먹고 마시고 놀지 않았다면 아마도 나는 이 세상에 없는 사람이 되었을 것이다. 나를 포함하여 그들 중 반 이상이 백수에 가까웠으므로 아침에 해장을 하고 점심때가 다 되어서야 자취방에 돌아왔다. 날라리 같은 행동이 목숨을 살리기도 한다는 것을 그때 알았다.

범인이 기다리다 지쳐 돌아가면서 욕을 했을지도 모른다. 운 좋은 줄 알라고. 하지만 범인은 반드시 현장에 다시 나타난다는 말로 겁을 줌으로써 나의 백수 동료들은 내 소개팅 자리를 주선하고 나섰는데 그것이 내 결혼의 동기가 될 줄은 몰랐다. 패거리들이 쓸데없이 인정은 많아서 강도를 당할 뻔했던 나를 구한답시고 각자의 대학 동기 중에서 '집 있는 사람'을 물색하는 데 총력을 기울인 결과였다. '불우이웃돕기' 같은 결혼식이 아니었는지 지금 생각해봐도 우스꽝스럽기만 하다. 의협심 하나는 끝내주는 선배들이었지그래.

자기 명의로 되어 있는 아파트가 있다는 말에 뚱딴지같이 홀랑 결혼을 하다니. 뭘로 흥한 자, 뭘로 망한다고 했던가. 아무튼 남편 명의로 되어 있는 아파트에서는 끝내 살아보지 못했다. 명의만 남편 것일 뿐 남편 마음대로 좌지우지할 수 있는 게 아니었다. 시부모님의 투자 계획에 따라 금방 팔릴 집이었던 것이다. 그 후 대출을 몽땅 받아 이자를 쥐어짜며 갚은 결과 투기 지역과는 상관없는 곳에 간신히 32평짜리 아파트를 장만하는 데 꼬박 10년의 세월이 걸렸다. 이게 다 그 '강도 새끼' 때문이다. 아니다. 선배들의 '소개팅' 때문이다. 그렇다고 볼 수도 없다. 그러나 주된 원인은 '아파트'에 매료된 나의 속물근성 때문이다. 나의 '속물'의 기준이 고작 그깟 사이즈밖에 되지 않았다니. 속이 뒤집어지고 눈에서 불이 나지 않을 수 없는 일이 아닌가. 모파상의 「목걸이」의 여주인공은 교훈을 얻고 소중한 가치를 깨닫게 되었지만 나는 심각한 건망증을 얻고 화병까지 덤으로 받게 되었다는 데에 이른다. 하루는 화병이고 하루는 건망증이다. 오늘은 화병이 아니라 건망증 쪽이다. 핸드폰은 목에 걸고 차 열쇠는 허리춤에 차고 다니는 어르신들의 패션을 이제는 비난하지 말아야 할 것 같다.

아무리 생각해봐도 차 키는 쓰레기를 버리면서 손에 들고 있던 채로 버려졌을 가능성이 컸다. 플라스틱, 종이, 비닐 등을 분리해 부피가 커진 자루를 양손에 나눠 들고, 재활용함에 버릴 옷가지도 서너 개 정도 팔에 끼워둔 채였으니 마치 쓰레기가 나를 끌고 가는 것처럼 보이기는 했다. 뒤뚱거리며 걷다 보니 어깨에 멘 크로스백은 왔다 갔다 움직이고 날씨는 움츠러들도록 싸늘해서 한시라도 바삐 쓰레기들을 내던지고 싶은 마음밖에는 없었을 것이다. 액션을 과하게 취하여 차 키마저도 함께 내던진 것은 아니었을까.

혹시나 하는 마음에 쓰레기 더미를 뒤져보고 싶었지만 엄두가 나지 않았다. 종이만 모아놓은 부대 자루가 다섯 개인데 사람이 몇 명 들어가고도 남을 정도로 자루 하나당 크기가 무지막지했다. 자루 속으로 들어가 엄청난 양의 종이 폐기물 속에서 허우적댄다는 건 미친 짓이나 다름없었다. 몇 번째 자루에다 뭘 버렸는지도 기억이 가물가물했다. 플라스틱과 비닐을 수거하는 자루도 각각 네댓 개씩은 되었는데 끈적끈적한 냄새와 기름기가 달라붙어 있어 뒤적거려볼 용기가 나지 않았다. 그 또한 몇 번째 자루에 버렸는지 기억이 나지 않기는 마찬가지였다. 마지막으로 헌옷수거함은 자물쇠가 채워져 있어 아예 뒤져볼 생각조차 할 수 없었다. 아이가 유치원 버스를 타고 돌아올 시간이 코앞이었고 쓰레기장 앞에서 떨고 있기에는 너무나 추운 날이었다. 하는 수 없이 보조키를 가지고 나왔다.

막 시동을 걸고 있는데 카톡이 울렸다.

—언니들아~ 티타임 번개 어때?ㅋ

그룹채팅을 선동하는 S의 메신저였다.

S와 P와 나는 '그룹채팅방'으로 묶여 있는 독특한 이웃 관계이다. 아이들이 같은 유치원에 다니고 같은 아파트에 살며 연령대도 같거나 한 살 차이인 '이웃'이다. 적어도 그들이 나처럼 속이 자주 뒤집어지고 눈에서 레이저가 뿜어져 나오는

유형의 사람이 아니라는 점에서 동질감보다는 이질감을 느낄 때가 많다. 라테 위에 올라간 토핑 시럽처럼 그들의 말투는 폭신폭신하다. 하루는 화병이고 하루는 건망증인 나와는 확실히 다른 데가 있다. S와 P는 행복을 얼굴에 크게 찍어가지고 다니는 여자들 같았다. 웃음이란 게 가만히 있어도 자연스럽게 번져 나오는 것이듯 그들에게서 느껴지는 행복이란 숨기고 싶어도 자꾸 비어져 나오는 오리털 같았다. 언제 툭 튀어나올지 모를 화병과 건망증으로 내가 오리털을 따라가기는 어려울 것이다.

묶음 상품처럼 서로를 엮어 대화에 끌어들이는 방식을 S는 특히 좋아했는데 그렇다고 S와 P와 나의 관계가 톡 까놓고 말할 수 있는 개방적인 사이도 아니었다. 아이들의 친밀도 반, 엄마들의 취향 반으로 구성된 친분이니 순수한 관계라고만은 할 수 없었다. 야무지게 코도 못 푸는 아이들 세계와 엄마들의 지극히 계산적인 세계가 혼동되기 쉬운 시기여서도 그렇다. 갓난아기를 놓고도 누가 똥을 잘 누는가를 고민하는 게 엄마들이다. 하물며 성장하는 내내 누구는 어떻고 저렇고 비교집합체를 이루지 않을 수가 없는 것이다. 뉘 집 아이의 엄마인지도 모르는 어떤 엄마의 이름과 함께 내 이름이 어느 날 갑자기 그룹채팅방 속에 공유되어 있는 걸 보면 묘한 기분이 들곤 했다.

신호 대기 중간까지도, 곤란하다는 내용이 담긴 P의 답변과 함께 양해를 구하는 가벼운 농담이 카톡 속에서 분주하게 오가고 있었다. 나 역시 차 키를 어디에서 잃어버린지도 모르는 온전치 못한 정신적 상황과 오늘은 유치원에서 곧바로 아이를 데리고 한의원 들렀다가 태권도로 가야 하는 이동 경로에 대해 짤막한 브리핑을 답장으로 보냈다. 손짓 발짓으로도 모자라 몸을 비비 꼬고 침을 질질 흘리는 동작의 이모티콘까지 찍어 보내고 나서야 대화가 끝났다. 잠깐인데도 엄청난 에너지를 소비하고 난 기분이었다. 커피 한 잔 마실지 말지를 두고도 이토록 상세한 설명과 이유가 필요하다니. 이웃들을 머리 위에 떠받들고 사는 것 같다.

아이를 학원에 내려주고 마트에 들러 장을 보는데 위아래로 세 살 터울씩인 친정 언니와 남동생으로부터 차례로 전화가 걸려왔다. 언니는 결혼식 상담을, 남동생은 입덧하는 제 마누라 영양 상태를 보고했다. 동생 녀석은 입덧이 불치의 병이라도 되는 양 전전긍긍 앓는 소리를 냈다.

남들보다 길고 많은 연애를 하느라 뒤늦게 짝을 찾은 언니에게 실버 맘이 되기 전에 애부터 만들고서 예식장 잡으라고 말하면 팔짝 뛸 것이었고, 나도 굶어 죽기 직전까지 입덧을 해봤다고 말한다면 남동생 역시 팔짝 뛸 것이었다. 적절한 조언과 위로가 뒤섞인 통화를 이어가며 야채 생선 과일 코너로 종종거리고 다닌다. 이어마이크를 끼고 세일을 진행하는 판매원의 목소리와 통화 음성이 만나 귓등을 뜨겁게 달구었다.

두 팩씩 세 팩씩 묶어 팔던 하우스딸기를 한 박스당 만 원이라고 외치자 사람들이 구름같이 몰려들었다. 육해공 먹을거리 중에 무엇을 저녁 메뉴로 잡을 것인지 갑자기 머릿속이 하애진다. 쇼핑카트를 던져두고 집으로 가 눕고 싶어진다.

언니에게는 언니 취향의 혼수대로 밀고 나가는 쪽에 한 표를 던져주는 것과 철없는 시누이 흉을 봐주는 것으로, 남동생에게는 익혀둔 깍두기 한 통 내주는 것으로 결론을 내렸더니 통화가 잠잠히 마무리되었다. 내가 결혼하고 입덧할 때는 우주보다도 멀찍이 떨어져 구경하던 형제들이 요즘 들어 부쩍 연락이 잦다. 친정 언니는 싫증 난 핸드백이나 옷가지를 싸들고 와서는 미주알고주알 결혼 준비에 대한 스트레스인지 자랑인지를 늘어놓는가 하면 남동생은 조카의 간식거리를 사온답시고 제 와이프와 함께 다음날 아침까지 끼니를 해결하고 가기 일쑤였다. 애 낳기 전부터도 이러는데 몸 풀고 나면 아예 작정하고 들러붙는 건 아닌지 모르겠다.

아이를 데리고 집에 오니 어느새 저녁놀이 붉게 지고 있었다. 뒷좌석에 널브러진 유치원 가방을 메고 트렁크에서 한약과 장바구니를 꺼내 질질 끌어내린다. 비타민 젤리를 오물거리던 아이가 "엄마, 자나랑 브라우니는 언제 꺼낼 거야?" 꽥하고 소리를 지른다. 아이가 좋아하는 인형을 뒷좌석에 나란히 앉혀놓고 스파벨리 다녀온 게 몇 달 전인데 아직도 꺼내지 못하고 있다. 녀석들은 덩치가 커 문득 사람처럼 보일 때도 있었다.

"엄마는 게으름뱅이야. 엄마가 안 꺼내줘서 자나랑 브라우니는 차에서 못 내려. 자나랑 브라우니 불쌍해."

"아빠한테 꺼내달라고 하면 되잖아."

"아빠도 똑같아. 꺼내준다고 해놓고서 귀찮으니까 다음에 꺼내자고 하고."

"엄마가 자꾸 잊어버려서 미안해. 내일은 무슨 일이 있어도 꼭 꺼내줄게."

엘리베이터를 기다리는데 세상에 종말이 온 것처럼 피곤해진다. 대단한 열정을 쏟아부은 하루도 아닌데 땅으로 꺼질 듯한 체력 저하는 어디에서 오는가. 엘리베이터는 왜 이리도 더디 오는가. 이 짧은 순간에 나는 도대체 왜 해골 같은 얼굴로 서 있는가. 화병도 건망증도 아닌 이것은 무기력증이다.

관리사무소에서 안내 방송이 나올 즈음에는 차 키를 찾아야겠다는 의욕도 어느 정도 식어 있었다. 차 키를 습득하신 입주민은 경비실이나 관리사무소로 꼭 가져다주십사 하는 내용의 방송이 나오고 있었다. 그 짧은 안내 방송 한 번을 부탁하러 갔다가 얼마나 치사하고 집요한 사람이 되었는지 모른다. 분실물을 주워서 돌려줄 사람 같았으면 바로 가져왔다, 집 안이나 차 매트 사이의 생각지도 못했던 장소에서 발견될 수도 있다, 이런 일로 안내 방송 하기는 좀 그렇다, 자칫 주민들의 기분을 상하게 만들 수 있다, 방송 자체를 시끄럽다고 싫어한다, 방송 한 번 내보내는 것도 관리소장의 허가를 받아야 하는데 지금 관리소장이 자리에 없다, 그래도 원하신다면 소음 규제상 퇴근 시간 무렵 한 번만 안내 방송을 내보내겠다……

거기까지 설명을 듣고 나니 내가 마치 경우라고는 찾아볼 수 없이 몰상식한 사람이 된 것 같아 더 이상 입도 뻥긋할 수 없었다. 없는 열쇠를 가짜로 만들어 오라는 것도 아닌데 관리소 직원이 나한테 왜 그러는지 알 수 없었다.

억울한 마음에 찾아간 카센터 주인은 키 박스 바꾸고 리모컨까지 바꾸는 데 이십일만 원이 든다고 했다. 멀리서 잃어버렸으면 상관없지만 집 주변에서 잃어버린 거라면 키 박스를 바꾸는 게 안전하다고 했다. 리모컨으로 눌러보면 차량 식별쯤 일도 아니고 키 분실로 일어난 도난 사고는 차주 과실이기 때문에 보험 처리도 쉽지 않다고 했다. 주행 킬로수로만 놓고 보면 아직 새 차에 가까운데 도난 차량이니 대포차니 하는 말을 듣고도 그냥 돌아서기가 아무렇진 않았다. 이십일만 원과 한 달 치 아이 학원비를 저울질하다 일단은 발길을 돌렸다.

그나마 경비 아저씨의 말은 실낱같은 희망을 갖도록 했다. 마침 재활용수거업체에서 쓰레기를 수거해갔는데 그이들한테 잘 말해놓았으니 기다려보라는 것이었다. 낱낱이 수작업으로 분류하는 과정을 거치기 때문에 열쇠가 나오면 다음 수거일에 반드시 가져다주겠다고 했다는 것이다. 경비 아저씨의 따뜻한 말 한마디에 큰 위로를 받은 나는 하루속히 열쇠를 찾아 관리실에서의 냉대와 모욕감을 만회하리라 다짐했다.

배고프다고 아우성치며 냉장고에 원숭이같이 매달려 있는 아이와 으르렁거리며 밥을 짓는다. 저녁 준비가 아니라 전쟁 준비를 하는 것 같다. 뚝딱뚝딱 망치질에 가까운 속도로 도마 위 재료들을 썰고 지지고 볶는다. 내가 전문성을 갖춘 셰프도 아닌데 시어머니는 가끔 칭찬 일색일 때가 있다. 살림꾼 손이라느니 며느리 중에 제일 쓸모가 있다느니 같은, 칭찬인지 깎아내리는 말인지 모를 애매한 덕담 말이다. 남편은 칭찬이 곱하기가 되어야 한다고 생각하는지 가족 모임 같은 자리에서 뭔가 덧붙이는 말을 곧잘 하는 편이었다. 가령 어머니 옆에서 듣고 있다가 자취를 오래 해서 그렇다는 둥 고생을 해봐서 그렇다는 등의 맞장구를 쳐주는 식이었다. 내가 칭찬받고 싶어 환장한 사람도 아닌데 듣기 좋은 말로 사람을 들었다 놨다, 일꾼을 만들었다가 만화 주인공 캔디를 만들었다가 거지 같은 고학생을 만들었다. 덕분에 나는 수도에서 제일가는 대학교의 박사 출신인 동서들 사이에서 극명하게 대비가 되어 미친 존재감을 발휘할 수 있었다. 내가 시어머니와 남편에게 앙심을 품고 사는 것도 아닌데 나한테 왜 그러는지 모르겠다.

하우스딸기로 배를 채운 아이가 밥을 몇 숟갈 뜨지도 않고 뒹굴뒹굴 뭉개고 있다. 아이의 몸속에 통통 튀는 공이라도 들어 있는지 잠시도 가만히 있지를 않는다. 아이가 얌전하게 놀지를 않으니 S와 P의 딸들과 있을 때 자연히 비교가 될 수밖에 없다. "현지는 진짜 활동적이야. 우리 애들은 너무 조용해서 걱정인데. 난 현지같이 잘 노는 애들이 좋더라." S와 P가 약속이라도 한 것처럼 하는 말이지만 그것이 거짓말이라는 것을 나는 알고 있다.

내가 남의 아이와 내 아이를 비교하는 속물적인 여자는 아니지만(사실은 비교하는 여자다) S의 딸은 미술과 리듬체조에 소질이 있고 P의 딸은 얼굴이 인형처럼 생겼다. 나는 그렇게 예쁘게 생긴 어린이를 TV 화면 밖에서 본 적이 없는데 아니나 다를까 아역배우 제의를 여러 번 받았다고 했다. 아역배우란 게 얼굴만 예뻐서 될 게 아니라 끼가 있어야 하는데 P의 딸은 수줍음이 많아서 못 시켰다나. 결혼 전에 홈쇼핑 모델로도 활동했다던 P의 얼굴을 P의 딸이 쏙 빼닮았다.

나와는 위아래 집으로 가깝게 지내던 S가 어느 날부터 P의 집인 40평형대 동으로 자주 놀러 가는 것을 의아하게 여길 일만도 아니긴 하다. 아이들 성향이 맞는지 안 맞는지에 따라 엄마들의 친밀도가 결정되는 건 당연한 일이기도 했으니까. 몸에 열이 많은 체질이라 기운을 발산시키며 놀아야 하는 현지와, S와 P의 딸들을 같이 뒹굴면서 놀라고 할 수는 없지 않은가. 발레복 한번 입혀보고자 아이 궁둥짝을 따라다니다시피 해가며 간신히 발레를 시켰다 끊은 나하고 S와 P가 같을 수는 없을 것이다. 발레에서 태권도 학원으로 바꾼 뒤부터는 살판난 망아지같이 뛰노는 현지 앞으로 체질개선용 한약까지 바치고 있는데 약발이 잘 들을지는 모르겠다.

내년에 초등학교에 들어갈 아이에게 시어머니는 "우리 현지, 공부 잘해서 큰엄마 작은엄마처럼 돼야지" 벌써부터 부담을 안겨주고 나섰다. 수도에서 제일가는 대학교를 나오지 못한 내가 무언의 모멸감에 화병이 올라오는 사이 S와 P는 급속도로 가까워져 있었다. 그들이 부부동반으로까지 밥을 먹어가며 연대감을 과시하지 않았다면 나 또한 몇십만 원이나 나가는 한약을 지르지는 않았을지 모른다. 우리 아이가 순위 계열에서 밀려난 묘한 틈 사이에서, 혹은 자력갱생의 고독한 분투 속에서 나는 어떤 위기감을 느끼고 있었던 게 분명하다. 그런 심리를 한약이 비집고 들어왔다. '그럼. 내가 현지를 어떻게 낳았고 어떻게 키우는데. 그럼.'

남편은 열시가 넘었는데 저녁밥도 안 먹고 들어왔다고 하더니 차 키에 달린 열쇠고리가 이십여 년 전, 대학원 선배 형이 유럽에서 공부를 마치고 오는 길에 선물로 사다 준 것이라면서 사실은 순은덩이로 만든 거였다는 얼토당토않은 소리를 하고 나섰다. 그 정도 무게가 나가는 순은덩이 열쇠고리를 자기 부모님도 아니고 은사님도 아니며 여자 친구도 아닌 과 후배 남학생에게 선물로 주는 정신 나간 인간도 있느냐고, 나도 주섬주섬 밥상을 차리며 맞대응을 했더니 남편은 바로 삐져서는 몇 마디 툴툴거리다 입을 다물어버렸다. 그 표정이, '정신 나간' 인간이 과연 누구냐고 나에게 묻고 있는 것 같아 약간 뜨끔한 생각이 들었다. 잠시 후, 백 프로 순은은 아니어도 순도가 높은 은덩이를 길거리의 장인들이 예술품처럼 만들어 파는 거였다고 남편이 슬쩍 말을 바꾸어 다시 반론을 펼치기 시작했다. 그 정도 무게라면 지금 은값 시세로 얼마는 나갈 거라는 근거 없는 셈법을 덧붙이며 남편은 손때 묻은 열쇠고리가 사라진 것에 대해 아쉬워하고 또 아쉬워했다. 차 뚜껑에 계란을 올려놓고 다녀도 모르는 내 앞에서 열쇠고리 따위를 그리워하다니. 이게 다 그 '강도 새끼' 때문이라고 속으로 또 욕을 했다.

결혼 전이었다. 고약한 냄새기 나는 돼지국밥집에서 김새는 덕담만 늘어놓던 남편의 대학원 선배에 대해 나는 불쾌한 기억을 갖고 있다. 그는 남편을 가리켜 "이놈 불쌍한 놈이에요. 불쌍한 내 후배 놈 잘 좀 부탁합니다" 소리만 열 번도 넘게 반복했다. 나는 약속 장소에 대한 정보와 분위기를 전혀 모른 채 새로 산 블라우스를 입고 나갔다가 나중에는 거의 울 것 같은 얼굴로 집에 돌아와야 했다. 생뚱맞게도 지도교수의 후계자 구도 이슈가 튀어나오자 비판에 열을 올리던 그 선배가 내 옷에 돼지국밥 국물을 튀긴 것도 한몫했지만 어쩐지 내가 '불쌍한 놈'과 결혼하는 것만 같아 몹시 침울해졌기 때문이었다.

돼지국밥을 얻어먹은 대가로 그 대학원 선배에게 축의금을 받지도 못했을뿐더러 최근까지도 그 집 셋째 아이 돌잔치에 초대를 받았다. 우리는 아이가 한 명뿐인데 너무한 것 아니냐고 남편을 흘겨보았다가 "예전에 아동서적 만드는 일도 했던 사람이 왜 그러냐"고 생뚱맞은 질타를 받아야 했다. 아동서적 만드는 일과 돌잔치 경조사비가 어떤 관련이 있는지는 모르겠지만 아무튼 그 선배라는 인물에 대해 내가 갖고 있는 편견이 맞다면 절대로 순은덩이를 선물로 주었을 리 없다. 그 집에서 기르는 반려견 목에 걸어주었다면 또 모르겠다.

하물며, 그 대학원 선배와 일 년에 한 번이나 연락을 할까 말까 하면서, 은값 시세가 백만 원이나 천만 원이 나가는 것도 아니면서, 진짜 은인지 쇳덩이인지 지난 이십여 년 동안 단 한 번도 금은방을 찾아가 감정을 받아본 적도 없으면서, 남편이 그 닳고 닳은 열쇠고리에 대해 두 번인가 더 원망 섞인 아쉬움을 토로했을 때 급격한 울분이 치솟으면서 바늘로 꼭꼭 찌르듯 편두통이 시작되었다. 화병이나 건망증이 아니었다. 이것은 뭐랄까, 초저녁에 닭처럼 깜빡 졸고 나면 개운해지는 주부들의 전형적인 '발작' 같은 것이라고 해두자. 키박스를 바꾸면 돈이 얼마라는 얘기는 남편에게 하지 않기로 했다. 분명 열쇠가 발견될 것이라고 나는 믿기로 했다.

P의 집 리모델링이 끝난 것을 겸한 조촐한 티타임을 연다고 S에게서 인터폰이 왔다. "당사자인 P 말고 왜 S 너가 연락을 하는 거니?" 했더니 S는 "P언니 지금 무지 바쁠걸. 연락 정도는 대신 돌려줄 수 있잖아" 했다. 지난번 제집에서 천연 비누 모임 가질 때는 늦게라도 올라와서 구경해보라는 형식적인 권유조차 싹둑 잘라먹던 S가 언제부터 P의 대변인 노릇까지 자처하고 나섰는지 모를 일이었다. 바로 아래층인 우리 집에서, 내가 어렵게 소개받은 학생 두 명과 논술 수업 중이라는 것을 알면서도 그날 S의 집은 얼마나 시끄러웠던가. S가 나에게 '언니'라고 부르는 것 때문에 층간소음의 고통을 강력히 호소조차 못한다는 것에 분개하지 않을 수 없었다. 인터폰으로 짧게 "S야, 지금 수업 중"이라고 말하지 않고 "S야, 지금 수업 중이야. 이 나쁜 년아" 하고 말하고 싶어 입이 근질거릴 지경이었다.

조촐하게 차 한잔 마실 걸 가지고 P가 바쁠 일은 또 뭐람.

우리와 같은 평수에 살던 P가 40평형으로 집을 옮긴다고 할 때부터 시작되었던 인테리어 공사가 끝나긴 끝난 모양이었다. 이사 다닐 때마다 속을 끓여봐서 그런지 나는 다른 건 몰라도 잔금도 치르기 전에 집을 비워주고 시공까지 허락한 P의 매도인을 보며 P는 참 복도 많다 싶었다. 내가 이사 다닐 때마다 집값이나 전세금은 늘 꼭대기에 있었고 눈이 펑펑 내리는 날이었거나 비가 내렸거나 잔금으로 애를 먹었거나 그랬다. 그래도 그 많은 이삿짐을 싸는 동안 돈을 떼이거나 사기 당하지 않은 것만도 용타고 여기며 살았는데 P를 보면 볼수록 그런 노래 가사가 생각났다. 그대 앞에만 서면 나는 왜 작아지는가…… 부러우면 지는 거라 했는데, 내가 먼저 S와 P에게 말 놓는 친구하자 그런 것도 아닌데, 어쩌다 나는 S와 P 사이에서 갑도 아니고 을도 아니고 병이 된 것만 같은 기분을 느끼고 있는가.

간단한 티타임이라고 해서 그런 줄 알고 갔더니 P의 집에는 S와 나 말고도 이미 세 명의 엄마들이 더 와 있었다. 카톡 채팅방에서 들어본 것 같은 이름의 사람들이었다. 그들의 손에 공기정화식물이나 집에서 구워 온 쿠키 같은 선물들이 들려 있었다. 생각지도 못한 사람들이 온 것에 놀라고 하다못해 두루마리 휴지라도 살 시간을 갖지 못한 채 인터폰에 쫓겨 S를 따라온 것에 민망했다.

채팅방에선 적어도 누구 엄마라는 호칭으로 통했었는데 P의 집에서는 모두 너, 혹은 나로 대화가 오가고 있었다. 내가 S와 P로부터 말 놓는 상대가 된 것을 그나마 특별한 우정이나 공감대 때문이라고 생각한 건 나의 착각에 지나지 않았다. 처음 보는 그들도 S와 P에게는 모두 특별한 '마미 프렌즈'였다. 줄줄이 사탕처럼 P를 따라다니며 흠잡을 데 없는 디자인과 건축자재에 감탄사를 연발하는 '나'와 '너'들은 P의 빛나는 결혼 생활을 공개하는 카카오스토리의 들러리쯤 되는 것일까. 집에서 낮잠이나 잘걸 괜히 따라왔어. 살짝 후회가 되었다. 유치원 버스 올 시간에 맞춰 적당히 일어나려고 했는데 S가 이미 차량 담당 선생에게 연락을 취해놓았다며 득달같이 달려 나가 아이들을 몰고 P의 집으로 왔다.

P의 집은 어느덧 전시회장과 키즈카페가 뒤섞인 문화센터를 방불케 했다. 현지는 그중에 오직 하나뿐인 청일점 남자아이하고만 뛰어놀았다. 남자아이는 현지보다 두 살이나 어렸는데도 경찰놀이 축구놀이를 하는 게 재미있었는지 정신연령의 한계를 느끼지 않았다. 나는 현지가 P의 새 가죽 소파 위로 올라가 뛸 때마다 신경이 쓰였다. 아래층에서 쫓아오지는 않을까도 걱정이었다. "재밌게 잘 노는데 혼내지 마." 오히려 P가 다가와 인심 쓰듯 말했다. 흥, 그 역시 오리털 같은 거짓말일 테시. 내 마음을 눈치챈 긴지 P가 "신경 안 써도 돼" 했다. 기존의 마룻바닥을 들어내고 소음방지용 장판을 깔았다고 했다. 그러자 모두들 "그거 했구나" 했다.

하지만 현지가 가는 곳마다 크고 작은 분쟁이 생겼다. 특히 S와 P의 딸들은 자기들만의 공주놀이에 절대로 현지를 끼워주지 않았다. 이렇게도 놀고 싶고 저렇게도 놀고 싶은 현지가 자꾸 심술을 부렸다. 내가 현지를 몇 번이나 혼내주고 싶다고 느꼈을 때 급기야 P의 딸이 급소를 찌르며 말했다. "엄마, 현지 싫어! 가라고 해!" 그러자 현지도 가만히 있지 않았다. "너희 엄마가 오라고 한 거거든! 너네 엄마가 가라고 할 때까

지 안 갈 거다 메롱!" 앙칼지게 약을 올렸다. 분에 못 이긴 P
의 딸이 순식간에 울어버렸다. 애들 싸움이지만 분위기가 냉
랭한 것이 벌써 P의 딸 쪽으로 동정론이 기울고 있었다. 뭔가
수습하고 나서야겠다고 여긴 S가 어색한 침묵을 깨고 씩씩하
게 말했다. "오우! 현지, 센데?" 그것은 거짓말이 아니라 사
실이었다. S가 그럴 줄 알았다. 태양인의 체질 좀 가졌다뿐인
우리 현지를 '일진'의 기질이 다분한 아이로 몰아갈 줄 알았
다. 나는 팔짱을 끼고서 S가 뭐라고 더 입방아를 찧을지 찬찬
히 들어줄 생각이었는데 P가 당황스러운 듯 아이들을 달래고
화해시켜보려 했다. 그럴수록 P의 딸은 계속 울고 현지는 조
금도 굴복하지 않았다. 주변 엄마들의 눈총이 따가워 서둘러
아이를 데리고 P의 집에서 나왔다.

　씩씩거리던 현지가 P의 집을 벗어나자 언제 그랬냐는 듯
다시 제 모습으로 돌아왔다. 몸에서 발산하던 열이 가라앉은
모양이었다. 아이가 아무리 몸에서 열이 분출되어도 다른 아
이들과 부딪히지는 말았으면 좋겠다 싶었다. S, 그것의 방정
맞은 입놀림처럼 현지가 진짜 '센' 아이가 되어서는 곤란하지
않겠는가. 쓸데없는 조바심과 비교 따위를 하면서 나는 현지
와 약간의 거리를 두고 걸었다. 길 건너 태권도 학원으로 곧
장 걸어갈 생각이었다.

　나는 그냥 무심코 먼저 길을 건넜다. 신호등이 없는 1차선
도로였는데 통행량이 적은 스쿨존 지역이어서 위험한 길은

아니었다. 내가 먼저 길을 건넌 후에 무의식적으로 뒤를 돌아보았을 때 금색 마티즈 한 대가 쏜살같이 현지 앞을 지나쳐 갔다. 너무도 순식간이어서 나는 앗, 하는 소리도 못 지르고 그 광경을 보고만 있었다. 몸을 날려 아이 쪽으로 달려가지도 못한 채 그냥 어어, 하고만 있었는데 차가 쌩하고 지나가버린 후에야 비로소 정신이 돌아왔다. 엄마의 뒷모습만 쳐다보면서 걷던 아이 역시도 그 짧은 순간에 벌어진 일이 어떤 의미인지를 미처 파악하지 못하고 있었다. 기절할 것 같은 나를 보고서 뭔가 이상하다고 여긴 아이가 그제야 "엄마, 무서워……" 하고 울음을 터뜨렸다. 아무리 느려도 칠팔십 이상의 속력이었는데 그 속도로 아이를 덮쳤다면, 상상만으로도 아찔해서 가슴을 쓸어내리게 했다. 등줄기로 식은땀이 흘렀다. 다친 데가 없는지 아이의 몸을 몇 번이나 만져보았다.

아이는 멀쩡하고 내가 병이 났다. 기적처럼 짧은 순간이 내 편이 아니었다면 아이는 어떻게 됐을까. 자꾸만 그 장면이 떠올라 심장이 벌렁벌렁했다. 나는 나를 원망하다 눈물까지 흘렸다. 머리를 쿵쿵 때리는 두통 때문에 잠을 잘 수가 없었다. 내가 받은 충격에 대해 함께 말할 누군가가 필요했다. 나는 억울했고 누구를 향해서인지 모를 화가 자꾸만 끓어올랐다. 남편에게 전화를 걸었다. 금요일 밤의 남편은 심하게 취해 있었다.

아침에 신문과 함께 구겨져서 들어온 남편에게 이불을 던져 주고는 나는 몸져누워버렸다. 몸살이 도져 병원에서 링거를 맞고 있는데 눈 좀 붙일 만하면 문자가 오고 전화가 왔다. 시댁과 친정에서 오는 연락들이 하나도 반갑지가 않았다. 자주 좀 왔다 가라, 손녀 얼굴 잊어버리겠다. 애 공부는 뭘 시키며 반찬은 뭘 먹이느냐 등등을 시어머니는 세세히 물었다. 따가운 눈총을 맨몸으로 방어하며 통화를 마치고 나자 친정엄마로부터 직격탄이 날아왔다. 김장 김치가 택배로 갈 것이니 알아서들 나눠 가지라는 거였다.

"무슨 김장을 벌써?"

"어차피 김치냉장고에 들어갈 물건 하루라도 덜 추울 때 해치워야지 요즘은 한겨울에 덜덜 떨면서 김장 안 해."

그런데 분배는 또 무슨 말인가 싶어 자초지종을 들어보니 언니와 남동생네 김치까지 한꺼번에 나한테로 보냈다는 거였다. "나보고 어떡하라고!" 나도 모르게 버럭 소리를 질렀다. 언니는 결혼 날짜가 임박해 짐을 줄이는 터라 김치를 받을 수 없다고 했다.

"그럼 언니는 김치도 안 먹어?"

"니가 갖고 있다가 언니랑 동생네 오면 통에 담아 줘라."

씩씩거리며 남동생에게 전화를 걸었다. 와이프가 입덧 때문에 아무것도 못한다고 동생은 펄쩍 뛰었다. 앉아서 택배 받는 일도 못하냐고 쏘아댔더니 벌떼처럼 윙윙거리고 달려들었다. 입덧이 얼마나 힘들었으면 '김치'라는 말만 들어도 '경기'

를 일으킨다고 했다. 자기들 몸만 쏙 빠져나가고 자기들 먹을 것만 달랑 챙겨가는 언니와 동생에게 넌덜머리가 났다.

분노를 삭이기 위해 이불을 뒤집어쓰고 있는데 엄마한테서 다시 전화가 왔다. 우리 집이 터미널도 아니고 이제부터 각자 먹을 건 따로따로 부치라고 했더니 엄마는 형제간에 그러면 못 쓴다고, 택배비도 아끼고 좀 좋으냐고, 속을 긁는 소리를 했다. 언제나 속에서 불이 나는 건 나뿐인 것 같다. 김치고 뭐고 다 귀찮다고, 제발 나한테 아무것도 보내지 말라고 얘기하고 있는데 아무런 반응이 없다. 엄마가 자기 하고 싶은 말만 하고서 또 전화를 끊어버린 것이다. 얼마 안 있다 택배기사한테서 연락이 왔다. 집에 사람이 없어 경비실에 김치를 놓고 갔다고 했다. 그냥 문 앞에 놓고 가지, 김치 세 박스를 어떻게 옮기냐고 했더니 분실 책임 때문에 어쩔 수 없다는 변명만 되돌아왔다.

링거 수액을 다 맞아갈 즈음, 택배 인터폰이 울려도 잠만 잤던 남편이 뭔가 먹어야겠다고 생각했는지 숙취로 괴로운 목소리로 전화를 걸어왔다. 병원 옆 건물에서 파는 원조뼈다귀탕이 먹고 싶다고 말했다. 나는 부드러운 죽을 넘기고 싶다고 했더니 그럼 죽도 사오고 뼈다귀탕도 사와, 했다. 술은 자기가 먹었는데 남편은 왜 나에게 해장을 요구하는가. 술병 난 남편은 왜 몸살 난 나보다 더 아프고 난리인가. 내가 스파이도 아닌데 왜 다들 나에게 전화로 지령을 내리는 것인가.

죽집에 들러 전복죽 포장을 주문해놓고 원조뼈다귀탕집에도 포장을 맡겨놓았다. 양손에 각각의 먹을 것을 들고 집으로 공수해온다. 거칠거칠한 머리카락은 바람에 휘날리고 배고픈 모습으로 걷고 있는 내가 사냥감을 물고 돌아오는 늙은 사자처럼 보인다.

정문 경비실 앞을 지나칠 때 문제의 김치 세 박스를 보았다. 박스 겉면에 작은 스티커 말고도 굵은 글씨체로 내 이름과 우리 집 주소가 큼지막하게 쓰여 있다. 어서 처리하라는 신호 같아 부담스럽다. 모른 척 외면하고 싶다. 선녀는 날개옷 입고 도망가고 싶어 어떻게 참고 살았나. 납치 강간 감금에 노동력 착취까지 나무꾼과 그의 어머니가 저지른 악행은 요즘으로 치면 중범죄에 해당하는 짓이다. 부엌일에 도가 튼 신데렐라와 장금이가 착하고 예뻤다는 건 순 거짓말이다. 주방장들 중에 성질 안 더러운 사람을 못 봤으며 군기 빠진 조리장을 보지 못했다. 칼과 물과 불을 다루는데 비단결 같은 사람이 어디 있겠는가. 그릇은 깨지기 쉽고 냄비는 무겁다. 음식물과 포장지 쓰레기는 또 얼마나 생겨나는가. 그러고 보니 쓰레기와 관련하여 자동차 열쇠의 행방에 대해 경비 아저씨한테 묻고 넘어가지 않을 수가 없다. 기다려보라고 할 땐 언제고 감감무소식이다. 짐수레를 빌려 김치 박스를 옮기다 말고 나는 문득 쓰레기 수거일이 지나지 않았냐고 경비원에게 물었다.

"쓰레기 수거요? 벌써 해갔지. 어제였는데." 별일 아닌 듯 웃으며 그가 왜 그러냐고 도리어 나에게 물었다. "지난번에 열쇠 물어봐주신다고……" 내가 좀 머쓱한 얼굴로 차 열쇠 사건에 대해 상기시켜주고 나자 경비원이 "아, 열쇠!" 했다.

"아이고 사모님, 어쩌나. 분리수거업체가 바뀌었는데. 어제도 바뀐 데서 왔다 갔어요."

"어떻게 그렇게 갑자기 업체가 바뀌어요?"

"그러게요. 입주자대표회의에서 갑자기 바뀠어요. 회장님 지시하에. 허허."

"그럼 연락 같은 것도 없었나요? 열쇠 찾았다고……"

"예, 허허. 그 사람들 기분도 좀 그렇죠. 갑자기 교체를 해 가지고……"

금은보화를 잃어버린 것도 아닌데 그 많은 쓰레기 중 손톱만큼 일부일 뿐인 열쇠를 가지고 갑론을박을 벌이는 내가 이제는 진짜 정신이 이상한 사람 같아졌다. 속이 뒤집어지고 눈에서 불날 기운조차 남아 있지 않다. 아무 일도 일어나지 않았는데 쓰나미가 지나간 것 같은 여진만 남아 있을 뿐이다. 허탈하게 돌아서 김치 박스를 끌고 가는데 경비원이 저만치 서서 소리쳤다. "사모님! 짐수레 빨리 쓰고 갖다주셔야 합니다!"

입주자대표회의는 어째서 자기들 마음대로 쓰레기업체까지 쥐락펴락하는 것인가. 내가 부녀회장이나 동대표에게 귀찮다고 문을 안 열어준 적도 없는데, 아파트관리비를 연체시킨 적도 없는데. 경비원은 큰 소리로, 짐수레를 반납하라고 나에게 꼭 외쳐야 했을까.

짐수레를 끌고 주차장 앞을 지나는데 S와 P의 가족들이 한 차에서 내리고 있었다. 나들이라도 갔다 오는지 애들 손에 풍선과 기념품 같은 것들이 들려 있다. 트렁크에서 자전거와 인라인스케이트를 꺼내는 남편들 뒤에서 S와 P가 팔짱을 긴 채 느릿느릿 걷고 있었다. 나와 눈이 마주치자 S가 반갑게 "어머, 언니!" 하고 불렀다. P가 서글서글한 눈망울로 "무겁겠다. 여보, 여기!" 하고 부르자 P의 남편이 한걸음에 달려와 짐수레를 끌었다. 괜찮다고, 됐다고 하는데도 한사코 앞장서 짐수레를 끌고 가니 그들과 섞일 수밖에 없다.

"S네 집에서 뒤풀이하고 갈 건데 너희 가족도 올라와."

P가 웃으며 말했다.

"그래 언니. 간만에 부부동반으로 뭉치자."

S도 거들고 나섰다. P를 알기 전에 S와 우리 가족은 가끔 밥도 먹고 치킨에 맥주 정도는 하는 사이였다. 그런 S가 갑자기 P의 남편에게 형부 형부 할 정도로 P와 가까워진 줄은 몰랐다. S의 남편도 P의 남편을 형님으로 부르는 것이 적잖이 놀라웠다. 현지 아빠는 이웃들과 형님 동생 하는 식으로 말 놓는 걸 질색하는 사람이었다. 그렇기 때문에 우리 부부가 S와 P의 관계처럼 되기는 쉽지 않았다 해도 하루아침에 P의 가

족과 만리장성 같은 친분을 쌓는 S 역시 느끼할 정도로 군다 싶다. S한테 짜증 나는 생활사를 노출시키지나 말걸.

내 쪽에서 흔쾌히 호응을 보이지 않자 비좁은 엘리베이터 안에 다 같이 들어가게 되었을 때는 어색한 기류가 흐를 수밖에 없었다. 우리 부부가 몸살 난 것과 술병 난 상태임을 설명했음에도 불구하고 어쩐지 그들에게 변명처럼 들릴 것 같았다. S와 P가 특유의 오리털 같은 목소리로 "그럼 현지만이라도 올려 보내" 했다. "언니 몸도 아픈데 약 먹고 좀 쉬어. 애들끼리 놀게 하구 밥도 먹일게." S가 웃으며 말했다. "글쎄, 괜찮을지 모르겠네." 자꾸 거절하기가 그래서 머뭇거리고 있는데 갑자기 S의 딸이 징징거리는 목소리로 말했다. "현지 오면 겨울왕국놀이 못해. 드레스가 두 개밖에 없단 말이야." S와 P가 "에구구, 애들아. 그런 말 하면 안 되지!" 주의를 주는 척했지만 내가 엘리베이터에서 먼저 내릴 때 등 뒤에서 썰렁한 바람이 불었던 것만은 확실하다.

반나절도 집을 안 비웠는데 집 안은 돼지우리 같고 남편은 시체처럼 누워 있었으며 아이는 옷에 크레파스가 묻어 있었다. 아빠가 자기와 놀아주지 않고 TV만 틀어준 것을 깨알같이 일러바치며 아이가 내 가슴팍으로 파고들었다. 일가족 셋이 모여 주린 배를 채우고 나니 똥개처럼 방치되었던 아이가 에너지가 충전된 얼굴로 책을 꺼내 왔다. 배를 깔고 뒹굴뒹굴 읽고 나면 또 꺼내와 방바닥에 쌓아놓았다. 책을 보는 것인지 재주를 넘는 것인지 알 수 없다. 돼지우리 같던 집은 이제 폭탄을 맞은 듯 위태로워 보인다. 위층 S의 집에서 왁자지껄한 웃음소리가 들린다. S와 P의 딸들이 웃고 뛰노는 소리도 들린다. 어디서 전을 부치는지 고소한 냄새가 올라온다. S의 집에서 나는 냄새일 수도 있고 아닐 수도 있다. 나는 아무 짓도 하지 않았는데, 대충대충 사는 것도 이렇게 지치는데 저들은 도대체 누구인가. 나는 약간의 평화와 배려를 바라는 것뿐인데, 조금만 우아하게 살고 싶은 것뿐인데 세상이 도대체 나에게 왜 이러는 것인가. 나의 불편한 마음이 감춰지지 않듯 저들의 즐거운 마음도 어떻게든 감춰지지 않는다. 나는 문득 무서운 생각이 들어 또다시 잠든 남편을 마구 흔들어 깨웠다. 현지아빠 일어나! 일어나보란 말이야! 남편은 죽은 듯 깊이 잠을 자고 있다.

현지한테 인형을 꺼내주기로 했는데. 자나와 브라우니는 언제 꺼내나.

소녀의 기도

1

   남편과 처음으로 저녁을 먹던 날 여민은 남편에게 물었다. 좋아하는 음악이 무엇이냐고.

   적당히 배도 부르고 따뜻한 온기에 몸이 노곤해지면서 어색했던 분위기가 자연스레 누그러지고 있었다. 여민은 와인을 한 모금 마시며 쿠션에 등을 기대보았다. 폭신폭신하면서도 촘촘한 패브릭의 재질은 그날따라, 스물예닐곱 무렵의 여민에게 이제껏 가져보지 못했던 안정감과 신뢰감 같은 것들을 느끼게 해주었다.

   드라마의 주제곡이 잔잔하게 흐르고 있었던 탓인지 아니면 더 이상 이어갈 만한 이야기가 없었기 때문인지는 알 수 없었다. 여민은 그냥 그렇게 물었을 뿐이었다. 상대방의 음악적 취향이 궁금했던 것은 아니었다. 음악이나 노래가 아니면 어떤가. 인상 깊게 본 영화나 좋아하는 음식의 이름을 물어보며 여민은 다만 그 자리에 조금 더 앉아 있고 싶다는 생각을 했을 뿐이었다. 어쩌면 여민은 남편이 자신에게도 똑같이 물어봐주기를 은근히 바라고 있었는지 모른다. 머릿속에 있는 멜로디들을 죄 끄집어내 속으로 흥얼거리고 있었던 건 아마도 그에 걸맞은 대답을 하기 위해서였을 것이다.

웃는 낯으로 자신을 빤히 바라보는 남편을 보자 여민은 뭔가 흥분이 가라앉는 것을 느꼈다. 속마음을 들켜버린 것처럼 무안해지는 것도 같았다. 그때까지 여민은 웃음을 통해 자신을 무력하게 만드는 사람을 만나보지 못했다. 여민이 멀뚱히 포크를 내려놓고 있을 때 남편이 입을 열었다. 뜻밖의 대답으로 그녀는 약간 당황스러웠다.

"네? 소녀의 기도요?"

'그러니까 그게, 뭐였더라……'

하지만 한편으론 긴장이 풀어지는 것 같기도 했다. 여민은 대리석 기둥에 박힌 시계를 보았다. 귀가 시간이 이상하리만치 더디 흐르고 있었다.

너무나 익숙해서 굳이 떠올릴 필요조차 없는 음악들이 있었는데 그 순간 여민에게 「소녀의 기도」라는 제목이 그랬다.

그 멜로디가 얼른 떠오르지 않은 이유를 곧 알게 되었으므로 여민은 놀랄 수밖에 없었다. 「엘리제를 위하여」와 「소녀의 기도」를 착각했던 이유는 둘 다 학교에서 쉬는 시간을 알리는 종소리였기 때문이었다. 중고등학교를 다니는 내내 쉬는 시간마다 들어야 했던 「소녀의 기도」를 어른이 되어서 다시 떠올려보니 갑자기 생뚱맞다는 생각이 들었다. 그런 음악은 학창 시절의 정형화된 이미지 속에 갇혀 있는 정물화에 불과한 게 아닐까 생각되었다. 시간표나 교탁이나 혹은 사물함처럼, 학교 밖으로 나가면 영원히 관심 밖으로 밀려나버리는 그런 상투적인 것 말이다. 기억 속에 판에 박힌 채로 남아 있는 학교 종소리가 문득 떠올라 여민은 예상치 못한 웃음이 나왔다.

그녀는 내리 같은 이름의 초중고를 다녔다. J시에서 초중고가 통합된 이름으로 운영되는 학교라고 하면 Y초중고뿐이었다. 그 학교를 졸업한 학생이라면 누구나 머릿속에 줄잡아 십이 년은 「소녀의 기도」가 울려댔을 것이다. 기계적인 반복으로 인하여 「소녀의 기도」처럼 불행한 곡도 없을 거라고 여민은 생각했다. 그토록 지겹게 들었던 멜로디가 고등학교를 졸업한 이후로는 어디에서도 들을 기회가 없었다. 그런 음악이 존재한다는 것조차 잊어버리고 있었다. 그 멜로디를 떠올리지 않아도 된다는 건 십대를 통과했다는 해방감이기도 했다.

실망과 허탈함이 뒤섞인 웃음을 연발하면서 여민은 뭔지 모를 개운치 않은 느낌에 휩싸였다. 여민은 이내 웃음을 그치고 말았다. 남편의 표정이 불편하리만큼 근엄했기 때문이었다. 그가 두어 번 헛기침을 했을 때는 어딘가 기분이 상한 사람처럼 보이기도 했다.

"왜 웃는 거죠. 물어봐서 성실히 답한 것뿐인데. 제 취향이 별로인가 보죠?"

정색한 듯 남편이 물었다. 여민은 버릇없이 떠들다 지적받은 학생처럼 경직되면서 자신의 태도가 무례했나 싶은 생각이 들었다. 와인 때문인지 얼굴이 후끈 달아오르면서 머리가 핑 도는 느낌이 들었다. 값비싼 저녁을 사주고 자신의 이야기에 자상하게 귀 기울여준 직장 상사에 대한 예의는 아니다 싶었다.

"학교 다닐 때 생각이 나서 저도 모르게 그만…… 나쁜 뜻은 없었어요."

남편은 다시 본래의 표정으로 돌아가 환하게 웃으며 말했다.

"농담이에요. 농담. 여민 씨 정말로 심각해졌구나. 여민 씨가 어찌나 해맑게 물어보던지 갑자기 장난기가 발동했어요. 언짢았다면 미안해요."

언제 들어도 청량감이 느껴지는 목소리였다. 웃을 때 가지런히 드러나는 치아를 보고 있자니 여민도 따라서 웃지 않을 수 없었다. 자신이 그토록 해맑은 얼굴을 하고 있었나 하는 생각이 스치듯 지나가긴 했다. 황사가 짙게 깔린 휴일 저녁이었다. 칙칙한 대기를 을씨년스러운 바람이 휘갈기고 지나가는 것을 여민은 문득 바라보았다. 하지만 고급스러운 분위기의 스카이라운지에서는 그마저도 비현실적인 풍경으로 보였다.

집에 돌아와 잠들기 전, 여민은 남편이 자신에게 어떠한 질문도 하지 않았다는 게 얼핏 생각났다. 하지만 어설픈 농담조차 열심히 구사해보려는 남편의 진실한 태도 앞에서 그 정도의 거북함쯤이야 크게 신경 쓰지 않기로 했다. 시골 의사가 되는 게 꿈이라고 얘기했을 때 남편의 꿈은 감동 같은 울림마저도 주었다. 그의 풋풋한 소망 속에는 여민에 대한 친숙함도 포함되어 있는 걸로 느껴졌다. 가볍게 올라오는 알코올 기운이 그녀의 마음을 낙관적이게 만들었다. 그러면서 생각했다. 세상에 「소녀의 기도」 따위의 음악을 좋아하는 사람은 없을 거라고. 살면서 여민은 그날 저녁의 평온하지만 어딘지 막연하다고 느꼈던 순간들이 문득문득 떠오를 때가 있었다.

2

그 집을 알게 된 건 우연이었어. 내가 맡고 있던 구역이 아니었거든. B시의 그린벨트가 해제되고 택지 개발이 늘어나는 통에 새로운 아파트들이 우후죽순 생겨난 거야. 담당 전도사님과 집사님들 발품이 많아졌지 뭐야. 신도시급의 개발 계획이 박차를 가하고 있으니 교회의 사역 활동이 갈수록 커지고 있는 셈이지.

그곳은 시 외곽의 저수지와 가까이 있었지만 교회와 그리 멀리 떨어진 동네가 아니어서 겸사겸사 가볼 만했어. 아파트 입구가 널찍한데도 한산하다 했더니 지상 주차장을 지하로 내려놓고 나름 조경에 신경을 썼더군. 수목이 자라면 인공폭포 주변이 한결 자연스러워 보이겠더라고. 지상 위로 차가 다니지 않아 그런지 그날따라 단지 안이 꽤 한적해 보였어. 쉬엄쉬엄 경사진 길을 따라 산책하듯 중앙 분수대 주변까지 걸어 올라오게 된 거야. 아마도 맨 끝의 동이었나 봐. 대형 평수로 보이는 그 집 말이야.

전도하러 온 게 아니라 잠시 산책하다 쉬면 좋겠다 싶을 정도로 아늑하고 조용하더군. 요즘 같은 세상에 의심 없이 문을 열어줄 리도 없고 불쑥 모르는 집에 들어간다는 것도 내키지 않는 건 마찬가지지. 옛날처럼 문을 두드리거나 무작정 벨을 눌러가면서 전도하는 건 어려운 일이야. 인쇄물만 꽂아놓고 오는 것도 쉬운 일은 아니거든. 교회라면 다들 질색을 하니까. 그래도 전도하러 다니면 맘이 편한걸. 대단한 사명감을 갖고 하는 일은 아니지만 글쎄 모든 게 주님의 뜻이라고 생각하면, 안 될 것도 없지 않겠어? B시로 인도하신 것도 주님의 뜻이니 열심히 봉사하겠다고 기도를 했지.

J시와 인접해 있는 B시로 온다는 건 전혀 생각지 못했던 일

이었어. 사실 썩 오고 싶지 않은 곳이기도 했고 말이야. 남편이 술 만드는 회사에 다니지 않았더라면 옛날부터 물 좋기로 알아줬던 이곳 B시에 올 일이 없었을 거야. 술이라면 입에 한 방울도 대지 못하는 난데 그게 또 우리 가족을 먹여 살린다고 생각하니 우습지 않아? 신기하기도 하지. 사람을 취하게 만드는 혼탁한 물질 속에 들어가는 원료가 맑은 물이라는 게 말이야. 의심으로 채워진 믿음 같다고나 할까.

남편의 회사에서 가동시키는 공장 중에 규모를 키우게 된 공장이 공교롭게도 B시에서 멀지 않은 곳에 있었어. 인력이 파견되면서 남편의 근무처도 이전하게 되었지. 살다 보니 알 수 없는 일이 생기기도 하더라고. 남편은 부동산중개업소를 돌며 집값과 애들 학교 등을 꼼꼼히 따져보더니 굳이 위쪽 방향으로 올라갈 필요 있겠냐고 했어. 주거 환경으로는 차라리 B시가 낫겠다고 생각한 거지. 출퇴근은 할 만한 거리라면서 말이야. B시가 자기 아내의 고향인 J시와도 가깝다는 걸 알고 그랬는지는 모르겠어.

택배기사가 나가면서 자동적으로 열린 출입문을 따라 나는 안으로 들어갔어. 엘리베이터를 타고 꼭대기 층에서 내려 한 집씩 계단을 타고 내려왔지. 문틈으로 인쇄물을 끼우다가 그 집 앞에서, 아무런 기대도 없이 난 그냥 벨을 누르고 싶어졌어. 버스를 타고 가다가 목적지도 아닌데 갑자기 벨을 누르고 싶어질 때가 있잖아. 그래서 무심코 버튼을 누르고 기다렸

지. 인터폰이 울리는 동안 언뜻 그런 생각이 들더군. 믿음 소
망 사랑 중에 가장 중요한 게 뭘까 하고. 그중에 제일이 사랑
이라고 성경엔 나와 있지만 글쎄, 사람이 사랑만 가지고 살
수 있을까. 소망이 없으면, 소망조차 없이 살다 간다면 얼마
나 억울하겠어. 그래. 나에겐 소망이 중요했지.

지난 세월 동안 난 참 엉터리 같은 신앙 생활을 하고 있었
는지도 몰라. 오직 집요한 소망만을 좇아온 사람처럼 말이야.

그런데 거짓말처럼 문이 열렸어. 스스럼없이 현관문이 열
리기에 혹시 같은 교회에 속해 있는 성도의 집인가 싶었지만
교회 문패가 따로 걸려 있진 않더군.

젊은 새댁이 고개를 내밀었어. 앞치마를 두르고 있지 않았
다면 그 집의 손님쯤으로 착각할 뻔했지 뭐야. 객식구처럼 보
였다고나 할까. 아직 곳간 열쇠를 징악하지 못한 머느리 같은
거 있잖아. 새하얀 프릴이 달린 앞치마를 두른 여자가 흐리멍
덩한 표정을 하고서 문을 열어주었어.

3

결혼하고 B시에 신혼집을 구하면서 여민은 J시의 병원 간
호조무사 일을 그만두었다. 남편 역시 J시에서 B시로 병원을
옮겼다. 남편의 이름을 건 병원이 B시에 차려졌다. 새롭게 오

픈하는 병원에서 여민이 간호조무사로서 할 일은 주어지지 않았다. 남편이 몇몇 전문의들과 협력하여 개원한 여성병원은 여민의 삶을 간호조무사에서 한순간에 병원장 사모님으로 바꾸어놓았다.

병원은 원장이 셋에 부원장이 둘이었다. 책임과 투자 비용 면에서 부담을 덜기 위해 부원장의 자리를 택한 사람도 있었다. 그들 사이에서 남편은 젊고 유망한 원장에 속했다. 인력과 시설이 체계적으로 갖춰진 시스템 속에 여민이 비집고 들어갈 만한 자리는 없어 보였다.

갑자기 출퇴근하는 생활에서 멀어진 여민은 신혼집에 들어와 어정쩡하게 시간을 보내야 했다. 잠깐 동안은 휴식이라 생각하고 지낼 수 있었지만 집에 있는 시간은 곧 무료해졌다. 그녀는 아직 한창 일할 수 있는 친구들이 부러웠다. 자신에게서 한순간에 생기가 사라져버린 것 같았다.

남편의 책이 꽂혀 있는 방은 전에 그가 살던 오피스텔에서 옮겨진 짐들과 함께 비밀스럽게 문이 닫혀 있었다. 누군가의 손길을 필요로 하지 않는 물건들이었음에도 남편이 들어오지 않는 밤에 여민은 그것들 위에 쌓인 먼지를 닦아내곤 했다. 안개가 스멀스멀 올라올 때 여민은 멀리서 제법 또렷하게 들리는 닭 우는 소리를 들었다. 닭은 한낮에도 한밤에도 울었다.

남편의 방 창가에서는 시 외곽 방향으로 나 있는 저수지를 비교적 가까이 볼 수 있었다. 물가와 인접해서인지 집 주변에 유난히 안개가 꼈다. 여민은 몽환적인 느낌의 전망을 내려다보는 게 하루의 중요한 습관처럼 되었다. 저수지 주변으로는 평일에도 낚시꾼들이나 드라이브 코스로 찾는 사람들이 드문드문 오갔다. 고층 창가에서 내려다보는 시의 외곽 풍경도 그런대로 볼 만했다. 저수지 옆으로 야트막한 산이 펼쳐져 있어서 그런지도 몰랐다. 산 밑으로는 텃밭과 정원이 딸린 전원주택이 몇 채 있었다. 닭 우는 소리는 텃밭 어디쯤에서 들렸다. 주인이 취미 삼아 방목하여 기르는 것 같았다.

어느 날 아침잠을 설친 남편이 닭을 죽이고 싶다고 말하는 것을 여민은 들었다. "시도 때도 없이 울어대고 미친 닭인가 봐!" 벌겋게 충혈된 눈을 하고 있는 남편에게 여민은 서재에서 잠들지 말고 안방에서 자라고 말해보았다. 남편은 입꼬리가 살짝 올라간 표정으로 여민에게 말했다. "왜, 당신이 즐겁게 해주려고?" 차가운 눈빛을 하고서 여민을 바라보는 남편에게 그녀는 아무 말도 하지 못했다. 입이 굳어버린 느낌이었다. 갑자기 남편이 전혀 다른 사람으로 보였다. 대꾸를 하지 않고 그냥 뒤돌아서는 여민의 팔을 남편이 낚아채듯 잡아당겼다. 저항할 수 없는 완력이었다. 자신을 코너로 몰아세워 놓고 몸을 밀착시킨 남편이 떨리는 목소리로 천천히 물었다. "대답 왜 안 해?" 여민은 입이 굳은 정도가 아니라 목에 물이 가득 고인 것처럼 되어 한마디도 할 수가 없었다. 그 순간에 돋던 소름이 평생 지워질 것 같지 않았다. 그런 그녀의 목 언저리와 귓불에 입술을 가져다 대며 남편의 숨소리가 더욱 거칠어졌다. "어서, 말해보라니까." 여민이 불안한 눈동자를 굴리며 무슨 말인가를 하려고 할 때였다. "됐어. 양복 꺼내놔." 아무 일도 없었다는 듯 남편이 터벅터벅 샤워하러 들어가버렸다.

여민이 어릴 때 살던 집 근처에도 호수로 이어지는 하천이 있었다. 양옥으로 지어진 가옥들 주위로 자욱하게 물안개가 올라왔었다. 그곳을 지나갈 때, 머리를 풀고 죽은 처녀의 이야기와 물귀신을 봤다는 이야기로 아이들은 상대방에게 겁을 주거나 장난을 쳤다.

여민은 남편에게 학창 시절의 유치한 괴담을 들려준 적이 있었다. "무서운 이야기 하나 해줄까요?" 그녀가 그렇게 물었을 때만 해도 남편은 소파에 앉아 그녀가 깎아주는 과일을 무심코 집어 먹고 있었다. 남편이 TV에서 눈을 떼지 않고 있었으므로 거의 그녀 혼자 중얼거리듯 한 이야기였다.

"어렸을 때 우리 동네에 있었던 일인데요. 어느 여학생이 하천에 빠져 죽은 일이 있었어요. 어떤 사연이 있었는지 잘은 모르지만 그 일이 있고부터 달이 뜬 밤마다 물에서 머리 푼 여학생이 엉금엉금 기어 나온다는 거예요. 밤에 그곳을 지나는 사람 뒤로 가서 목덜미를 살살 만지다가 이렇게 목을 콱 조른대요."

여민은 자신의 말을 심각하게 듣고 있는 남편의 표정이 재미있어서 목을 누르는 흉내까지 내며 이야기를 하고 있었다. 눈을 동그랗게 뜬 채 묘한 표정으로 듣고 있던 남편이 순간 버럭 화를 냈다. 먹던 과일을 바닥에 내동댕이치면서 남편이 말했다. "아이 씨, 재수 없게. 과일이 목에 걸릴 뻔했잖아!" 여민은 당황한 나머지 남편의 얼굴을 의아하게 쳐다보았다. 방금 들은 말투가 의심스러웠다. "뭘 잘했다고 그렇게 보는데." 남편이 찡그린 얼굴로 그녀를 노려보았다. 여민은 가슴이 쿵쿵 뛰면서 식은땀이 났지만 갑작스럽게 돌변한 남편의 태도 앞에서 어떻게 해야 할지 혼란스러웠다. 같이 화를 내며 싸워야 할지. 억울함과 서러움이 복받쳐 올라왔다. 그녀의 시선을 무시한 채 천연덕스럽게 채널을 돌리는 남편의 얼굴은 오히려 차분했다. 아무렇지 않은 얼굴로 남편이 다시 말했다. "과일 더 안 깎고 뭐해. 삐진 거야?" 눈물이 핑 돌았지만 여민은 그냥 과일을 깎았다. 수술 스케줄이 잡혀 있을 때 남편이 예민하다는 걸 잊어버린 자신의 잘못도 없지 않다고 생각했다. 조그만 실수 하나도 목숨과 직결되는 곳이 병원이라는 걸 여민이 누구보다 잘 알고 있었다. 고단한 의료 업무를 이해해주는 것만이 자신이 할 수 있는 최선의 노력이었다. 여민은 남편의 모습을 직면할 용기가 나지 않았다. 과도를 잡고 있는 왼손이 바들바들 떨려서 과일이 바닥으로 미끄러졌다. "그렇게 속이 좁아가지고 원장 사모님 하겠나. 어려서 철이 없는 건지." 남편이 자기 방으로 들어가면서 못마땅한 듯 말했다. 남편이 전혀 다른 사람처럼 보이기 시작한 게 그즈음이었다.

가끔씩, 서랍 속의 결혼식 때 쓰고 남은 청첩장 묶음을 보면서 여민은 속으로 물었다. '당신은 누구야.'

남편의 본가는 서울이었다. 남편과 처음으로 저녁을 먹고 친밀함이 쌓였을 때 여민은 남편에게 굳이 J시로 내려와 근무하는 이유를 물었었다. 그때도 남편은 그녀를 빤히 보고 웃으며 하얀 이를 가지런히 드러냈었다.

"궁금해요? 여민 씨가 나한테 뭘 물어볼 때 눈을 동그랗게 뜨고 물어보는 모습이 꼭 소녀 같아요."

언제나 질문을 던지는 쪽은 그녀였고 남편은 질문에서 한 걸음쯤 물러나 있는 답변을 모호하게 내놓았다. 돌이켜보면 특별하지도 않은 이야기였다. 그런 이야기들에 귀 기울였던 건 그만큼 여민의 일상이 다채롭지 않아서였는지도 모른다. 남편은 『아라비안나이트』에 나오는 셰에라자드처럼 하나씩 하나씩 천천히 껍질을 벗기듯 자신의 이야기를 여민에게 들려주었다. 남편의 이야기를 기다리는 일이 그녀에게 점점 즐거움으로 자리 잡았다.

"회귀본능 같은 거 있잖아요. 이곳은 나한테도 추억이 있는 곳이라 각별하게 느껴져요. 서울 땅값이 좀 비싸야 말이죠.

나중에 병원 차릴 것도 생각해야죠. 여간해서 손익분기점 맞추기가 쉽지 않으니까…… 아버지가 군인이어서 저도 이곳저곳 꽤 돌아다녔어요. 옛날엔 여기가 완전 시골이었는데. 그러고 보니까 그때 여민 씨는 진짜 어린애였겠다. 세상 참 재밌는데요?"

그 순간에는 남편과 함께 웃고 있으면서도 그녀는 남편이 살아온 삶의 족적 같은 것들을 머릿속으로 그려보지는 않았다. 코흘리개에 지나지 않았을 자신의 어린 시절이 남편의 지나간 추억 속에 고스란히 덧입혀지지 않아서이기도 했다. 남편이 소박한 시골 의사가 되어도 좋고 그럴싸한 병원을 차려놓고 원장님이 되어도 좋았다. 그녀는 그런 남편의 옆에서 함께 보조를 맞출 수 있으면 좋겠다고 생각했다. 그녀의 시야에는 현재 자신의 눈앞에 비치는 남편의 모습들만이 잡힐 뿐이었다.

남편이 다녔던 대학과 시댁 본가가 있는 서울의 호텔에서 값비싸게 치르는 결혼식을 그녀는 특별하면서도, 유별나게 생각하지만은 않았다. 드레스를 벗고 나면 미처 생각지도 못했던 과거나 혹은 미래에 펼쳐질 일들이 불현듯 궁금해질 거라고 여민은 깨닫지 못했다.

웨딩의 본식이 끝나고 식사하는 테이블을 찬찬히 둘러보며 하객들과 눈을 마주칠 무렵에야 여민은 남편 쪽 하객 대부분이 혼주와 관련된 사람들이거나 집안 식구 내지는 친척들뿐이란 걸 알았다. J시에서 올라와준 병원 동료들 몇 말고 남편의 친구나 가까운 선후배로 보이는 사람은 한두 명이 다였다. 굉장히 과묵하고 조용한 사람들이어서 웃지도 않았고 눈을 마주치며 축하의 인사를 나누지도 않았다.

어떤 심해는 에베레스트 높이보다도 깊어서 그곳에 산을 옮겨놓아도 봉우리가 보이지 않는다고 여민은 어디선가 읽은 적이 있다. 끝 모를 물속으로 들어오기 전 자신이 얼마나 안정된 봉우리에 살고 있었는지 그녀는 알지 못했다. 숨을 쉴 수 없이 답답하고 머리가 무거울 때 여민은 고개를 내밀기 위해 버둥거렸다. 수면 위의 세상엔 모든 게 그대로 있었다. 함께 일했던 간호조무사 친구들은 가끔씩 전화로 안부를 물었다. "나도 시시한 연애 때려치우고 확실한 녀석 하나 물어서 시집이나 가버릴까?" 여민은 휴지 조각처럼 구겨진 얼굴로 느릿느릿 대꾸했다. "잠을 못 자겠어, 잠을." 친구가 재밌어 어쩔 줄 모르겠다는 소리로 침을 꼴깍 삼키며 말했다. "어머 애, 그래도 그렇지. 미치겠다, 정말. 잠을 안 재우는구나. 그 쌤이 그 정도일 줄 몰랐는데. 어우, 어우." 결혼식 때 여민에게서 빼앗듯 부케를 받아갔던 동료였다. 여민은 난감하게 속삭였다. "그러니까, 내 말은 그게 아니고…… 낮에라도 잠을 좀 푹 잤으면 해서." 친구는 그녀보다도 더 작고 은밀하게 속삭이며 웃었다. "기집애. 밤에 힘쓰려면 낮에 좀 자둬야겠다.

후훗. 그거 있잖아, 그거. 잠 잘 오게 하는 거. 서방님한테 말하기 부끄러워서 나한테 전화한 거구나? 내가 아는 애 중에 병원 일 관두고 그쪽 알바만 전문으로 뛰는 간호사가 있어. 연결해줄까?"

4

공황장애라나. 확 트인 거실로 오후 볕이 한가득 쏟아져 들어오는 쾌적한 집에서 젊은 새댁이 아플 일이 뭘까 나는 궁금했어. 나도 잘 알지. 극도의 스트레스 때문에 생기는 병이라는 걸. 불안과 초조함으로 잠도 못 자고 숨도 못 쉴 것 같고 그러다 죽을 것처럼 두렵고. 나도 한때 계단조차 내려가지 못할 정도로 그 병을 앓았으니까. 주머니에 비닐봉지를 넣고 다녀야 했어. 갑자기 호흡곤란이 올 때 써야 했으니까. 주님을 다시 영접하면서부터 씻은 듯이 병이 나았어.

그런데도 여자는 때로 밝고 건강해 보였어. 우울증을 앓고 있는 사람처럼 보이지도 않았지. 불면증 때문에 잠도 못 잔다는 말을 믿기 어려울 정도로 얼굴이 환했으니까. 아픈 환자에게 어쩌다 병에 걸렸냐고 물어볼 수 없는 것처럼 그 여자에게도 마찬가지였어. 이렇게 멀쩡하고 행복해 보이는데 당신이 왜 공황장애냐고 묻기가 좀 그렇더라고. 아마도 여자의 남편

직업이 의사라는 말을 들었기 때문이었을 거야. 경찰 집에도 도둑 든다더니 의사 와이프가 공황장애에 걸렸다는 말은 또 처음 들어봤어.

목사님은 그런 사람들일수록 세심한 보살핌이 필요하다고 나에게 거듭 당부하셨지. 예배에 출석하는 것보다 마음을 열 수 있도록 도와주는 게 우선이라고 하면서 말이야. 나는 여자에게 유치하다고 여길 만큼의 사소한 장점에 대해서도 칭찬과 격려의 말을 해주었고 지하 소굴처럼 어둡고 추웠던 나의 신혼집과 못된 시누이들을 흉보면서까지 여자에게 위안거리를 만들어주려 했어. 당신의 결혼 생활은 대부분의 여자들이 부러워하는 것이라고 말이야. 여자는 그다지 귀담아들으려 하지 않더군. 살며시 지루해하는 것 같기도 하고. 만날 때마다 쓸데없는 담소를 나누기도 새삼스러워 나는 차츰 여자에게 차나 한잔 얻어 마시며 집 구경 정도 하다 가는 쪽으로 전도의 방향을 바꿨지.

여자의 집엔 사진이 많았어. 스튜디오에서 촬영한 결혼식 포트폴리오부터 휴대폰이나 폴라로이드로 아무 때나 즉흥적으로 찍은 사진까지. 여자 스스로 찍은 것처럼 보이는 것들도 있었어. "사진 찍는 걸 좋아하나 봐요." 여자에게 묻자마자 기다렸다는 듯 부인을 하더라고. "내가 찍은 게 아니에요. 남편이 사진 찍어주는 걸 좋아해서, 난 사진 같은 거 별 관심 없는데……" 쑥스러웠는지 여자는 얼굴을 붉히며 얼버무리

더라고. "부인이 오죽 예쁘면 그러겠어요." 나는 모처럼 입을
연 여자에게 반색을 하며 장단을 맞춰주었지.

여자는 새로 생긴 여성병원의 원장이 자기 남편이라고 하
대. 그 말을 듣고 결혼사진 속에 있는 여자의 남편 얼굴을 다
시 봤다니까. 전도사 직분을 받은 지가 언젠데 아직도 병원
규모 따위로 사람을 평가하다니. 하지만 인근에 큰 병원이 새
로 생겼다고 주부들 평판이 좋았거든. 그 병원의 원장이라니.
번듯한 신랑감이라 그런지 확실히 인물이 달리 보이기도 했
어. 하나하나 유심히 뜯어보게 되더라니까. 치아가 가지런히
드러나도록 환히 웃는 얼굴을 보면서 슬쩍 호기심이 생기더
라고. 그 남자에 대해서. 학교는 어딜 나왔는지, 나이는 몇 살
이고 고향은 어디인지 말이야. 나도 참 주책이지.

"저는 늘 미흡함에 대해 생각해요." 한번은 여자가 그런 말
을 했어. 워낙 자신 없는 목소리로 중얼거리듯 말했기 때문
에, 그러니까 나는 그녀 자신이 스스로를 미흡하다고 말하는
줄 알았어. 말하고 나서도 여자는 자기 본인을 자책하는 것
처럼 보였으니까. "자매님, 인간은 누구나 삶의 끈을 놓는 순
간까지도 미흡한 존재랍니다." 여자가 눈을 반짝이면서 나를
쳐다봤어. 하지만 이내 고개를 숙이더군. 나도 모르게 식은땀
이 났지 뭐야. 누군가를 전도하러 다닐 만큼 성숙한 신앙인이
아니라는 걸 마치 여자에게 들켜버린 것 같았어.

나에게 자기 내면의 이야기를 꺼내놓는 사람은 없었어. 사람들을 만나고 다녀보면 대개가 그렇거든. 냉담하거나 성의가 없고 형식적이지. 흔쾌히 본론으로 들어가려는 사람은 많지 않아. 여자는 차라리 자기 고백에 가까운 소리를 뱉어본 거겠지. 나도 뭔가를 고백해야 하나. 나 역시 미흡함 덩어리이기 때문에 이러고 다닌다고 여자에게 말해줘야 하는 건가 싶더군.

손톱의 때만큼 부족한 나의 신앙으로 사람들을 만날 때마다 느끼는 건 인간이 한없이 초라한 존재라는 거였어. 하지만 먼지처럼 작고 열등한 존재라고 해서, 그렇다고 해서 미련한 소망 따위에 대해 기도하는 게 잘못은 아니잖아.

오래전 새벽에 기도하면서 울고 있는 내게 담임목사님이 그러시더군. 기도에 대한 응답의 확신을 가지라고 말이야. 동생을 죽인 사람도, 죽으라고 부추긴 사람도 없었지만 그 말은 나에게 반짝, 하고 빛나면서 미약한 실마리를 던져주었어.

어느 집에 가든 나도 모르게 사진으로 눈길이 가기 시작했지. 무슨 액자가 걸려 있는지 그 집의 구성원들은 누구며 어떤 사연들을 갖고 있는지 면밀히 파헤치는 조사원처럼 말이야. 그래서 통장도 여러 번 해봤어. 그런 것들을 파악해내기 알맞은 일이니까. 하지만 꼭꼭 숨어 있는 사연들과 정보들을 알아내기에는 부족하더라고. 종교의 사역까지도 함께하면 더 좋겠다는 생각이 문득 들었던 거야. 거의 쉬지 않고 전도를 다니다 보니까 어쩌다 '전도왕'이라는 별명까지 얻었지 뭐야.

사진들은 나 좀 봐달라고 말하는 것 같았어. 사진을 보다가 여자가 하는 말을 놓친 적도 더러 있을 거야. 전도가 다 뭐야. 복음을 빌미로 석연찮은 꼬투리를 찾아다니며 인간을 의심하고 회의하는 거지. 주님 앞에서는 불경스러운 일이 아닐 수 없지. 믿음을 전파하러 다닐 때마다 나는 믿음을 의심으로 바꾸고 있으니 말이야. 얼굴을 의심하고 이름을 의심하고 고향을 의심하고 학력을 의심하고 사람에 대해, 우리 주변에 일어나는 모든 일들에 대해 의심해. 눈으로 보지 않고 믿는 믿음이 가장 크다는 말씀을 잊어버리고는 나는 늘 눈을 커다랗게 뜨고 있다니깐. 설령 그놈을 만난들 나는 무엇을 어떻게 할 수 있을까. 도대체 뭘 어떻게 해야 하지? 동생에 대한 기억에서 조금도 가벼워지지 못하는걸.

동생이 그렇게 되고 나서 한동안은 교회에 나가지 않았어. 그렇게 조용하고 착한 아이가 자살이라니. 그동안 쌓아왔던 믿음이 거짓말처럼 한순간에 무너졌어.

동생은 구원을 받았을까? 그 애가 주님의 품으로 가지 못했다면 어떡하지? 자살한 영혼은 천국에 정말로 못 가는 걸까. 나는 두려웠어. 시간이 흐를수록 견딜 수 없이 억울해졌지. 동생을 괴롭힌 녀석이 꽉 뒈져버리게 해달라고 기도하고 싶은 거야. 주님이 어디선가 숨어서라도 기도에 응답해주실 거라고 매달리고 싶은 거야. 그런 것도 소망인가. 나약한 분노가 낳은 피해의식이고 넋두리라는 거 나도 알아.

5

밑도 끝도 없이 무력해질 때 여민은 깊은 수면 속으로 빠져들었다. 잠들기 직전에 느끼는 황홀함 속에서 그녀는 상실감을 잊을 수 있었다. 아바타 임무를 수행하기 위해 영화 속 주인공이 들어갔던 '링크 캡슐'처럼 꿈속에서 그녀는 온전한 과거의 시간 속에 있었다.

여민이 어렸을 때 살던 집은 개발 바람을 타고 외지인들의 손에 팔렸다. 집 주변 일대를 군인공제회 같은 곳에서 사들인다는 소문이 돌기도 했다. 부모님은 그녀를 데리고 상권이 형성된 시장 골목으로 나왔다. 새롭게 찾은 생계를 묵묵히 꾸려가는 동안 여민은 Y초중고를 졸업하고 시군에 속하는 작은 종합병원의 간호조무사가 되었다.

그녀는 줄곧 조용히 살았다. 마을버스를 타고 출근을 했으며 병원 구내식당에서 밥을 먹었고 집에 와서는 드라마를 보다 잠이 들었다. 삼교대로 돌아가는 근무가 없는 날엔 극장에 가거나 목욕탕에 가는 것도 나쁘지 않았다. 종합병원이라는 호칭을 달기에 병원은 크지 않았고 간호조무사들 중에는 여민과 학교 동창이거나 후배인 이들도 간혹 있었다. 하지만 그들은 J시의 그저 그런 종합병원에 특별한 애정이 없었다. 하나같이 J시를 떠나 더 큰 도시로 가려고 했다. J시와 가까운 B시로 가서 머리를 하고 옷을 샀으며 데이트를 즐겼다. 때론 B시에서 쌍꺼풀 수술을 하거나 백화점 쇼핑을 할 때 그들은 수줍게 웃는 여민을 데리고 가기도 했다. 여민이 일하는 병원의 산부인과 전문의로 남편이 파견을 나올 때까지 그녀는 J시를 크게 벗어나본 적이 없었다.

'당신은 누구야.' 외마디 비명 같은 의문이 고개를 들고 나올 때에도 그녀는 자신이 살아온 반경이 좁았다고는 생각하지 않았다. 자신의 일터인 J시의 이름 없는 종합병원에서 그녀의 엄마가 임종하는 순간에도 일상의 시간은 조용히 지나갔다.

엄마가 잠자듯 현실의 세계를 빠져나가고 있을 때 여민은 바람 소리를 들었다. 진통이 시작될 줄도 모르고 닭을 잡던 엄마의 모습을 그녀는 상상했다. 살아 있는 닭을 잡으면서 산모가 받았을 스트레스와 불안이 여민에게도 느껴지는 것 같았다. 그냥 좀 떨어졌으면. 엄마는 은연중에 다소 신경질적인 목소리로 중얼거렸다. 환절기 바람이 부는 재래식 부엌은 황량했다. 아궁이에 불을 피워도 문틈으로 바람이 들어와 미닫이문의 간유리가 들들 떨리는 소리를 냈다. 홀홀 닭 국물을 넘기던 친척들의 느린 말소리가 그치고 그들이 돌아간 저녁에 엄마는 배를 움켜잡았다. 어쩌면 기억의 오류들이 만들어낸 허상일지도 모르는 또 다른 기억들을 여민이 떠올린 걸 수도 있었다. 그녀가 어렸을 때 살던 집에 아궁이가 있는 부엌이 존재했었는지조차 명확하지 않았다. 태어나던 날의 기억을 갖고 있을 리가 없는데도 여민의 귓가에선 자꾸만 바람 소리가 들렸다. 남편과 처음으로 저녁을 먹던 날은 그녀의 생일이기도 했을 것이다. 스카이라운지의 창가에서 그녀는 사나운 바람 소리를 못 들은 척했다. 그리고 속으로 말했다. 남편과 함께 있으면 바람 소리 같은 게 들리지 않을 거라고.

남편의 방에서 우표수집장을 발견한 건 뜻하지 않은 일 때문이었다. 입주 세대의 하자를 보수하고 다니는 용역 직원이 남편의 방을 가리키면서 말했다. "마루가 떴다고 신청서를 작성하셨네요." 하자 보수를 희망하는 신청서의 서명란에 남편의 이름이 적혀 있었다. 신혼살림이 들어오기 전의 일이라고 짐작되었다.

마루를 살펴보기 위해 성큼성큼 책장을 들어내던 용역원이 이게 떨어졌어요, 하면서 낡은 노트를 내밀었다. 먼지를 뒤집어쓴 채 표지가 누렇게 바랜 그것은 남편의 초등학생 시절 정도를 연상케 할 정도로 오래돼 보였다.

첫 장에는 제목과 연도, 날짜 등이 적혀 있었고 두번째 장에는 '사랑하는 아들 성현에게 아버지가 선물함'이라고 짧은 글귀가 쓰여 있었다. 남편의 이름은 '재성'이고 남편의 형제

중에 '성현'이라는 이름을 가진 사람은 없었다.

지나간 시절의 우표들을 감상하면서 무심코 마지막 장까지 넘겼을 때 우연히 껴들어간 것 같은 사진 한 장이 나왔다.

여민은 그 사진을 금방 알아볼 수 있었다. 소년의 얼굴 때문이 아니었다. 소년이 입고 있는 교복과 그가 서 있는 배경을 여민도 잘 알고 있어서였다. 무수히 드나들던 Y중학교의 교문 앞을 여민이 모를 수 없었다.

남편이 Y중학교를 다녔다는 말을 들어본 적은 없었다. 그녀는 그 사진을 남편이 찍어준 자신의 사진들 속에 섞어놓았다. 여민이 행복하지 않은 순간에도 남편은 사진을 찍었다. 렌즈 앞에서 그녀의 감정은 배제되었다. 남편은 마치 그녀가 앵글 안에서만 웃기를 바라는 사람 같았다.

집에 돌아와 우표수집장을 본 남편은 대수롭지 않게 말했다.

"어렸을 때 이름이 성현이었어. 의대 졸업하고 개명을 했지. 사주하고 안 맞는 이름이라고 어머니가 적극 주장하셔서. 의사라는 직업이 사람 목숨 다루는 거라 재수 없으면 병원을 통째로 말아먹기도 하니까 말야. '재성'이란 이름이 평범한 것 같아도 유명한 작명가한테서 비싸게 주고 지은 이름이야."

"그런데 당신 혹시 Y중학교 다닌 적 있어요? 앨범 정리하다 본 거 같아서."

여민은 살짝 말을 바꿔 물어보았다. 남편은 뜨악하게 그녀를 보면서 한동안 말이 없었다. 어색한 침묵 때문에 그녀도 더 이상은 묻지 않았다.

"서울로 전학 가기 전에 잠깐 다녔다고 내가 말 안 했었나? 내 물건 함부로 만지지 말라고 했잖아."

썰렁한 웃음을 보이며 남편은 방으로 들어갔다. 퍼즐처럼 흩어져 있던 기억들을 모아보았지만 그녀에겐 없던 기억들뿐이었다. 멍하게 서 있는 자신을 조롱이라도 하듯 남편의 방문이 굳게 닫혔다.

잠결에 여민은 남편의 목소리를 들었다. 무엇인가가 그녀의 몸을 무겁게 짓눌렀지만 몽롱한 의식 속에서 눈을 뜰 수가 없었다. 뜨거운 입김이 지나가며 달콤한 최면을 걸어주는 것 같았다. 남편의 목소리가 그녀에게 속삭였다. "끝내주지? 한 방에 좀 진하게 탔거든. 이 맛에 다들 미치는 거야. 하지만 명심해. 난 널 죽일 수도 있다는 걸." 뱀처럼 온몸을 휘감고 지나가는 소리가 불쾌한 땀과 엉켜 여민을 꼼짝도 못하게 하고 있었다.

밤새 가위에 눌리다 깬 것처럼 가까스로 눈을 떴을 때 남편의 방은 깨끗하게 치워져 있었고 남편은 벌써 출근했는지 보이지 않았다.

6

무더위가 지나가고 간만에 여자의 집을 찾았어. 여자는 수척해진 얼굴로 문을 열어주었지. 열대야 때문에 잠을 자도 잔 것 같지 않다고 했어. 약을 좀더 늘려서 처방하면 괜찮아질 거라고 남편이 신경을 써준대. 제 아무리 의사 양반이라도 시름시름 아픈 마누라 데리고 살면 짜증부터 내는 게 남자들인데 자상하다 그랬지.

좀 있으니까 다시 생글생글해진 여자가 과일을 내왔어. 특이하게 왼손으로도 과일을 잘 깎더라고. 성도님 왼손잡이네요, 했더니 여자가 씽긋 웃었어. 왼손잡이여도 간호조무사 중에 자기가 주사를 제일 잘 놓았다고 하면서 말이야. 그러게, 주님은 항상 부족한 것을 다른 걸로 채워주신다니까. 그때 내 눈에 난데없는 사진 한 장이 들어왔지. 딱 봐도 그녀의 남편인 것 같은 지나간 사진이 다른 사진들 속에 섞여 있더군. 그것을 금방 알아본 이유는 간단해. 나의 기억 속에도 그와 비슷한 앵글들이 존재하거든.

"Y중학교라고 있는데 알고 봤더니 남편이랑 나랑 서로 같은 중학교를 다녔던 거 있죠. 아홉 살 차이니까 남편이 한참 선배였을 테지만요. 아버지 직업 때문에 이사를 많이 다녀서 생각나는 학교 이름이 별로 없을 정도래요."

물끄러미 사진을 보고 있는데 여자가 다가와 말을 걸었지.

여자가 Y중학교를 나왔다고 했을 때 약간 놀랐어. 같은 고향 사람을 만나서가 아니었을 거야. B시에 살고 있는 J시 출신 사람들이 한둘도 아니고. 어디까지나 나는 J시를 떠나 또다른 도시를 거쳐 B시까지 오게 된 여정의 피로감부터 떠올리고 있었던 거야. 어쩌면 그 여정의 실마리를 'Y중학교'라는 단어에서 찾고 있었는지도 모르겠어. 하지만 난 시치미를 뗐지. 나도 Y중학교를 나온 동문이라고 여자에게 소개할 순 없었어. 고향으로 그려지는 통속적인 이미지가 불편했으니까. 누군가와 공통분모를 공유하는 게 때론 괴로울 수도 있는 거잖아. 그래서 여자의 남편 이름을 물어볼 맘까진 없었어. 여자의 남편이 Y중학교를 다녔다고 해서 이름까지 덥석 물어보는 건 이상하잖아. 병원장님 이름쯤 알아두고 있으면 아플 때 써먹기 좋을 거 같다는 그저 그런 이유에 지나지 않았어. 정말로 아무 생각 없이 말이야.

그러고 보니 우리 모두 쉬는 시간에 「소녀의 기도」를 들었던 셈이네.

쉬는 시간이 끝나도 동생은 돌아오지 않았어. 반 아이들에게 집단 따돌림을 당하고 있었다는 걸 담임은 전혀 몰랐다고 하더군. 가족인 아버지 언니도 몰랐으면서 선생에게 왜 몰랐느냐고 물고 늘어질 수가 없었어. 바보같이 우는 것 말고 아버지와 내가 뭘 했는지 생각조차 안 나. 누군가가 울고 있는 나에게 다가와서 알려주었지. 동생한테 다른 반 남학생이 찾아와 음악실에서 고백을 했다고 말이야. 그제야 멍청하게 울음을 그쳤던가 했을 거야.

수줍고 말이 없던 그 애가, 언니한테 해진 교복도 불평 없이 물려받아 입던 그 순한 아이가, 이성 교제 같은 걸 명랑하게 받아들였을 리 없지. 알고 보니 가난한 집 여자애한테 무시당했다고 느낀 남학생의 태도가 돌변한 거야. 녀석은 친구들을 시켜 내 동생을 일방적으로 괴롭히기 시작했어. 까불고 희롱하면서 겁을 주었지. 내숭에 반반한 얼굴로 꼬리 치고 다닌다는 소문이 퍼지자 여학생들까지도 동생을 차갑게 대했다고 하더군.

그 남학생이 성적으로 전교에서 주름잡는 녀석이라는 건 나중에 알았어. 그린 녀석이 혹시, 귀가 안 들리는 고철 장수의 딸 하나쯤 괴롭히다 버리는 건 일도 아니었겠다 싶은 생각이 들었을 때는 이미 전학을 가버리고 난 뒤더라고. 그 녀석 아버지가 육사 출신의 중령이었다나. 우리처럼 바보 같은 집은 아니었나 봐. 잡음이 생기기도 전에 쏜살같이 이사를 가버리다니.

요새야 학교 폭력이 심각한 사회문제로 받아들여지지만 그 당시에는 뭐 그런 게 있었나. 소심하고 예민했던 사춘기 여학생이 우울한 가정환경을 비관하다 스스로 목숨을 끊은 사건으로 일단락돼버린 일이었어. 그때 난 겨우 산업체학교를 다니는 어린 가장에 불과했어. 동생은 날 찾아오지 않았어. 일하다가 꾸벅꾸벅 조는 언니에게 그 애는 한마디 고민도 털어놓지 못했던 거야. 물속에서 건져낸 동생의 얼굴을 보는 게 두려워 난 미칠 것 같았지.

"참, 부인과 진료 받을 일 있으면 박재성 원장 찾으면 돼요. 남편이거든요."

친절하게도 여자는 남편의 명함까지 건네주며 사족 같은 이야기를 덧붙였지.

"원래 이름은 성현이었대요. 철학관에서 직업하고 이름이 맞지 않는다고 해서 개명을 했대요. 둘 다 그냥 그런 이름 같은데……"

감전된 것처럼 머릿속에서 불꽃이 튀지 뭐야. 그럼, 박성현이야? 박성현? 그 이름을 안 잊어버리려고 얼마나 노력했는데. 동명의 이름만 들어도 가슴이 벌렁벌렁 뛰었구만.

심장이 미친듯이 뛰면서 현기증이 나는 걸 간신히 참았어. 흥분한 마음을 가라앉히고 나는 더듬더듬 뭔가를 확인해야 했어.

"남편 나이가, 몇 살이라고 했지요?"

7

여민은 분주하게 저녁을 준비하고 있었다.

"옷차림이 그게 뭐야. 교양 없이. 곧 식구들이 도착할 텐데."

뒤에서 다가온 남편이 하얗게 웃으며 여민을 안았다.

"하지만 서두르지 않아도 돼. 모처럼 바람 쐬고 들어왔다고 말했으니까. 옷 갈아입을 시간은 충분할 거야."

남편은 더욱 세게 여민을 끌어안았다.

"당신이 아프다고 전화해서 집으로 바로 들어왔잖아요."

"아까는 많이 아팠지. 하지만 지금은 안 아파. 내 방에 들어가서 재밌는 걸 보고 나왔더니 말짱해졌거든."

남편의 입술이 여민의 귓가를 어지럽게 파고들었다.

"그럼 어머니한테 말해줘요. 아픈 사람 놔두고 놀다 온 게 아니라고."

그녀의 말을 들은 척도 하지 않고 남편은 여민의 얼굴을 거칠게 낚아채며 입술 사이를 비집고 들어왔다. 그러고는 뱀 같은 혀로 계속해서 속삭였다.

"어린애처럼 엄마한테 전화 걸어서 꾸며대라는 거야? 우리 어머니는 그따위 오해나 하실 분이 아니야. 간이 콩알만 한 여자들하고는 차원이 다른 사람이라고. 어린 시절 학대 받은 기억 때문에 세상을 적대적으로만 보는군. 그러니까 집에서 편히 놀아도 쓸데없는 병이 생기는 거야. 자, 옷이나 갈아입으라고."

레깅스를 거칠게 잡아당기면서 남편이 이죽거렸다.

"이러지 말아요! 당신 미쳤어요?"

"더 자극적인 이야기를 해봐. 아주 재밌는 걸로."

한 손으로는 그녀에게 소형 카메라를 들이대면서 남편은
더 세게 여민의 몸을 압박하고 들어왔다. 그녀가 밀어낼수록
무겁게 짓눌러오는 힘은 강해졌다. 여민은 팔이 완전히 꺾인
채 차가운 바닥 위로 짓뭉개졌다.

"내가 방에서 뭘 보고 왔는지 알려줄까. 내 앨범 만지지 말
라고 했지."

"당신은 미쳤어……"

"그년 얼굴만 보고 있으면 자꾸 흥분이 돼. 짓밟아버리고
싶어. 이렇게 말이야."

"악마 같은 자식!"

여민은 자신의 내부에 물이 가득 차오르는 것을 느꼈다. 깊
이를 알 수 없는 물속으로 내려가면서 그녀는 지구본에 적힌
생소한 지역의 이름들을 소리 내어 읽었다. 말라위 부르키나
파소 말리 모리타니아…… 사실적이지 않았다. 목소리는 공
중에서 붕붕 울리다가 사라져버렸다. 그곳은 남편의 방이었
다. 아니면 자신의 방으로 남편이 들어온 것인지도 알 수 없
었다. 자고 나면 괜찮아질 것이다. 몽롱한 수면 상태가 고통

을 잊게 해줄 거라고 여민은 믿었다. '취사가 끝났습니다.' 전기밥솥에서 뿌연 증기가 뿜어져 나왔다.

날이 어두워지면서 자욱한 안개에 시야가 가려졌다. 저수지로부터 올라오는 물안개였다. 저수지도 고속도로도 전원주택 단지의 텃밭도 더는 보이지 않았다. "자고 일어나면 기분이 좋아질 거야." 남편이 속삭이며 웃었다. 벗겨진 옷을 그녀에게 하나씩 입혀주고 난 뒤 문을 열고 밖으로 나갔다. 여민은 남편에게 당신은 누구냐고 이제 묻지 않았다. 자신의 숨소리조차 물에 잠겨 들리지 않았다. 늘 그렇듯 남편은 뒤를 돌아보지 않을 것이다. 만약 지금 이 순간 남편이 여민을 향해 돌아봐준다면 그녀는 남편에게 해주고 싶은 말이 있다. 주사를 놓을 땐 상대방이 잘 쓰지 않는 손에 놓아달라고. 남편은 여민에게 그런 것을 물어봐준 적이 없었다. 이거 봐. 난 최고라고. 가지런한 치아를 드러내 보이며 히죽히죽 웃기만 했다. 남편이 물어봐주지 않고 뒤돌아섰으므로 여민도 끝내 말하지 않았다.

8

여자가 갑자기 죽었다는 사실보다 더 놀라운 건 그 여자의 남편이 그 녀석이라는 확신이 든다는 거였는지도 모르겠어.

몇 날 며칠 잠을 못 잤어. 뭘 어떻게 해야 할지 모르겠었거든.
또 바보같이 울고만 있을 수는 없는 거잖아. 어떻게 해야 합
니까! 기도해도 답이 없으시더군. 새삼스레 이제 와 주님이
다 원망스러워지려고 하더라니까. 자그마치 이십 년도 더 지
난 일이야. 자고 나면 강산이 달라져 있는 세상이라고. 아주
오래전에 물에 빠진 소녀가 기도하듯 써 내려간 일기장 따위
로 세상이 놀라기나 하겠어? 누가 그 녀석의 죄를 심판하겠
느냐고. 막상 그놈을 찾고 나니 찾지 않았을 때보다 더 혼란
에 빠지고 말았어. 여자가 왜 죽었는지가 그다음에 궁금했다
면 그 여자 몹시 서운했을 텐데 정말 미안하더군.

그 여자의 죽음으로 B시가 온통 떠들썩했지. 인터넷 검색
어 순위에 오른 건 물론이고 신문과 지상파 채널의 종합뉴스
에도 오르내렸으니까. 지역에서 알아주는 병원장의 와이프가
약물 중독으로 사망했다니 말이야. 상습적으로 수면유도제를
맞았다나. 기가 막히더군. 교회 안팎에서 성도들이 수군거리
는 소리를 들었어. 간호조무사 출신이어서 스스로 주사 놓는
건 눈 감고도 한다고. 그 여자 왼쪽 팔에 주사 맞은 자국이 여
러 개였대.

수면을 유도하는 주사의 부작용을 심각하게 고발하는 뉴스
가 연일 터져 나오는데 그렇게 허탈할 수 없더라고. 우연찮게
만나서 희한하게 끝나는 인연도 다 있지. 여자에 대한 이미지
가 순식간에 나빠져서 별 소문이 다 돌아다녔어. 애초에 어린

처녀 간호조무사 때문에 병원장이 가정을 깼다는 말부터 본래 행실이 좋지 않던 여자가 결혼하고 나서도 내연관계를 유지했다는 말까지. 진실을 알 수 없는 말들이 판을 치는 사이 내 동생에 대한 일은 까마득히 잊히고 있었어. 나는 다시 나의 생활로 돌아와야 했지. 교회에 나가고 전도를 하고 남편의 출근을 도와주었어. 여자의 죽음과 관련된 뉴스도 더는 나오지 않았지.

어느 주일날 예배 시간에 그 여자에 대한 생각이 문득 떠오른 건 설교가 거의 끝나갈 무렵이었어. 아마도 여자의 죽음을 둘러싸고 유족 측과 마찰이 있다는 소문을 얼핏 들었기 때문인지도 모르지.

성경 말씀 중에 친숙한 구절을 예로 들면서 목사님이 그러시더군. 오른손이 하는 일을 왼손이 모르게 하라고. 오른손이 한 일을 어떻게 왼손이 모를까. 왼손이 공범이니까 그렇겠지. 아무런 감흥 없이 자조 섞인 표정으로 말씀을 듣고 있었지. 그런데 바로 그때였어. 번뜩 그 여자가 스쳐 지나가는 거야. 주님은 내게 일깨워주셨던 거야. 그 여자가 왼손으로 나에게 과일을 깎아주었다는 평범한 진실을 말이야. 왼손잡이였던 여자가 자신의 왼팔에 어떻게 수많은 주사 자국을 남길 수 있겠냐고 말이야. 마침내 주님이 내 기도에 응답을 해주신 거야. 나는 떨리는 손으로 여자의 남편 이름이 박힌 명함을 구기고 있었어. 그러곤 경찰서에 전화를 걸었지.

짐작과는
다른 일들

짐작했던 것과 다른 결과들이 세상에는 얼마든지 있다. 무심코 냉장고 문을 열었는데 정확히 오른쪽 엄지발톱 위로 수직 낙하한 캔 맥주처럼 말이다. 이른 아침의 느닷없는 봉변치고는 너무도 강력한 통증이어서 범인이 누군지 알면서도 도저히 정신을 차릴 수 없는 그런 상황이었다. 발가락이 떨어져 나갈 것처럼 저릿저릿한 고통 속에 부르르 몸을 떨며 나는 어디론가 기어가고 있었다. 총 맞은 채 피를 흘리며 기어가는 액션 배우처럼. 바닥의 먼지를 닦아가며. 거실까지 기어 오고 난 뒤 나는 남편 유연식에게 따지러 가는 것을 포기했다. 늦은 밤 캔 맥주를 사다가 냉장고 속에 아무렇게나 구겨 넣은 사람보다는 구겨 넣을 수밖에 없도록 냉장고 안을 널찍하게 비워놓지 않은 사람의 잘못이 더 큰 것 같기도 했다.

요 며칠 나는 냉장고를 건성으로 들여다보았다. 집안일에 소홀했으며 학교 알림장 부모 확인란에 이름을 대충 적어놓는가 하면 흘러간 옛 노래가 불식간에 튀어나오기도 했다. 아아, 으악새 슬피 우우니 가을인가요. 딱 거기까지밖에 가사를 몰랐으므로 거기까지만 가락을 흥얼거렸다. 그 이상의 대목도 필요 없었다. 가을을 그렇게 호소하는 것 말고는 무엇이 더 필요하겠는가. 가을인 것을. 발톱이 비명처럼 오그라드는 가을인 것을.

남편 유연식이 자취방 창밖에서 불쌍하게 서 있을 때도 가을이었는데. 낙엽 같은 옷을 입고 기다리고 또 기다리더니. 지금, 참치같이 살이 오른 몸을 팔딱거리며 '빤스'만 입은 채 방바닥에서 자고 있다. 바다에 던지고 싶은 가을이냐. 예선에 나는 「8월의 크리스마스」라는 영화를 좋아했었다. 지금은 8월도 싫고 크리스마스도 싫다. 덩달아 12월도 싫다. 8월과 12월은 방학이라서 싫고 크리스마스는 불필요한 지출을 발생시키는 날이므로 좋을 리 없다. 아무튼 지금은 가을이다. 8월도 아니고 12월도 아닌 그 중간. 잠시, 안 좋은 생각들을 떠올리지 않아도 좋은 계절이다. 붉게 타오르는 마음을 진정시키기에 딱 좋은 절기가 아닌가.

그러므로, 발톱에 검은색 멍이 들고 색이 빠질 때까지 시간이 더디 가겠지만 나는 발톱이 테러 당한 일에 대해 발설하지 않기로 한다. 누렇게 익어가는 마음으로 여유를 부려보아도 괜찮겠지. 신음을 삼키며 스스로 몸에 박힌 탄환을 제거하고 봉합까지 해내는 액션 배우들이 있지 않은가. 그들이라고 어디 그러고 싶어 그러겠는가. 살다 보면 어쩔 수 없이 총알을 어딘가에 파묻거나 상처를 재빨리 덮어버리고 가야만 하는 일들이 있는 것이다.

그러므로 나는 얼른 다른 생각으로 갈아탈 마음이 있다. 토끼 같은 아이들이나, 혹은 토끼들의 아빠인 남편의 발톱 위로 난데없는 물건이 떨어지지 않은 것을, 그리하여 그들의 발톱이 빠지지 않고 온전히 붙어 있는 것을 천운이라 여기는 방향으로 말이다. 말초신경에 직격탄을 맞고 혹시 기절해버렸을지 모를 남편 유연식 대신 내가 총알을 뒤집어쓰고 깔끔하게 상황을 종료시키는 것도 나쁘지는 않을 것이다. 남편 유연식이 응급실에라도 실려가면(그는 분명 119를 부르고도 남을 사람이다) 그의 보호자인 내가 난감하지 않겠는가. 토끼 같은 아이들의 아침밥은 누가 먹여 학교엘 보낼 것이며 체험학습장에서 까먹을 용돈은 또 누가 공평히 분배하여 싸움이 없도록 할 것인가. 그러니까 남편 유연식은 발끝을 다쳐서도 안 되고 손끝을 다쳐서도 안 되며 아예 병원 근처에도 가지 않는 게 좋을 것이다.

첫째를 진통하고 있을 때 남편 유연식은 병원을 살짝 빠져나갔다 소리 없이 들어와서는 옆에서 몰래 파리바게뜨 샌드

위치를 바스락거리며 먹지 않았던가. 산고로 인해 괴롭게 눈을 감고는 있었으나 먹는 소리를 놓칠 내가 아니다(눈을 감고 있으면 비상하게 귀가 밝아지는 경우가 더러 있는 법이다). 다만 그때도 역시 정신을 차릴 수 없는 상황이라, 그때부터 현재에 이르기까지 내내 정신을 차릴 수 없는 상황이라, 일단 묻어두고 있는 것뿐이다.

또한 남편 유연식은 내가 둘째를 출산해서 조리원에 있을 때 저녁도 못 먹은 얼굴로 퇴근 도장을 찍어대지 않았던가. 조리원에서 나오는 밥을 먹고 산모 방으로 올라와서는 산모보다 더 꿀잠을 자고는 되게 어색해했었지. 민망한 표정도 잠시, 쪼그리고 누워 다시 숙면에 들었지. 저 남자는 필시 잠을 자기 위해 세상에 태어난 것이 아닐까 하는 생각이 들 정도로. 먹고 자고 먹고 자고 하는 패턴이 누에고치와 닮았다고나 할까.

어디 그뿐이랴. 지난해 둘째가 장염으로 입원한 병실에서는 어디선가 마시고 온 술을 깨지 못해 코를 골며 잠을 잤고 내가 치질 수술로 움직이지 못할 때에는 OCN 채널을 보다가 엎드려가지고 잠을 잤다. 가뜩이나 병실 침대도 좁아서 나는 박제 동물처럼 몸을 펴지 못하고 있어야만 했고 다리에 쥐가 났으며 이마에선 땀이 났다. 게다가 엄마에게 문병을 가야 한다며 토끼 같은 녀석들을 모두 데리고 와 풀어놓았다. 그 바람에 한 녀석은 수액이 떨어지는 주사기의 줄을 신기한 듯 잡아당겼고 또 한 녀석은 침대 밑으로 기어 들어가 장난감 자동차를 숨겨놓고는 찾아보라고 소리를 질렀다. 정말이지 쉬는 게 쉬는 게 아니어서 자고 있는 사람의 대갈통을 리모컨으로 강하게 때려주고 싶은 걸 간신히 참아야 했다. 흥분을 해서 그런지 마취가 그새 풀릴 리 없었음에도 수술한 곳이 욱신욱신 아픈 것 같았다.

그때의 기억을 떠올리면 나는 다시는 치질 수술을 하고 싶지가 않다. 만약 재수가 없어 또 한 번 치질이 재발한다면 그때는 아무도 모르는 곳에서 쥐도 새도 모르게 수술을 받고 평화와 고요 속에서 좌욕을 즐길 것이다. 그러고 나서는 마녀처럼 분노와 확신에 찬 목소리로 주술을 읊어대듯 외칠 것이다. 잠자는 숲속의 공주처럼 스르르 잠들어버릴 수 있는 사람은, 쪼그리고 잠이 들었기 때문에 건드릴 수 없는 사람은, 세상에 신생아뿐이라고 말이다. 먹고 나면 자고, 자고 나면 먹으며 하루가 다르게 포동포동해지는 아기들 말이다. 이유식을 떼고 무럭무럭 자라나는 새싹들 말이다. 끊임없이 보호의 손길을 필요로 하는 여린 딸기나 방울토마토와도 같은 열매들 말이다. 마지막으로 마녀의 주술은 섬뜩한 경고로 끝맺을 것이다. 웬 불쌍한 남자가 낙엽처럼 떨어져 앓는 소리를 내더라도 절대 뒤돌아보지 말고 지나가라고. 그렇지 않으면 저주가 내려질 거라고.

그러나 아무리 남편 유연식이 먹고 나면 자고, 자고 나면 먹고, 보다가도 자고, 자다가도 일어나 먹는, 최적화된 상태 속에서 포만감을 느끼는 사람이라고 해도, 너무 비관하지는 말자. 지금은 가을이니까. 내가 모르던 세상에는 원래부터 이렇게 온통 자동화된 토끼들의 아빠들로 가득 차 있었고 사방 팔방으로 뛰어다니는 토끼 녀석들로 넘쳐났었던 거라고, 그 토끼들의 귀를 쭉 낚아채는 무식한 엄마들을 내가 외면하고 살았던 거라고, 돌이켜 생각해보자. 올해가 두 달 내지는 석 달밖에 남지 않은 가을이니까.

나는 다시 절뚝절뚝 걸어가 도마 위에 시퍼런 무를 올려놓고 몸통을 두 동강으로 가른다. 기분 탓인지 유난히 칼이 잘 든다. 고등어나 동태 같은 것이 옆에 있다면 삼등분으로 탁탁 내리치는 일도 가볍게 할 수 있을 것 같다. 큰아이는 어제 학교에서 잠바를 잃어버리고 돌아왔고 작은아이는 똥 싸고 물을 내려놓지 않았다. 변기가 또 막힌 것은 아닌지 가슴이 철렁 내려앉았으나 그렇지 않은 것에 안도했다. 큰 것을 보고 물을 내리지 않은 것에도 감사해야 하다니. 이 가을에. 고장 나지 않은 변기 레버를 신통하게 만지작대면서도 아무튼 작은애를 혼내야겠다는 생각은 든다.

도마 위에서나 설거지통 앞에서는 사랑스럽고 아름다운 생각보다 쥐어짜내는 상상력에 힘이 실린다. 요리 대결 프로에 나오는 셰프들처럼 어떤 식으로든 주어지는 미션에 아랑곳없이 마법 같은 요리를 뚝딱뚝딱 만들어낼 수 있다면 좋을 텐데. 메뉴를 떠올릴 때 생각을 최대한 비틀고 비틀어 고작 된장찌개를 끓이지는 않을 것이다.

즉석으로 깍두기를 절이고 된장찌개에도 무를 넣는다. 그러고도 남은 무는 씻은 쌀 위에 올려 무밥을 짓는다. 지금 이 순간 무라는 재료가 종적을 감추고 사라져 더 이상 좁은 냉장고 안을 굴러다니지 않도록 하는 것이 무엇보다 중요하다.

'사랑하는 것, 사랑하는 것들과 함께 먹을 것들'에 대해 매일매일 폭력적인 성향을 띠게 될 줄은 짐작조차 못했던 일이다. 하지만 그처럼 저돌적인 에너지 없이 사랑이 굴러가지는 않는다. 하루라도 청소기를 우당탕탕 돌리지 않으면 안 되고 세탁기를 탈탈탈 돌리지 않으면 안 되고 달그락달그락 접시를 닦지 않으면 안 되는 것이 사랑의 지속 방식이다. 사랑은 이렇게 틀에 박힌 일상들에 대해 욕하고 소리를 지르지 않고는 유지될 수가 없다. 때리고 말리고 돌리고 굴리고 다리고 으르렁대는 사랑의 기술이 없다면 토끼 같은 가족들이 돼지 같은 모습으로 탈바꿈하는 데 고작 하루밖에 걸리지 않을 것이다. 사랑은 그처럼 위태롭다.

가을이 점점, 싫어지고 있다.

마지숙을 만나러 가야 할 텐데 좀처럼 시간이 나지 않는다. 가을이 가기 전에 나에게도 만나야 할 사람 하나쯤은 있다. 물론 마지숙이 선뜻 만나자고 할지는 모르겠다. 나보다는 언제나 마지숙 편에서 시간이 나지 않기 때문이다. 내가 가을에

만나야 할 사람으로 마지숙을 유일하게 꼽고 있다는 걸 그녀
도 안다면 아마도 흔쾌히 나를 만나주지 않을까.

마지숙은 내가 사는 곳에서 넉넉히 50분이면 충분히 도달
할 수 있는 거리에 살고 있다. 시내로 가든 외곽순환도로를
타고 가든 길이 좀 막혀도 마지숙의 집까지 50분이 걸리지 않
는다. 그 점을 생각하면 우리가 언제든 볼 수 있는 것처럼 여
겨지기도 한다. 정작 우리가 얼굴을 마주보며 만난 건 일 년
에 한 번꼴도 되지 않지만, 그렇지만 마지숙을 만나러 가야겠
다는 생각에는 늘 변함이 없다. 언제부터인가 그녀와 커피라
도 한잔하려면 대기번호표를 뽑고 줄을 서서 기다려야 할 만
큼 마지숙의 스케줄은 꽉 차 있다. 최근에 마지숙과 통화했을
때 그녀는 보성 녹차밭에 있다고 했다. 마지숙과 보성 녹차밭
이 얼른 연관되어 떠오르지는 않았으나 그녀와 땅끝마을 해
남에서도 통화한 적이 있었기 때문에 나는 녹차밭이나 땅끝
마을을 한 번도 가보지 않고도 그곳의 이름이 익숙하게 느껴
졌다. 마지숙은 어디에나 있었으니까. 송도, 해운대, 세종시,
여수 엑스포, 하남, 그 어디에도 마지숙은 있었으니까 말이
다. 나는 조만간 마지숙을 만날 수 있을 것이라고 생각한다.
마지숙이 나를 만나주지 않을 이유도 없기 때문이다. 하지만
만나줄 이유도 분명치 않은 것 같아 슬쩍 걱정도 된다. 아무
튼 마지숙은 요즘 너무나 바빠 보인다.

저녁에 있을 결혼식에 가려면 구두보다는 운동화를 신어야
할 것이다. 발톱이 빠질지도 모르기 때문에 두툼한 양말에 푹
신한 워킹화를 신을 것이다. 시어머니는 나의 이런 차림을 마
음에 안 들어 할지도 모른다. 하지만 냉장고에서 뚝 떨어진
캔 맥주에 발톱이 쾅 찍혀가지고 곧 빠질지도 모른다고 하면
아마도 이해해주시지 않을까. 시댁 경조사에 올 때는 항상 참
하게 입고 오라는 어머님 말씀에 부합하도록 나는 노력하는
편이다.

내가 언젠가 일부러 옷도 사고 메이크업도 신경 써서 하고
갔을 때의 일이다. 비싸지 않으면서 적당히 새 옷 느낌이 나
는 것으로, 화장도 평소에 하던 것보다 마스카라와 립스틱 정
도만 더 바르고 나갔는데 예식장에서 만난 어머님은 깜짝 놀
라시며 왜 이렇게 잔뜩 꾸미고 왔냐고 질타를 하셨다. 화장이
너무 진한 것 아니냐고 해서 나는 얼른 화장실로 뒷걸음쳐 립
스틱을 마구 문질러 지우고 나왔다. 마침 그때 나와 나이가
비슷해 보이는 집안 친척 누군가가 시어머니 곁에 다가와 인
사를 했다. 남편과 사촌인가 팔촌뻘인 누군가의 누군가였는
데 어머님은 내 옆구리를 콕 찌르며 그 친척의 스타일을 입
이 마르도록 칭찬하셨다. 안 꾸몄는데 얼마나 수수하면서 단
정하고 예쁘냐고. 너도 저렇게 좀 하라, 고 하시면서. 의혹의
눈초리를 하고서 나는 결혼식 내내 신랑 신부 얼굴은 안 쳐다
보고 그 친척의 차림새만 뚫어지게 바라봤다. 민낯에 잡티 하

나 없이 뽀얗고 윤기가 흐르는 연예인 피부였다. 아무리 봐도 정기적으로 피부과를 다니며 관리를 받지 않고서는 만들어질 수 없는 피부였다. 새 옷을 걸치지 않고 화장만 하지 않았을 뿐 그 친척의 옷이며 핸드백이며 가죽 시계며 굽 낮은 구두까지 전부 다 고가의 알 만한 물건들 같았다. 집에 돌아와 가만 생각해보니 남편에게서 전에 들어본 적 있는 아나운서 출신의 아무개였다. 그럼 그렇지. 자려고 눈을 감았는데 이상하게 분이 풀리지 않는다고나 할까, 약이 올라서 이불을 몇 번 걷어찬 기억이 있다.

그 뒤로 또 결혼식이 있어서 평소에 입던 대로 수수하게 꾸미고 나갔다. 아무리 노력해도 아나운서 출신의 단아함을 쫓아갈 수는 없을 것 같아 내 기준에 맞춘 단정한 차림이었다. 그런데 어머님이 역시도 깜짝 놀라시며 왜 이렇게 성의 없게 입고 나왔느냐고 또 질타를 하는 것이었다. 마트에 계란 사러 나온 여자 같다고, 얼굴은 또 왜 이렇게 칙칙하냐고 옆구리를 콕 찌르시면서.

그 뒤부터 나는 옷 한 벌을 고정으로 정해놓고 시댁에 경조사가 있을 때면 늘 같은 옷만 입고 간다. 검은색 투피스에 흰색 블라우스면 어디서든 그런대로 무난한 것 같다. 결혼 전 입사 면접 볼 때 사놓고 농 속에 깊숙이 처박혀 있던 옷이긴 했지만 그 옷 하나로 결혼식이든 돌잔치든 장례식이든 칠순이든 팔순이든 병문안이든 적당히 때울 수가 있다(물론 아주

오래전에도 지금처럼 품이 넉넉했기에 가능한 일이지만). 얼굴엔 몇 가지 베이스 기능이 들어간 쿠션 하나만 바르면 적어도 그을린 피부처럼 보이는 것을 미연에 방지할 수 있다. 마스카라나 립글로스는 '천박'해 보이므로 바르지 않는다. 아무튼 핵심은 블랙과 화이트면 된다는 거다. 블랙과 화이트 옷만 걸치면 그래도 갖춰 입은 듯 보이는 효과가 나기는 난다.

남편 유연식은 과음의 고통을 떨치고 일어설 수 없을 것 같아 포기하고 큰 녀석 작은 녀석만을 데려가기로 한다. 남편 유연식이 누워 있는 자리를 진공청소기로 강하게 밀어붙여보기도 했으나 그의 저항 역시 만만치 않았다. 베개와 쿠션으로 방어막을 친 뒤 내가 아끼는 이불을 골뱅이처럼 몸에 감았다. 내가 홈쇼핑에서 큰맘 먹고 주문한 이불을 인질로 잡아 김밥처럼 몸에 말고 있다니. 남편 유연식의 반항도 점점 지능적으로 되어가는 것 같다. 토끼 같은 녀석들 앞에서 제법 피해자인 척 연기할 때가 있다. "그래, 내가 나쁜 놈이다, 잘못했으니 나가 죽겠다"는 식이다. 떨어지는 낙엽 같은 얼굴로 눈물까지 글썽거리며 가방을 싸면 토끼 같은 녀석들이 제 아빠에게로 우르르 몰려가 아빠 가지 말라고 붙잡고 애원을 한다. "엄마가 나빴어요." "엄마가 호랑이같이 무섭게 하니까 아빠가 너무 불쌍해요." 때를 놓치지 않고 남편 유연식이 토끼들을 껴안아 얼굴을 비비며 엉덩이를 토닥거리면 끝나는 것이다. 이런 식의 비겁한 타협으로 우리 집을 거쳐간 캠핑용품과 운동기구와 의료기기들이 헤아려보면 또 얼마나 많았던가. 캔 맥주가 떨어진 것이 정말로 우연이긴 한 걸까. 내 발톱 위로 떨어지도록 설계한 위장전술 같은 것은 아니었을까.

내가 아끼는 이불을 몸에 감은 남편 유연식이 눈을 감고도 자유자재로 청소기를 피해 몸을 회전시키는 사이 무슨 재미난 놀이인 줄 알고 큰 녀석 작은 녀석이 남편에게 들러붙어 '아이언 맨'처럼 붙었다 떨어졌다 연합으로 작전을 펼쳤다. 그러고는 점점 흥이 무르익자 베개와 쿠션을 집어 던지고 청소기를 마구 발로 찼다. 내가 청소기 전원 버튼을 끄고 두 녀석들의 귀를 잡고 한 줄로 벌을 세울 때까지도 남편 유연식의 저항은 이어졌다. 절대로 눈을 뜨지 않고 굳세게 자고 있는 그는 자아의 끈을 완전히 놓아버린 것 같기도 했다. 불쌍한 토끼 같은 녀석들에게만 벌을 내리고 혼낸 것이 후회스럽다. 욕실로 들여보내 눈물 콧물을 닦아내고 로션을 발라놓으니 다시 보송보송한 토끼들이 되었다. 잠바를 잃어버린 큰 녀석에게는 후드 티만 입히고 작은 녀석에게는 꽈배기 스웨터를 입혀서 뒷자리에 몰아넣는다. 아직 시동도 안 걸었는데 벌써부터 엄지발톱이 욱신욱신 들썩이는 것 같다.

확실히 가을은, 고독한 계절이다.

어찌되었든 올해 안에 마지숙을 보긴 봐야 할 텐데. 마지숙이 이사 간 집 이야기를 한 게 몇 달 전인데. 마지숙이 전에 살던 곳에서 불과 몇 분 안 되는 거리로 이사를 간 이유는 그

곳이 완전 산자락에 둘러싸여 있기 때문이라고 했다. 이름도 숲속의 산장 무슨 아파트라고 했다. 집안 어른 중에 풍수지리에 밝은 분이 계시는데 그분이 직접 돌아다니며 방향을 봐줬다고 했다. 알고 보니 전에 자기가 살던 집에 수맥이 흐르고 있었다고 몸서리를 치기도 했다. 자고 일어나도 몸이 물 먹은 솜처럼 무거웠다고. 나는 수맥에 대해 아는 상식이 특별히 없지만 마지숙과 같은 라인에 사는 주민들의 집에도 수맥이 흐를까 봐 걱정이 된다고 무심코 중얼거렸다. 그러나 그런 것은 아니라고, 너 정말 웃기는 데가 있다, 하며 마지숙은 배를 잡고 웃는 시늉을 했다(물론 내가 눈으로 직접 본 것은 아니지만 전화기 너머로 그런 것같이 느껴졌다).

마지숙이 이사 간 집은 말 그대로 산이 그대로 보이며 정남향이라 하루 종일 따스한 볕과 바람과 나무와 공기를 집 안에 들여놓을 수 있다고 했다. 나무들이 뿜어내는 산소를 그대로 마시는 것 같은 기분이 든다고도 했다. 아파트 후문이 등산로로 이어지는데 왜 진작 이곳으로 이사 오지 못했는지 정말 안타깝다고 했다. 차로 불과 몇 분 떨어진 곳에 그런 집이 있는 줄 짐작조차 하지 못했다고 말이다.

나는 내비게이션 어플에 숲속의 산장 무슨 아파트를 찍어보았다. 내가 사는 곳에서 한 시간이면 충분한 거리였다. 언제든 마지숙을 만나러 가는 일은 그리 어려운 일이 아니었다.

지금쯤 마지숙의 집에 가면 가을의 정취를 물씬 맛볼 수 있을 것이다. 떨어지는 낙엽도 바스락바스락 밟아보고 도토리나 알밤을 주우며 아이들과 함께 산골짝에 다람쥐 아기 다람쥐, 이런 노래도 재미 삼아 불러볼 수 있겠지. 언제쯤 마지숙에게서 시간이 난다고 연락이 오려나.

결혼식은 저녁 식사를 해결하기 알맞은 시간에 이루어졌다. 친할머니를 비롯해 여러 친척에게 둘러싸여 인사하는 게 즐거웠는지 토끼 같은 녀석들은 강아지 새끼들처럼 꼬리를 흔들고 다니느라 기분을 주체하지 못했다. 손에 만 원짜리 지폐가 쥐어지자 혀를 길게 내밀고 헉헉거리는 재롱을 부리기까지 했다. 마음이 몹시 들뜬 녀석들을 진정시키기 위해 돈을 빼앗고 대신 스마트폰을 주었다. 아이들은 감쪽같이 질서 있게 앉아 게임에 빠져들었다. 우리 애들이 시어머니 앞에서 버릇없고 산만한 아이들로 보일까 봐 내내 참았던 식은땀이 비죽 하고 흘러내렸다.

신랑과 신부는 늘 그렇듯 공무원이었다. 대학에 다닐 때부터 커플이었고 졸업하고 행정고시에 합격하는 지난한 세월에도 불구하고 변함없이 서로를 믿고 의지하여 결혼에 골인했다고 어머님이 나에게 설명해주셨다. 설화 속에나 등장할 법한 이야기였다. 식장이 어수선해 주례사가 어떤 내용인지 전혀 귀에 들리지 않았는데도 어머님은 나에게 놓치지 않고 신랑 신부의 연애 미담을 전달해주시기 위해 주례를 심각하게 노려보고 있었다. 주례를 보는 일이 얼마나 스트레스를 받는 일인가를 신랑 신부가 될 사람들은 반드시 생각해볼 필요가 있을 것 같다.

뷔페 음식을 주워 담아 날라주지는 못할지라도, 남편 유연 식도 따라와 끼니를 해결하는 일에 일조하거나 한 아이라도 관리 감독하는 일에 기여했더라면 좋았을 것을, 아깝고도 안 타깝다는 생각을 하고 있던 나는 어머님의 부연 설명에 깊이 고개를 끄덕이며 세상에나, 어머나, 같은 탄성을 자아냈다. "너도 공무원이면 얼마나 좋겠니. 연금이 얼마나 짱짱하냐." 나는 또 그러게요, 탄식을 내뱉으며 고개를 끄덕인다. 자식 걱정에 노심초사인 시어머니는 다른 신부들을 구경할 때마다 노상 애가 끓는 법이다. 결혼식장에 올 때마다 느끼는 거지만 공무원이 이렇게나 많은데 나는 왜 공무원이 되지 못했나, 왜 공무원이 돼보려는 시도조차 하지 않았는가, 또한 내 주변의 사람들은 왜 모두 공무원 시험에서 떨어졌는가, 그 점이 참 이상하다고 생각한다.

"네가 학원 선생만 돼도 얼마나 좋겠니, 하다못해 어린이집 선생만 돼도, 너는 왜 그때 직장을 그만두었니, 자식 둘 키우 려면 집에서 놀 생각 말고 무조건 나가 일을 해라……" 나 역 시 배고픔에 지쳐 "그러게요, 그러게요"를 연발할 때쯤 드디 어 (망할 놈의) 결혼식이 끝을 향해 갔다. 정말로 피곤한 결 혼식이었다. 영혼 없는 나의 대꾸가 혹시 시어머니의 속마음을 상하게 했는지도 모른다. 어머님은 축가가 끝나갈 때쯤 내 옆구리를 콕 찌르며 말씀하셨다. "얘, 너는 옷이 그것뿐이니? 꼭 상조회사 직원 같잖어."

아, 가을은.

가령 나는 예전에 어떤 드라마에서 '가을엔 브람스를 들어야 하는데'라고 했던 어느 배우의 대사가 좋았다. 브람스를 잘 모르는 사람도 가을이면 어쩐지 브람스를 듣고 싶어지도록 만드는 말 같다. 나는 그 대사가 가령, '가을엔 편지를 하겠어요'라는 노랫말보다 훨씬 피부에 와닿는다. 이유는 잘 모르겠다. 다만 가을에 편지를 쓰는 국민들이 예전에 비해 현저히 줄었을 거라는 생각은 든다. 그럼에도 불구하고 아직까지 내가 가을에 브람스를 들었던 적은 없다. 나는 그냥 가을을 연상케 하는 그 대사가 좋은 것이다. 운명적으로 귀에 꽂히는 말 따위를 좇는 사람이 소위 '실속 없는' 사람이라는 것을 나는 좀 늦게 깨달았지만, 그렇지만 나는 여전히 가을엔 브람스를 들어야 한다고, 막연히 생각하는 사람이다.

나에게도 내가 예상하는 것과 일치하는 세계의 모습들이 한때는 존재했고 세상은 내가 짐작한 대로 찍으면 맞힐 수 있는 예상답안지 같은 것이었다. 내가 공무원! 하고 외치면 공무원이 될 수 있고 아나운서! 하고 외치면 아나운서가 될 수 있는 가상 세계처럼 말이다. 초등학교 저학년 때 나는 다른 아이들보다 '바둑아, 영희야, 철수야'를 빨리 터득하였으며 월등히 키가 컸고 코를 흘리지 않았다. 나는 품행이 단정한 어린이였다. 여자애들은, 거의 노란빛을 띨 정도로 아주 밝은 갈색인 내 머리카락을 가지고 노는 걸 좋아했다. 나를 인형처럼 앉혀놓고 머리에 빗질을 하거나 땋아놓고 풀어서 파마시키는 미용실놀이를 즐겨 했다. 마지숙과 같은 반이 되기 전까지는 말이다.

마지숙은 '망토'라는 옷을 입었고 '사생대회'라는 것을 나가본 경험이 있었으며 다른 아이들이 '주산암산' 학원에 다닐 때 유일하게 '컴퓨터' 학원을 다니고 있었다. 살다 보면 운명의 파도타기 같은 일이 일어나기도 하는지 마지숙과 같은 반이 되고 난 뒤부터 거짓말처럼 나는 마지숙에게 추월당하기 시작했다. 선생님이 나에게 곧잘 시켰던 심부름이 마지숙에게로 돌아갔고 웅변대회 연설자로 마지숙이 지명되었다. 마지숙의 그림이 금상일 때 내 그림이 동상에 그치자 여자애들은 더 이상 내 책상 주위로 몰려들지 않았다.

어느 날 어떤 아이가 내 머리칼을 만져보더니 "니 머리카락 개털같이 뻣뻣해졌다"고 말했다. 그때부터 마지숙의 검은 생머리가 주목을 받기 시작했다. 마지숙의 머리카락은 짙은 검은색에 반질반질 윤이 나는 스트레이트파마 같은 참머리였다. 불행히도, 흐릿했던 마지숙의 쌍꺼풀 라인이 점점 진해지면서 크고 또렷한 눈매가 되었다. 하루가 다르게 자라던 마지숙의 키는 설상가상으로, 내 키와 대등해지더니 곧 내 키를 우습게 따돌려버렸다.

그것은 당혹감과 두려움을 느끼기에 충분한 것이었다. 어린이들에게 예측이 빗나간다는 사실처럼 고독하고 슬픈 일도 없지 않은가. 학교 갔다 돌아와 보니 엄마가 집을 말끔히 치워놓고 어디론가 외출하고 없을 때처럼, 먼저 온 형제들이 모조리 먹어버려 간식이 형체도 없이 증발해버린 때처럼 지독한 외로움이라고나 할까. 세상에는 '대학교'를 졸업한 아버지들도 있다는 사실을 처음으로 알아버렸을 때의 충격 같았다고나 할까.

웨딩홀을 나와 김포 톨게이트를 지나니 밖은 이미 깜깜해져 있다. 두 아이는 벌써 뒷좌석에 기대고 스러져 잠이 들었다. 갑자기 세상이 고요해진다. 라디오를 틀어볼까. 성시경의 「거리에서」라는 노래가 나오고 있다. '어디쯤에 머무는지, 또 어떻게 살아가는지 걷다 보면 누가 말해줄 것 같아' 여기부터가 좀 좋은데. 몇 해 전 가을에도 이 노래를 듣고 있었지, 참. 해놓은 것도 없고 이룬 것도 없다는, 속절없는 자책감 때문에 괴로워했지 아마. 바람만 불어도 아프다는 통풍처럼 속으로 비명을 삼키며 아아, 아야. 어떻게 살아야 할까, 누가 말 좀 해줬으면 하는 심정으로, '걷다 보면 누가 말해줄 것 같은' 기분으로 문득 모델하우스에 발길이 닿았다. 에잇, 집이라도 사야겠다는 생각에. 그거라도 갖지 않으면 미칠 것 같은 허무함으로. 대출을 몽땅 털어서 그거라도 사버려야겠어. 에잇, 에잇! 전세 탈출 만세를 외치며.

어느덧 중동 IC를 지나고 희미하게 다음 IC를 알려주는 간판이 보인다. 저기로 빠지면 마지숙의 집이 멀지 않을 텐데. 전화라도 해볼까. 주말 저녁 예고도 없이 지나가다 들를 수도 없고 전화를 걸기에도 느닷없는 것 같다. 숲속의 짙은 가을 냄새를 맡으며 마지숙은 지금 '으악새 우는' 소리라도 듣고 있는 것일까.

몇 가지 타입으로 지어놓은 모델하우스는 세상에 지친 마음을 달래주기에 손색이 없었다. 그곳은, 그동안 부끄러움을 무릅쓰고(이상하게도 모델하우스에만 가면 내 자신이 부끄럽다는 생각이 들었다) 남편 유연식을 대동하여 기웃거린 여러 모델하우스에서의 아픔을 씻은 듯이 낫게 해주었다. 남편 유연식이 아직은 집을 살 때가 아니라며 '소유'하지 말자고 주장할 때마다 세상의 집값들은 늘 그렇듯 오르고 있었다. '이사만 다니다가 난 폭삭 늙어버리고 말 거야. 암, 늙고말고. 더이상 이사 갈 체력이 고갈되었다고! 나에겐 그냥 집, 딱 한개, 만 있으면 된다니까!'

그러나 곧 마지숙 또한 다른 아이들에게 추월당하기 시작했다. 이 세상에는 더 많은 공무원이나 더 다양한 아나운서들이 존재하는 것처럼 마지숙에게도 더 많은, 또 다른 경쟁자들이 있었던 것이다. 피아노를 잘 치는 아이, 태권도를 잘하는 아이, 수학경시대회에서 1등을 하는 아이, 과학경진대회에서 표창장을 받은 아이들이 눈에 불을 켜고 있었던 것이다. 나는 마지숙이 추월당하는 모습을 흐뭇하고도 당당하게, 역사의 산증인처럼 바라보았다. 마치 우정이란 그렇게 만들어진다는 듯이.

마지숙과 나는 우리가 키가 약간 비슷하고 지극히 평범한 아이들이라는 이유로 더 비슷한 아이들을 끌어들여 세상을 '알아가는' 일들에 대해 이야기하지 않으면 안 되었다. 그것은 위기의식 같은 서였다. 학습 능력이니 예체능으로 선두를 달리지 못하는 중위권 아이들이 존재감을 알리기 위해 써먹는 수법이기도 했다. 주로 세종대왕이나 이순신 장군 동상 아래에서였다. 우리의 호기심이 깊어갈수록 장소는 신사임당 동상을 넘어 '책 읽는 소녀' 동상에 이르렀고 마침내 '생각하는 사람' 동상 앞에서까지도 우리의 이야기들은 진화하고 발전해나갔다. 특히 가장 강력한 이야기들은 주로 유관순 동상 주변에서 괴담처럼 오갔다. 어느덧 이야기는 체험담 비슷하게 변해가고 있었는데 마지숙 차례가 되었을 때였다. 해가 뉘엿뉘엿 지고 있었다.

"우리 마을에 종식이 엄마라고 있는데 말이야. 한번은 장을 보러 나갔다가 오후에 마을로 들어가는 버스를 놓치고 말았대. 그 버스를 놓치면 막차를 타고 가야 하는데 그럼 너무 늦은 저녁이었던 거지. 마침 이웃 마을로 들어가는 버스가 지나가기에 일단 타자 싶어 버스에 올랐어. 중간 어디쯤에서 내려 걸어가면 되겠다 싶어서. 그런데 내릴 때가 돼서 보니 같은 마을에 사는 아이가 타고 있는 거야. 그래서 너, 우리 종식이 친구 아무개 아니냐? 하고 물었더니 애가 시무룩한 얼굴로 고개를 숙이더래. 곧 울먹일 것처럼. 가만 보니 아이가 신고 있던 운동화 한 짝이 없는 거야. 잃어버린 거지. 버스에서 내린 뒤에도 코가 빠진 아이가 느릿느릿 걷더란다. 저녁밥 지을 생각에 마음이 다급해진 종식이 엄마가 할 수 없이 앞질러 걸었어. 지금처럼 해가 뉘엿뉘엿 지고 있었거든. 그리고 말했지. 신발 한 짝 잃어버렸다고 집에 못 들어가는 것 아니니까 기운 내라고. 그런데 한참을 걸어 마을 입구에 도착하니 주민들이 모두 웅성웅성 모여 있는 거야. 경찰차도 와 있고. 그리고 논 옆 깊은 방죽에서 건져 올린 아무개가 누워 있더래. 버스에서 같이 내려 걷고 있던 그 아무개가 말이야. 젖은 운동화 한 짝만을 신고서."

우리는 모두 등골이 오싹해져 마지숙이 곁으로 달라붙었다. "귀신이었구나!" 모두들 동시에 외치고 있었다. "아니." 마지숙 혼자만 고개를 저었다. "너흰 귀신일 거라고 생각해?" 그러자 모두들 의아한 눈빛으로 마지숙을 보며 "그럼 뭔데!" 하고 외쳤다.

모델하우스를 보고 내려와 분양사무소에서 마지숙을 우연히 만난 그날도 우리의 '이야기'는 계속되었다. 이야기는 여러 안부와 소식과 풍문을 넘어 결국에는 늘 그렇듯 '시세'와 '전망'과 '차익' 같은 형태로 변질되었다. 우리의 나이는 공포체험 같은 괴담을 이야기하기에 세월을 한참 지나가 있었다. 하지만 오랜만에 만났어도 우리의 이야기는 통하는 데가 있었다. 나는 그 옛날처럼 마지숙의 이야기에 빠져들고 있었다. 마지숙은 '딱 하나' 남은 평수의 물건을 나에게 넘길까 말까 손에 땀을 쥐게 했다.

겨울방학을 앞둔 어느 날이었다.
"이건 내가 어젯밤 직접 겪은 실화야."
마지숙은 우리를 난로 앞으로 모이게 했다. 눈도 오고 땅이 꽁꽁 얼기도 했지만, 우린 더 이상 유관순 동상 앞에 시시하게 모이지 않았다. "뭔데, 뭔데?" 모두 마지숙을 뚫어질 듯 바라보았다. 마지숙은 짙은 쌍꺼풀에 힘을 주며 진지한 표정을 지었다.
"어젯밤, 유난히도 밤이 길었어. 내 방이 이상하게 냉방이라 아빠 엄마가 주무시는 방에서 같이 잤거든. 방이 바뀌니까 괜히 잠도 안 오고 나는 계속 뒤척거렸어. 아무리 잠을 자려고 눈을 감아도 잠이 안 오는 거야. 엄마 아빠는 옆에서 잘도 주무시는데 나는 점점 정신이 또렷해졌어. 너희들도 그런 적 있니?"

마지숙이 살짝 이야기를 끊자 아이들이 아우성을 쳤다.

"지숙아, 이야기 끊지 말고 계속해주라. 응?"

마지숙이 다시 이야기를 이어가자 아이들은 또 눈을 동그랗게 뜨고 귀를 기울였다.

"그때, 마을의 개들이 일제히 짖기 시작하는 거야. 우리 집 개도 몇 번 짖긴 했는데 그러다 곧 잠잠해지지 않겠어. 조용하다 못해 칼 같은 정적이 흘렀어. 뭔가 불쑥 나타나기 직전에 깨트려서는 안 되는 침묵처럼 말이야."

아이들은 모두 침을 꼴깍 삼켰다.

나 역시 마지숙의 설명에 침을 삼키고 있었다. 그 정도 액수면 프리미엄이 그리 센 편도 아니라고 스스로에게 최면을 걸며.

"대문이 열리는 소리가 안 났는데도 누군가 걸어오는 소리가 들렸어. 마당에 쌓인 눈 위로 저벅, 저벅 걸어오는 발소리. 그런데 우리 집 개가 짖지를 않는 거야. 아주 천천히, 뽀드득 뽀드득, 눈 위를 걸어 점점 안방 가까이 다가오는데도."

아이들은 모두 턱밑에 주먹을 쥐고 몸을 웅크렸다.

나는 상담 테이블을 주먹으로 탁 치며 뭔가를 결심한 듯 분양 팸플릿이 든 봉투를 핸드백에 집어넣었다.

"나는 식은땀을 비 오듯 흘렸어. 이불을 뒤집어쓰고 눈을 꼭 감았지. 어찌나 세게 감고 있었는지 얼굴에 쥐가 날 것만 같았어. 하지만 발소리는 점점 더 선명하게 들려왔어. 토방으로 올라오고, 이내 마루까지! 엄마 아빠를 흔들어 깨우려고 해도 손이 말을 듣지를 않는 거야. 소리를 지르고 싶은데 누가 내 입을 틀어막고 있는 것처럼 아무 말도 나오지 않았어. 너무너무 무서웠어. 벌벌 떨며 내가 생각해낸 건, 죽은 듯 숨소리도 내지 말자. 그런데 조금 있으니까 이상한 생각이 들었어. 창호지 문에 아무런 그림자도 안 비치는 거야. 달이 휘영청 밝은데, 창호지 문을 뚫고 들어올 것처럼 밝은데. 이제 나는 무서워서 견딜 수 없는 게 아니라 도저히 궁금해서 못 견디겠는 거야. 마루에 앉아 있는 게 정체가 뭔지 꼭 확인을 해야겠다는 생각이 번쩍 들었어. 그러고는 떨리는 손가락에 침을 발라 창호지 문에 갖다 댔지. 구멍으로 가까이 다가가 내가 본 것은……"

다급해진 아이들이 저마다 소리를 질렀다.

"도둑!"

"구미호!"

"그, 그 신발 귀신?"

"외계인이야, 외계인."

다급해진 내가 마지숙에게 외쳤다.

"계약서 바로 써야 돼?"

"아니. 한 번 더 생각해본 후에 결정해. 그래도 안 늦어."

다급해진 아이들을 냉정히 훑어보고 난 마지숙은 무표정하게 말했다.

"그건 귀신이나 도깨비가 아니었어."

한 아이가 "맞네, 도둑!" 했다.

"아니, 그건 도둑도 아니었어."

그러자 애들이 또다시 일제히 소리쳤다.

"그럼 뭔데!"

나 역시 마지숙에게 간절한 목소리로 외쳤다.

"P가 더 올라가면 어떡해!"

가을이 가기 전에 마지숙을 만나야 하는데. 만나서 꼭 물어봐야 하는데. 우리 집 집값은 언제 올라가냐고, 새집의 역설이 이런 거냐고.

프리미엄의 반격은 경전철 사업을 무산시켰고 뉴타운 주민 투표를 다시 하도록 만들어 결과를 바꿔놓았다. 학교 부지는 설립 허가가 흐지부지 취소되었고 실개천이 흐르도록 만들 거라는 녹지사업 부지 역시 귀곡산장처럼 방치되었다. 나는 그것이, 지역 현안이나 정치적인 문제도 아니고 건설사의 농간도 아니며 오로지 '프리미엄' 때문이라고 생각했다. 나에게 그것은 오로지 프리미엄의 문제였다. 그것의 일부가 마지숙에게로 흘러갔고 그 애가 자꾸만 나를 만나주지 않기 때문에 발생한, 우리 두 사람의 오래된 '이야기'에서 비롯된 질긴 에피소드 같은 것이라고 여겼다.

매매가가 떨어졌다 다시 제자리걸음을 할 때마다 한숨과 어이없음이 교차하는 이상한 말들이 쏟아져 나왔다. 입주자들은 공허하게 떠도는 말들이 집값의 하락을 부추길까 쉬쉬했다. 아파트 조경 사업에 돈이 얼마가 들어갔는데 나무들이 시들시들 죽어가는지 그 이유를 모르겠다고 말이다. 나무들이 자라지 않는 이유가 독성이 뒤범벅된 건축 폐기물을 땅에 묻고 덮어버렸기 때문이라나. 실제로 어떤 세대에서 인테리어 공사를 하다가 벽에서 마감재 쓰레기들이 잔뜩 나왔다는 소문도 있었다. 그것은 그야말로 믿지 못할 '괴담' 같은 '이야기'였다.

이른 아침부터 입주자대표회의의 호출을 받고 집을 나섰

다. 고무장갑과 앞치마를 필수로 챙겨 오라는 지시를 받고서. 경로당으로 향하는 발걸음이 무척 무거웠다. 자발적인 참여가 아니라는 티를 내지 말자, 생각했지만 그럴수록 발걸음은 더욱 무거워졌다. 입주자대표회의 회장의 전화를 받지 말고 어딘가로 잠적해버릴까도 생각했지만 그럼 또 토끼 같은 아이들의 아빠인, 남편 유연식이 죽자사자 눈치 없이 나를 찾으러 돌아다닐 것이 분명하니 안 될 것 같았다.

　요즘은 곳곳에 김치냉장고 없는 곳이 없어서 아파트 노인회를 위한 '사랑의 김장 나누기 행사'도 늦가을 안에 끝내자는 회장의 제안에 모두 가식적인 미소로 응답하는 분위기였다. 그곳에 모인 '사모님'들이 반갑게 웃으며 인사했지만 모두 반강제적인 참여로 이루어진 모임이었다. 나만 그런 게 아니므로 표정 관리에 좀더 노력해야 했다. 정말이지 누구 한 사람 빠졌다가는 '몇 동 몇 호 부인'으로 평생 찍힐 것처럼 살벌한 분위기였다.

　아무도 동 대표에 나가라고 권유한 사람이 없는데 남편 유연식이 그토록 자발적으로 동 대표가 될 줄은 몰랐다. 무투표로 동 대표가 됐으면 김장도 자기가 하고 수육도 자기가 삶을 것이지 왜 '나'한테 이러는 것일까. 이제 정말로 엄지발톱이 빠지기 바로 직전인 나한테. 지금까지 남편 유연식이 우리 동 대표 일을 맡는 동안 동지에는 팥죽을 쑤러 나갔고 설날엔 떡국을 끓이러 나갔다. 대보름날엔 잡곡밥, 복날엔 삼계탕, 봄

가을엔 바자회, 일 년 열두 달을, 내가 '프리미엄씩이나 주고 산' 아파트에서, 내가 이러고 있을 거라고 나는 짐작조차 하지 못했다.

　오후까지 이어진 김장 끝에 수육 삶기도 완료되어가고 있었다. 누군가 뜨거운 고기를 썰어 내 입에 쏙 밀어 넣었다. 갑자기 입안 가득 들어온 배추와 고기를 넙죽 받아먹은 것 때문에 얼굴이 빵빵해져 순간 민망했다. '어떤 여편네야! 내 입에 무식하게 고기 처넣은 작자가' 하고 주위를 둘러보니 다른 여자들도 그런 표정으로 '주어진' 고기를 우적우적 씹고 있었다. 자기는 아무것도 모르는 것처럼 눈을 두리번거리며. 방심하고 있다가 누군가 입안에 또 번개같이 넣어준 고기를 거절 못하고 우물우물 씹고 있을 때 마지숙에게서 전화가 왔다. 경로당 창밖으로 곧 눈이라도 쏟아질 것처럼 어둡고 무거운 구름들이 보였다.

　마지숙이 알려준 집은 숲속의 산장 무슨 아파트가 아니라 거기서 한참을 더 들어가야 하는 곳에 있었다. 숲속의 산장 무슨 아파트에 살고 있는 것은 맞지만 우선 다급한 상황이어서 집을 내놓지도 못하고 지금 있는 곳으로 옮겼다고 했다. 요즘 내내 바쁘다 했더니 혹시 이 애가 병원에도 투자를 하는가 싶었다. 병원 안에도 편의 시설이나 상가 같은 게 있으니까 말이다. 어디 어떤 눈먼 돈으로 프리미엄을 받고 있나 내 눈으로 직접 보고 싶었다.

마지숙이 불러주는 대로만 들었을 때는 그냥 병원이었는데 막상 가보니 일반 병원이 아니었다. 고즈넉한 산자락에 바람 소리만 지나갈 것 같은 그곳은 조용히 임종을 기다리는 환자 들을 수용하는 호스피스 병동이었다. 그곳의 분위기가 처음 방문한 사람이라 해도 금방 알아차릴 수 있게 해주고 있었다. 울음소리나 통증을 앓는 소리조차 없이 고요했지만 곧 운명 을 맞을 사람들이거나 혹은 방금 전 운명한 사람들의 동선을 그대로 느낄 수가 있었다. 아무리 생각해도 마지숙이 있을 만 한 곳은 아니었다. 나는 다시 마지숙에게 전화를 걸었다. "네 가 말한 병원에 왔는데 이 병원이 맞아?" 마지숙의 목소리가 평소와 다르지 않아 내가 더 잘못 찾아온 것 같은 생각이 들었 다. "너 보려면 어디로 가야 되는데? 사무실이 따로 있는 거 야?" 했더니 원무과가 있는 병동으로 가서 물어보라고 했다.

마지숙이 입원해 있는 병실은 하늘이 통째로 보이는 로얄 층이었다. 몸무게가 39킬로인 마지숙을 보고 나는 사람을 착 각한 줄 알았다. 마지숙은 투병 중이었고 머리카락이 거의 남 아 있지 않아 환자용 비니 모자를 쓰고 있었다. 전화 속 목 소리와는 달리 눈앞의 그녀는 산소마스크를 쓰고 있었다. 마 스크를 잠시라도 떼면 기침을 했다. 그래서 숨을 크게 쉬어 야 했고 앙상하게 마른 등과 어깨가 같이 들썩이는 모습에서 괴로움이 그대로 나에게도 전달되는 것 같았다. 나는 놀라서 "지숙아" 말밖에는 나오지 않아서 자꾸 '지숙아'만 찾았다.

간병인이 자리를 비워주고 밖으로 나가자 마지숙이 가까이 오라며 내 손을 잡았다. 종양이 그렇게 빨리 퍼질 줄 미처 몰랐다고 했다. 발견할 때부터 크기도 크고 위치도 안 좋았지만 수술이 잘됐는데 최근에 갑자기 전이되었다고, 마지숙은 말했다. 치료를 중단하니까 지금은 오히려 살 것 같다고. 그것은 '이야기'가 아니었다. 그녀가 하는 이야기 중에 가장 힘든 '말'을 하고 있는 것 같았다.

그녀는 양말을 몇 개씩 껴 신고 있었다. 기침도 힘들지만 발이 시린 건 못 견디겠다고 했다. 숲속이라 추워서 그런가 싶기도 했다. 마지숙의 침상 주변으로 커다란 통유리 창이 있었는데 전부 숲으로 둘러싸여 있었다.

"경치가 얼마나 좋은지 몰라. 공기도 정말 끝내주고."

나는 마지숙의 발에 손을 갖다 대보았다. 발이 얼음장처럼 차가워 또 한 번 놀랐다. 혈액순환이 안 되어 그렇다고 했다. 신발을 잃어버린 아이처럼 마지숙은 떨고 있었다. 문득 마지숙에게 묻고 싶었던 것들을 아무것도 물어볼 수 없을지도 모른다는 생각이 들었다. 그러자 나는 자꾸만 예전에 난롯가에서 들었던 이야기가 궁금해서 마지숙에게 묻고 싶어졌다. "그래서? 그다음은 어떻게 되었는데?" 하고 말이다. 오래전 그날, 네가 본 것은 무엇이었냐고.

잔뜩 인상을 쓰고 잠이 든 마지숙의 얼굴이 나뭇잎처럼 살짝 움직이는가 싶더니 갑자기 창백하게 일그러졌다. 그녀는 숨을 가쁘게 몰아쉬면서 손을 내둘렀다. 나는 그녀 곁으로 바짝 다가갔다. 그녀는 어디가 아프거나 무엇이 필요한 것 같지는 않았다. 다만, 무엇인가 '이야기'를 하고 싶어 하는 것처럼 보였다. 그녀가 작게 입을 벌렸으나 정확히 들리지는 않았다.

"뭐라고? 지숙아, 안 들려. 뭐라고?"

그녀는 최대한 힘을 내어 뭔가를 내게 얘기하려 했다. 나는 그녀가 이러다 쇼크가 오는 것은 아닐까 덜컥 겁이 났다. 데스크로 달려가야 하는 것은 아닌지, 머리맡의 비상벨을 눌러야 하는 것은 아닌가, 허둥지둥 당황하고 있었다. 하지만 나는 어쩌면 그녀의 말을 알아들을 수도 있을 것 같았다. 그녀의 얼굴 앞으로 몸을 숙이고는 그녀가 하는 말에 귀를 기울였다.

"지숙아, 뭐라고? 가, 가, 가라고? 다시는, 오지 말라고……"

그녀는 나에게 가라고 말했지만 어쩐지 그 말이 가지 말라는 말처럼 들리는 것도 같았다. 어디에나 있는 쓸쓸한 그 누군가의 모습 같기도 했다. 간혹 신발을 잃은 모습으로도, 차가운 마루에 앉아 있는 모습으로도. 오래 전 그녀가 본 것은 또 다른 자신의 모습을 하고서, 우연히 마주치는 환영과도 같은 존재가 아니었을까.

병원을 나와 집으로 가는 길은 커다란 교차로를 끼고 두 갈래 길로 나뉘었다. 좌회전해서 고속도로를 타고 가는 길이 있었지만 나는 왠지 마지숙의 얼굴이 자꾸만 지워지지 않아 복잡한 시내로 우회전을 했다. 운전대를 잡은 손이 바들바들 떨렸다. 신호가 걸릴 때마다 마지숙의 얼굴이 떠올라 착잡하기만 했다. 라디오를 틀어볼까. 뉴스 채널에서 잡음이 들렸다. 주파수를 낮춰보았다. 클래식 방송이 잡혔다. 무슨 음악인지는 모르겠고 그냥 들었다. 계속 듣다 보니 좋은 것도 같았다. 음악이 끝나고 나자 브람스의 「여섯 개의 피아노 소품 2번 간주곡」이었다는 진행자의 멘트가 들렸다.

콜드

1

체육관으로 올라가는 1층 유리문을 열고 몸을 반쯤 밀어 넣었을 때 처음 든 생각은 정작 갈 데가 여기뿐인가 하는 것이었다. 어둡고 습한 계단을 따라 2층으로 올라가는 동안 후회가 발목을 잡았다. 각목 자재와 쓰고 남은 페인트 통들을 계단 주변에 방치해놓아서인지 지저분한 건물 구조 때문인지는 몰라도 생전 처음 맞닥뜨리는 장소에 온 것처럼 어색한 기분이었다. 계단을 끝까지 올라오자 체육관 출입문이 있었고 한쪽 구석에 작은 창고가 있었다. 자물쇠가 채워져 있는 창고에서 거칠고 황량한 바람 소리가 들리는 것 같기도 했다.

복싱 체육관이라고 쓰인 문을 밀고 들어갔을 때 곧장 뒤돌 아서고 싶은 마음도 없지 않았지만 가야 할 어딘가가 분명코 있었다면 나는 총이나 검을 들고 달려갔을 것이다. 암살자 같은 복수를 꿈꾸거나 세상 가장 높은 곳으로 무산소 등정 같은 것에 도전하기 위해 총총히 떠났을지도 모른다.

오전 내내 독거노인 급식 반찬 봉사에서 앞치마를 두르고 있었던 건 아무래도 나의 의지와는 거리가 먼 일이었다. 뜨거운 밥을 푸거나 지역 나눔 행사에서 순대를 썰고 후원회 사람들과 가까운 산에 올라 연대감을 쌓는 일이 그토록 내가 하고 싶었던 일은 아니었을 것이다. 나와서 밥만 푸면 되는 일인데도 세상이 끝난 것 같은 체념이 드는 날이 있다. 삶으로부터 배신감을 느끼는 순간 중 하나가 준비되지 않은 역할들에 대해 내가 긍정성으로 똘똘 뭉친, 등장인물 같은 얼굴을 하고 있을 때였다. 급식 설거지가 끝나고 멤버들과의 담소가 이어질 때까지도 나는 어딘가로 자꾸 도망치고 싶은 생각에 시달렸다.

소중했던 것들이 하나씩 사라지고 내 곁엔 착하고 친절한 사람들만이 남았다. 내가 생활에 무르익은 단감 같은 얼굴을 하고 있을 때 나는 거울 보는 일이 두려웠다. 거울 속의 모습에서 나를 나라고 말할 수 있는 근거를 찾을 수 없었다. 특징 없이 주고받는 이웃들과의 배려와 미소가 때로는 나를 참을 수 없게 만들기도 했다.

왜, 라고 묻지 않는다면 조용하게 지나갈 수도 있는 날들이었다. 아이 친구 생일날 키즈 카페에 초대를 받으면 선물 꾸러미를 들고 엄마들 테이블에 합석하거나 피아노 연주회가 끝나면 함께 이동하면서 카페라테를 마셨다. 영어마을에서 유치원 공개수업이 있는 날에는 그날 가장 돋보인 아이들의 엄마가 카페라테를 돌리기도 했다. 카페의 나날들이라고 해도 무방할 그런 날들이었다.

아이는 집에 돌아와 시무룩한 얼굴로 낙서를 했다. '준, 제시카, 잭, 데이빗, 캘리……' 워크북 뒷면에 연필로 비뚤게 쓴 글씨를 보며 아이에게 물었다. "떠든 애들이야. 얘들이 오늘 수업 시간에 제일 많이 떠들었어." 가만 보니 수업 시간에 엄마 참여도가 높았던 아이들을 딸애가 질투하고 있는 거였다.

항상 즐겁고 언제 들어도 유익할 것 같은 이야기들을 풀어놓는 일에 나는 서툴렀다. 어디를 가서 무엇을 하며 무엇을 먹고 어떻게 돌아왔는지 가슴을 치며 돌이켜보아도 기억이 흐릿한 날들이 있었다. 나는 기쁨의 동력을 상실한 채 사랑의 밥차로 달려가거나 쉼터 마련 바자회에 얼굴 도장을 찍었다. 현재의 거리만큼 멀리 떨어진 곳에 또 다른 시간이 존재한다면, 어렴풋이 그곳에 닿을 수 있다면, 나는 주저 없이 지금과 다른 시간을 살 수 있을까.

공영 주차장 옆 큰길 사거리까지 걸어왔더니 우산을 썼는데도 바람막이 점퍼가 눅눅해져 있었다. 코끝이 시렸다. 차 안에 굴러다니는 담요라도 가지고 올걸 아쉬운 생각이 들었다. 추위를 피하고 보자는 요량에 복싱클럽 간판을 달고 있는 체육관을 보고 망설일 여유가 없었다.

사거리 길을 무던히도 지나다녔던 건 학습지 교사로 일하고 있었던 때였다. 본사에서 지원해주는 판촉물이나 교재 등을 받으러, 혹은 그룹으로 꾸려진 아이들과 스터디를 하기 위해, 학습센터가 다른 건물로 이전하기 전까지 수시로 지나쳤던 길이었다. 논술 전단지를 본 엄마들 중에는 일기 쓰기와 독서록 지도까지를 요구한다거나 영재 레벨인 자기 아이의 독서 수준을 어디까지 끌어올려줄 수 있는지 포트폴리오를 짜달라고 하는 경우도 있었다. 학부모들과 마주보며 상담할 때 나는 그들도 나처럼 어디쯤에서 시간을 잃어버린 얼굴을 하고 있지는 않은지 무심코 살펴보고는 했다.

학습센터 앞으로 새로 바꾼 외제 차를 몰고 온 대학 동기 b를 몇 년 만에 봤을 때도 나는 속으로 비슷한 질문을 던지고 있었을 것이다. 공영 주차장에 세워둔 그의 차를 보면서 b는 문이 두 개만 열려도 되는 단출한 세계에 살고 있나 보다고 어렴풋이 짐작할 수 있었다. 문이 두 개만 열리는 차를 타고서 어디든 갈 수 있는 b가 낯설게 느껴지면서도 한편으론 부럽다는 생각이 들었다. 나는 그가 하나의 시간을 통과해 가버렸다는 것을 문득 느낄 수 있었다. 부지불식간에 닫혀버리거나 열려버린 블랙홀처럼 그가 나의 시간을 관통해서 사라졌다는 것을 알 수 있었다. 한 세계가 끝난 지점으로 b가 뚜벅 뚜벅 걸어와 내 앞에 서 있었다.

본사의 로고 스티커를 물티슈나 알림장 같은 학용품에 붙여 홍보하러 나가면서 스치듯 들어봤던 타임벨 소리 외에 내가 복싱에 대해 아는 거라곤 없었다. 나는 정말 잽이 뭔지도 몰랐다.

복싱장은 한눈에 보아도 허술했다. 전신 거울 위쪽 벽 중앙에 '복싱'이라고 단순하게 붙어 있는 글자 앞에 서서 나는 복잡한 생각들을 내려놓았다. 단순함이 주는 감정은 묘했다. 담백함인지 성의 없음인지 그런 것조차도 신경 쓰지 않겠다는 무심함인지 알 수 없었다. 몇 걸음 옮길 때마다 마룻바닥에서 삐걱거리는 소리가 났다. 듬성듬성 녹이 슨 운동기구들에서 껄끄러운 쇳소리가 날 것 같았다. 예닐곱 대가 나란히 놓인 러닝머신 옆 끝자락에 대형 온풍기와 전기난로가 있었지만 전원이 꺼져 있어서 체육관 내부는 차갑고 썰렁했다. 허연 입김이 나와서 자꾸만 손을 호호 부는 시늉을 하게 되었다. 며칠째 비가 내리는 초겨울 날씨였다. 휑뎅그렁하게 세워져 있는 사각 링과 몇 개의 샌드백이 커다란 실내를 가득 채우고 있는 삭막함을 대신하는 듯했다.

운동하는 사람은 아무도 없었고 코치로 보이는 남자 한 명이 데스크에 입을 다물고 앉아 있었다. 턱이 각진 남자는 말을 할 때도 입을 다문 것처럼 보였다. 말할 때 입을 크게 벌리지 않아서인지 각이 진 턱이 도드라졌기 때문인지는 알 수 없었다. 남자가 머리에 쓴, 어딘지 작아 보이는 비니 모자와 그가 입은 '깔깔이' 패딩은 얼핏 코치가 아닌 군밤 장수로 보이게 했다. 옷장 서랍에서 엉뚱하게 꺼내와 대충 꿰입은 것처럼 보이는 늘어진 아디다스 바지 주머니 속에 군밤이 가득 들어 있을 것 같았다.

"여자 탈의실은 왼쪽, 뒷문 열고 복도 따라 쭉 나가면 화장실"이라고 남자가 일러주긴 했지만 대충 살펴봤으면 그만 가보라는 표정이었다. 샤워장은 마지못해 달려 있는 듯 큼큼한 냄새가 났으며 탈의실 벽의 뚫린 구멍에선 쥐라도 나올 것처럼 바람이 숭숭 들어왔다. 화장실로 이어지는 복도의 등이 나간 탓에 나는 어둠침침한 통로를 몇 발짝 걷다 그만두었다. 오래된 라커와 신발장에 먼지가 수북했다. 총과 검 대신, 여기라면, 조금은 비켜갈 수도 있겠다고 나는 생각했다. 등을 시리게 만드는 한기가 나쁘지만은 않았다. 나는 내 삶과는 무관한 곳을 찾아 잠시 그곳에 있어도 될 것 같았다.

카드를 받아 단말기에 긋던 남자가 나를 빤히 쳐다보며 물었다. "어디 등산 갔다 오나 봐요?" 진지하게 들으려 해도 비아냥거림에 가까운 농담처럼 귓등을 때렸다. 귀가 뜨거워지면서 후끈 달아올랐지만 창피하게 숨을 수만은 없었다. 부끄러움이든 경멸이든 심장을 후벼 파는 회환이든 비장하게 뒤집어쓸 준비가 되어 있었다. 주먹을 날려봐. 총 맞고 칼 맞고 여기까지 기어 왔어. 영혼까지 탈탈 털렸어. 나의 청록색 바람막이 점퍼를 비웃어줘. 나에겐 유일한 점퍼라구. 아니. 점퍼조차 필요 없다구. 나는 아무것도 필요 없다구.

그는 비웃는 듯한 표정으로 사람을 위아래로 훑어보았다. 그 몸으론 버티기 힘들 테니 바람막이 입고 산에 가 막걸리나 마시라는 것 같은 표정이었다. 그러고는 상대방은 안중에도 없는 목소리로 규칙을 빠르게 쏟아냈다.

"나한테 권투를 배우려면 하루도 지각 결석을 하면 안 됩니다. 최소 3개월만이라도 기본기 익힐 예의를 안 갖출 거면 오전반에서 자동 퇴출되고요."

나는 '권투'를 배우려는 것은 아니라고 작게 말했다가 벼락 같은 소리로 충고를 들어야 했다.

"우리 체육관은 '권투' 가르치는 정식 도장이지 '헬스장' 아니에요. 간판에 복싱, 권투, 라고 붙여놓은 거 안 보여요! 다이어트 바디 관리 그런 거 안 해주는데?"

눈을 작게 뜨고 노려보며 남자가 경고하듯 주의 사항을 말했기 때문에 더 이상의 궁금증을 문의하면 안 될 것 같은 분위기였다. 나이도 아래인 것 같은 녀석이 까칠하고 싸가지가 없는 것 같다는 생각이 사뭇 스쳐 갔지만 상관없었다. 아무려면 내 모습이 꾀죄죄한 깔깔이 패딩을 걸친 저와 같을까. 군

밤 장수같이 생긴 주제에. 나는 피식 웃음이 나오려던 것을 겨우 참았다. 맷돌같이 생긴 녀석에게 내가 지금 뭘 배운다고?

2

또 비가 온다. 눈도 아니고 비도 아닌 것이 추적추적 내린다. 진눈깨비가 내리다 다시 비로 바뀐다. 어깨를 동그랗게 말고서 소심하게 울먹이는 여자 같다.

나는 창가 끝에 서서 구질구질하게 담배를 피운다. 며칠째 면도를 못 했더니 꼴이 말이 아니다. 칙칙한 생활 패턴에 절어 있는 내 모습이 부랑자 꼴과 다를 바 없어 보인다. 찾아와도 없을 거니까 꺼지라고 여자 친구한테 소리를 지르던 날도 비가 왔었다. 그래놓고 미련하게 체육관을 못 떠났다. 재수 없는 새끼라고 울면서 여친이 진짜로 떠나버렸다. 거짓말처럼 영원히 오지 않았다. 나는 두려워서 체육관 바닥에 퍼질러 앉아 소주를 마셨다. 난방이 꺼진 체육관 바닥이 더럽게 춥고 쓸쓸했다. 며칠째 비가 오니까 여친이, 아니 전 여친이 어디선가 나를 개새끼라고 저주하고 있을 것만 같은 생각이 든다. 창문에 여친 얼굴 같은 빗방울이 덕지덕지 맺혀 있다. 겨울이 제법 와 있었다.

나는 아직 얼어 죽거나 굶어 죽지는 않을 것이다. 체육관 앞에 쌓인 눈을 치우고 젖은 양말을 벗고 술을 마시고 「런닝맨」을 보고 또다시 눈이 오는 것을 보면서 겨울을 넘기긴 할 것이다. 복싱 꿈나무들을 지도하던 코치가 요런 모양새로 체육관 바닥에 쓰러져 죽는다면 체육관 운영자인 관장의 명성에도 찬물을 끼얹는 일이긴 할 것이다.

오늘 아침은 아무런 의욕이 나지 않는 게 딱 죽고 싶은 날이다. 얼어붙게 춥지도 않은데 마음이 축축하고 옆구리가 시리다. 실컷 울고 나도 허전한 기분이다. 여우 같은 가시나. 땜내 나는 옆구리로 파고들 땐 언제고. 까르르 숨이 넘어가도록 웃던 여친이 어느 날부터 웃지도 않고 토라진 것처럼 굴었다. 영화관에서 손도 안 잡고 만나면 시들시들 스마트폰이나 만지작거리더니 그만 끝내자고 비장하게 선언을 했다. 여친이 따라놓고 안 마신 술을 내가 모두 먹고 개가 되어 그날 필름이 끊겨버렸다. 파출소에서 정신을 차리고 보니 여친이 저만치 떨어져 혐오스럽게 내 꼬락서니를 노려보고 있었다.

라면을 끓인다. 스프 하나 반에 라면 두 개. 국물을 자글자글 졸여 계란을 푼다. 식은 햇반을 한 덩이 말아주면 끝이다. 개밥이라고 말하면서도 이 맛에 중독되지 않은 사람을 못 봤다. 여친이 나를 개처럼 남겨두고 떠나간 뒤로는 한동안 라면을 먹지 않았다. 개밥만 먹고살 수는 없으니까, 개밥에 도토리로 살고 싶은 여자는 없을 테니까. 나만 혼자 남아 개밥을 먹고 있다 하더라도 나는 다 이해한다. 코치라고 군기 잡던 약발도 떨어져 나는 머지않아 체육관 귀신으로 영영 남게 되지 않을까. 제 남친이 개처럼 체육관을 지키다 좀비가 될까 봐 짜증 났나 보다, 전 여친은.

서른이 넘어가면서 주먹보다도 먼저 약해지는 게 마음이다. 하루가 다르게 체력이 변해가고 그보다 더 빨리 여자 마음도 바뀐다. 여자의 변심보다도 무서운 게 시간이 지나가는 거다. 여친은 나를 떠난 게 아니라 기다려주지 않는 시간을 떠나간 거다. 빚이라도 몽땅 털어 내 이름을 건 복싱장에 여친을 붙잡아놨어야 했는데. 나보다 못날 게 0.1프로도 없는 가시나에게 주로 개밥 같은 라면이나 끓여 먹인 것부터가 우선 잘못이다. 같이 라면을 먹으면서 행복하게 쳐웃고 있던 난 얼마나 후져빠진 놈이었던가. 돌아설 때 쌈빡하게 악수라도 하며 잘 가라고 말해줄걸, 술병을 깨고 개같이 군 것은 지금도 두고두고 후회가 된다.

오전 열시. 체육관 문을 열 시간이다. 밤 열한시 반까지 오늘도 힘차게 굴러가려면 정신을 차려야 한다. 퇴근 무렵의 저녁 시간엔 정신이 하나도 없다. 바쁜 시간을 쪼개서 회원들은 대부분 저녁이나 밤 시간대에 체력을 키우려고 몰려들었다. 겨울방학이 다가오면 낮에도 한가하지만은 않을 것이다. 비만인 자녀를 데리고 상담 오는 학부모들 때문이다. 키가 안 큰다고 아이를 데려오는 부모들도 많다. 배고파서 권투 글러브 끼던 때랑은 세상이 다르다. 요즘 부모들은 집중력 향상시키려고, 학교 폭력에서 대책 없이 당하지 않으려고 운동을 시킨다. "어떤 새끼가 너를 때리기 전에 네가 먼저 선빵을 날려야 한다. 나머진 아버지가 책임질 테니. 아들아, 절대로 네가 먼저 맞고서 호구가 되면 안 된단다." 그렇게 가르치는 아버지들이 생각보다 많다. 학원 일정과 겹치지 않게 시간표까지 짜서 가지고 오는 어머니들도 있다.

웨딩 셀카를 프로필 사진에 찍어 올린 여친의 미래가 아마도 그러할 것이다. 발레아카데미로 수영장으로 승마교실로. 여친을 닮아 길쭉하게 빠진 종아리를 갖고 태어난 아이들을 데리고. 여친은 점점 더 우아하고 교양 있는 전 여친이 되어갈 것이다.

탈의실에 들어가자 회원들이 벗어둔 운동복이며 수건들이 세탁함에 가득 쌓여 있다. 어쩌면 이번 겨울이 쉰내 나는 빨래들과 보내는 마지막이 될지도 모르겠다. 세탁기를 돌려놓고 담배를 또 꺼내 문다. 복도 창가 끝자리, 꿈에서도 이 자리에 서서 담배 피우는 걸 보면 꿈속이지만 소름이 돋는다. 나가야 돼. 나는 여기서 나가야 한다고! 씨발놈들아. 이거 무한 반복이냐.

나도 이제 체육관을 떠날 때가 된 거 같다.

담배를 두 개비째 물고 있을 때 뚜벅뚜벅 계단을 타고 올라오는 발소리가 들렸다. 어기적거리며 올라오는 발소리가 회원은 아니었다. 청록색 바람막이를 입은 여자가 고개를 삐죽 내밀었다. 헝클어진 머리에 비비크림도 안 바른 얼굴로 권투 도장 구경 온 아줌마는 지금껏 한 명도 없었는데 대박 사건이다. 뭘 하다 왔는지 여자한테서는 반찬 냄새까지 솔솔 풍겼다. 넋 나간 얼굴로 전신 거울 앞에 서 있는 여자를 보고 있으니까 한숨이 절로 나왔다. 어디서 저런 고문관이 굴러온 거지? 물렁물렁한 다리로 스텝이나 제대로 밟을 수 있을지 진심으로 걱정이 됐다.

나는 여자에게 옆 건물의 요가교실로 가보라고 권해줄까 하다가 그만두었다. 이벤트 기간이라 할인이 적용되긴 했지만 한 달도 아니고 덥석 일 년 치 회비를 냈으니까 말이다. 복싱이 무슨 장난인 줄 아나. 하루도 못 버틸걸. 일주일 출석하고 낑낑거려도 회비를 돌려주나 봐라. 조금은 엉뚱한 여자의 뒷모습을 보면서 피식 웃음이 나왔다. 청록색 바람막이, 두고 봐. 입에서 단내가 나도록 해주지.

3

이른 아침부터 비가 내린다. 기침 같은 빗소리가 차창을 두드리며 떨어진다. 와이퍼가 움직이며 지워놓고 간 빗물의 얼룩이 눈 코 입이 사라진 누군가의 얼굴 같다. b와 마지막으로 다투고 헤어졌던 길을 따라 천천히 액셀을 밟는다.

날씨가 궂은 날엔 종점 차고지까지 남편을 태워다 준다. 강남으로 직행하는 광역버스에 앉아 남편은 부족한 아침잠을 보충하며 톨게이트를 빠져나갈 것이다. 아이가 잠 깨서 울던 시절에는 어림도 없었을 일이다. 나 혼자서 육아일을 떠맡고 음지의 일을 처리하는 기분이 들 때, 해맑은 남편이 훈훈한 술자리에 앉아 사람들과 웃고 떠드는 소리가 들리는 것 같으면 나는 그들에게 달려가 테러라도 저지르고 싶을 정도로 우울증에 시달렸다. 나는 아름답고 행복한 단어들을 표적에 세워두고 총으로 빵빵 쏘아야만 했다. 그따위 허구의 말들을 칼로 베어버리고 싶었다. 스트레스와 피해의식 때문에 나는 나를 빼놓고 평화로운 세상에 등을 돌려버렸다. 홀로 아이를 업고 낯선 골목길을 하염없이 걷다가 어디쯤에서 돌아보니 가야 할 길이 더 이상 보이지 않았다.

라디오에서 남편이 즐겨 듣는 시사 프로가 시작되자 남편은 스마트폰을 만지면서 출연한 패널이 누군지 관심을 갖는다. "저 사람 요즘 괜찮더라. 말하는 게 균형 있고 생각도 열려 있는 것 같아. 정치판에 몸 좀 담았던 이들이랑 골프 잡혀서 가보면 가관도 아냐. 나보고 회사원이 되더니 감 떨어졌다고 텃세를 부리지만 말이야, 얼마나 시야가 막혔는지 케케묵은 소리만 늘어놓는다니까……"

한때는 정치에 뛰어들겠다는 야심이 있었던 남편을 따라 여의도에서, 다리 하나 건너면 자다가도 벌떡 누군가의 연락을 받고 뛰어 나갈 수 있는 서강대교 근처의 어디쯤에서 남편의 지인들이 모여 있는 수도권 외곽의 어느 도시까지, 그렇게 내 시간도 훌쩍 지나가버렸다. 비서관 또는 보좌관으로 남편의 자리는 늘 내가 잘 모르는 사람들 곁에만 있었다. 국회 일을 그만둔 뒤에도 남편은 여의도 시절 사람들과 만나 여의도 이야기를 한다. 어느 날 주위를 둘러보았을 때 내 곁에는 아무도 없었다. "죽을 거 같아……" 먼지 같은 목소리로 전화했을 때 b조차도 나와는 한참 먼 곳에 있었다. "나도 죽을 거 같아. 서핑보드를 타다가 진짜로 죽을 뻔했다니까. 다들 죽을 것처럼 그렇게 살고 있는 거야." b의 목소리 너머로 시원한 파도 소리가 들리는 것 같았다.

b가 서너 번인가 찾아왔을 것이다. 대학의 강의나 북콘서트 같은 일이 있을 때, 혹은 펜션 따위를 경유하는 길에. b는 나와 상관없는 일들로 와서는 한 번씩 나를 불러내곤 했다. 문화센터에서 강연을 마치고 돌아가는 길에 b는 피곤한 얼굴을 하고서 마치 쭉 보아온 동료처럼 내게 말했다. "잠을 한숨도 못 잤어"라든가 "맛있는 밥집 좀 아냐"는 말들로, 우리가 한때는 꿈과 열정을 동반했던 사이이기도 했음을 상기시켰지만 의례적으로 앉아 아메리카노 종이컵을 꼼지락거리고 있으면 더 이상 b와 내가 이어갈 대화의 주제는 사라지고 없었다.

머쓱한 얼굴로 헤어지는 게 싫어서 b의 연락을 피한 적도 있었다. b가 어정쩡한 목소리로 전화를 끊을 때 얼마 동안 남아 있는 여운 때문에 절망스러웠다.

"너는 너밖에 모르지! 그때나 지금이나 넌 너밖에 몰라. 나는 모든 걸 다 지우고 사는데, 모든 게 끝나버렸는데!"

"누가 지우고 살라 그랬니? 구질구질하다고 지워버리고 떠난 건 너잖아, 지워진 건 나고. 나는 네 뒤에서 개처럼 기다리기만 했다고! 네가 기분 좋으면 난 감지덕지하고, 그러다 느닷없이 넌 또 가버리고. 도대체 난 너한테 뭐였는데?"

"기다렸다고? 너 공부하고, 네가 일하면서 이룬 성취감에 대해 그렇게 말하는 거야? 대단한 인내라도 한 것처럼 굴지 마. 너 아직도 밖에 나가면 멋있는 척하지. 넌 언제나 옳은 사람들 곁에만 있었잖아. 너는 날 속물덩어리라고 생각했잖아. 네가 속해 있는 세계가 진리인 척, 착하고 순수한 척, 정말 역겨웠다고!"

"너 많이 변했다."

"변한 정도가 아니라 미치지 않은 게 다행이지. 온전한 나로 살 수 없다는 게 어떤 건지 넌 모를 거야. 넌 절대 모를 거야…… 넌 날 기다린 게 아니었어. 네 시간을 살았을 뿐이지. 네가 선택하라고 했을 때, 난 뭘 선택했어야 했는데? 비굴하게 붙잡지 않았을 거 너도 알았잖아. 넌 그냥 너의 소중한 일

분 일 초를 살았던 거야."

"다 지난 얘기야. 꼬아서 생각하면 뭐가 달라지니."

"그래. 다 지나가버린 얘기다."

"······"

"그러니까 이제 오지 마. 강연이든 뭐든 네 스케줄에 나를 끼워 넣어가지고 찾아오지 마. 기분 더러우니까."

가로수가 뻗어 있는 어느 길 위에서 시시한 백반을 먹고 우리는 쓸모없이 언성을 높이고 헤어졌다. 낙엽이 지고 기온이 떨어지는 날로 접어들어도 b에게선 연락이 오지 않았다. 와이프 공부를 이유로 해외로 같이 나갔다는 풍문을 들었을 뿐이다. 혹시나 싶어 연락해보았지만 번호를 바꾸고 떠난 모양이었다. b는 꿈처럼도 나타나지 않을 것이다.

"박 대표 있잖아. 이번에 자서전 냈다고 출판기념회 한다는데 당신도 여의도 같이 가지. 그래도 글 쓴다고 하니까 꼬박꼬박 당신 안부를 묻더라고. 적당히 인사도 드리고 하면서 다음에 책 낼 땐 좀 돕겠다고 해봐. 지난번 수필집 정리 부탁할 때도 정중히 거절하느라 얼마나 애먹었는지 알아?"

종점 차고지가 가까워지자 나는 슬며시 라디오를 껐다. 유리창을 때리는 빗소리가 점점 커지고 있었다. 남편은 중소기업을 운영하는 박 대표와의 친분을 은근히 과시하며 출판기

넘회 날짜를 한 번 더 강조하고는 차에서 내렸다.

돌아보면 빗물처럼 흘러가다 잠시 고여 있었을 뿐인지도 모르는 시간들이다. 다시 그 언젠가의 시간 속으로 돌아간다 해도 나는 터무니없는 시간을 살았을 거다.

사선으로 나 있는 발자국 모양을 따라 앞뒤로 왔다 갔다 뛰기만 하는 건데도 스텝을 밟는 건 힘든 일이었다. 얼마 못 가 발자국 모양 밖으로 몸이 튕겨 나가거나 뒤꿈치가 땅에 닿기 일쑤였다. 고작 삼 분씩을 뛸 뿐이었는데 땀이 비 오듯 흘렀다. "똑바로 할 때까지 삼 분씩 추가." 나이키 슬리퍼를 질질 끌면서 빨래를 널고 있는 남자는 뒤통수에도 눈이 달려 있는지 동작 하나하나를 감시하듯 꿰뚫어 보았다. 숨차 죽겠는 모습으로 헐떡거리는 내 뒤에서 운동복과 수건을 탈탈 털며 여유를 부렸다. "거울로 다 보이니까 꼼수 부리지 말고."

그는 자리가 부족하다면서 화장실로 나가는 출입문 옆 제일 구석지고 높은 사물함을 나에게 지정해주었다. 나는 키가 닿지 않아 글러브와 핸드랩을 꺼낼 때마다 깡충깡충 뛰어야 했다. "점프해서 닿긴 닿는군. 앞으로 점핑을 엄청 하게 될 테니까 이렇게라도 폴짝폴짝 뛰세요." 남자의 말투는 직설적이고 무례했으나 나한테만 그렇게 구는 것도 아니어서 뭐라고 따질 수도 없었다. 지옥의 조교처럼 체육관에서는 악명 높은 코치로 통했다. 아무래도 일 년 치 수강료를 낸 건 주제넘은 행동이었다.

"자, 힘 빼고 가볍게 툭!"

"힘 빼고 툭……"

"툭! 늘어 빼지 말고 가볍게 던져서 주라고. 밥 먹을 때도 잠잘 때도 이것만 생각하세요. 툭!"

나는 헐떡거리기만 했다.

"저기요, 물 좀 마시면 안 될까요……"

남자가 각진 턱을 실룩이며 노려보았다.

"저기요가 아니라 코치님! 어디서 라운드 끝나기 전에 물을 찾아! 물 마시지 말고 쉬지 말고 질문도 하지 말고! 무조건 뛰어!"

시종일관 명령조에 반말을 기본으로 섞는 남자와 첫 며칠간의 수업은 그런 식이었다. 군대에 온 건지 선수촌에 들어온 건지 도무지 알 수 없었다.

인대가 부어 다리를 절룩거리는 내게 아이가 이상한 듯 물었다.

"엄마, 어디 아파? 엄마, 왜 그래?"

'스텝, 스텝, 뛰고, 뛰고. 스텝, 스텝, 원투원투.'

설거지통에 쌓인 그릇들을 닦다가도 청소기를 들고서도 나는 뭔가에 홀린 사람처럼 중얼거렸다. 그리고 다음날이면 체육관 문을 제일 먼저 열고 들어갔다.

4

바람막이. 그녀를 그렇게 불렀다. 처음에 모르는 얼굴로 봤을 때 옷이 그것뿐이냐고 물어보고도 싶었지만 매일 보다 보니 그녀가 청록색 바람막이를 입고 나타나지 않는다면 서운할 것 같은 생각마저 들었다. 어떨 땐 스파링 하면서 내가 먼저 선빵 날린 게 미안해지기도 했다. 종이 울리자마자 툭 치면 그녀는 뭣도 모르고 맞고 서 있었다. 어우 답답해. 피해야지 그걸 또 맞고 있냐.

'피하라고 바람막이, 얼빵하게 서 있지 말고 상체를 숙이라고!'

몇 번쯤 툭툭 맞고 시작했던 바람막이가 방어 자세를 취하는 게 신기했다.

"어이, 바람막이, 피티 오십 개씩 삼 세트야. 이봐, 바람막이, 잽잽 카운터야. 천천히 밀지 말고 바로바로 끊어 치라고. 어쭈, 바람막이, 잽잽 원투원투 훅 카운터 오십 개. 잽잽 카운터 원투원투 어퍼 카운터 훅 카운터 백스탭 두 번 원투 오십개……"

얼빠진 사람처럼 말귀도 못 알아먹던 그녀는 내가 바람막이, 바람막이, 하고 부를 때마다 바람처럼 빠르고 가벼워졌다. 미트 2라운드 때려놓고 기절할 것처럼 주저앉았을 때와는 하루가 다르게 운동량이 늘어났다.

"그래. 그렇게 연타로 치는 거야. 빠방. 빠바방. 빠바방빵빵."

나는 그녀가 팔이 길어 왼손 잽의 장점을 살려볼 만하다고 생각했다. 특별한 칭찬도 아닌데 여자는 태어나서 처음 웃어보는 사람처럼 활짝 웃었다.

바람막이는 공격과 방어하는 법을 조금씩 배워나갔다. 스파링을 하면서 1라운드를 뛰는 건 쉐도우나 샌드백을 치면서 버티는 1라운드와는 비교도 안 되게 힘들었을 텐데도 그녀는 링에서 지쳐 떨어지진 않았다. 거친 호흡을 참으며 스파링 3라운드까지 버텼다. 그런 그녀가 기특해서 나는 되도록이면 스트레이트를 날렸다. 맞은 만큼 피하는 요령이 생긴다는 것과 공격할 배짱이 생기면서 상대방의 주먹을 읽을 수 있다는 걸 바람막이는 조금씩 알아갔다. 치고 빠지는 게 서툴러 맞기만 하고 링을 못 보던 그녀의 시야가 차츰 넓어지는 것이 보였다.

코너로 몰렸다가 겨우겨우 빠져나온 그녀의 머리에서 김이 모락모락 올라왔다. 온몸이 땀으로 흠뻑 젖어 있었다. 땀이 식으면 추워질 텐데. 휴대용 가스스토브를 꺼냈다.

"춥나 바람막이?"

"참을 만해요."

"빠지 말고 와서 불 쫴. 샤워장 파이프가 얼어서 뜨거운 물이 안 나와."

"헉, 이러고 집에 가라구요? 안 되는데……"

"그러니까 내숭떨지 말고 와서 불 쬐."

"어이없음……"

"눈 깔어."

　　바람막이의 첫 스파링 상대는 복싱 7년차의 멀대 회원이었다. 큰 키에 다부진 체격인 남자는 최고참 회원이라 다른 회원들이 운동하는 것도 옆에서 곧잘 봐주는 편이었다. 펀치를 적당히 조절하면서 바람막이를 리드해주겠다고 해서 한번 붙여보기로 했다.

　　타임벨이 울렸다. 나는 링 아래에서 여자를 지켜보았다.

　　"잽. 잽. 라이트. 가드! 뒤로 무르고. 다시 파고들어. 원투 쓰리! 어퍼, 어퍼! 바디 치고 빠지란 말이야!"

　　입에서 침이 말랐다. 지시하는 방향과 다르게 그녀는 헛방만 날렸다. 긴장을 했는지 어깨에 힘을 주고 뛰니까 금방 지쳐버렸다.

　　'바람막이, 가드를 올려. 가드를 올리라고!'

　　나는 조마조마하게 여자를 지켜보았다. 3라운드밖에 안 됐는데 그녀는 방어할 기력을 모두 잃어버린 것 같았다. 바닥난 체력으로 버티고만 있었다. 젠장. 초보니까 살살 받아주라고 했는데. 이러다 바람막이 다 털리게 생겼다.

　　가드를 올렸는데도 여자의 얼굴에서 빵빵 터지는 소리가

났다. 마지막 라운드만 참아주면 목표 달성이라고 생각한 순간 퍽 하는 소리가 들렸다. 멀대의 오른손 스트레이트에 정통으로 맞은 바람막이가 그대로 주저앉더니 뻗어버렸다.

타임벨 작동을 멈추고 링으로 달려갔다.

"나도 모르게 뻗은 건데, 피하려다 맞았나 보네! 괜찮아요?"

멀대 회원이 미안해하며 바람막이를 부축해 일으켰다. 바보같이. 아직 위빙 같은 거 하지 말라고 했는데. 나도 모르게 화가 나서 여자에게 툴툴거렸다.

"몸을 숙였다가 늦게 일어나니까 맞았잖아! 멋 부리지 말고 원투쓰리만 열심히 하라니까."

헤드기어를 벗겨보니 여자의 양쪽 콧구멍에서 쌍코피가 나고 있었다. 손에서 글러브를 벗겨주었더니 그녀가 주먹으로 코를 닦으며 씩 웃었다.

"더럽게 어디다 코를 닦아. 붕대 안 풀어!"

"기분 날아갈 거 같아요."

"미친 거 아냐?"

"저 완전 멋졌죠!"

"완전 꼴통이구만."

쌍코피 터지고 저렇게 좋아하는 여자도 있을까. 체급이 비교도 안 되는 남자 회원과 링에 올리지 말았어야 했다. 코치인 내 잘못이다. 웃는 거 보니 코뼈가 다친 것 같지는 않았다.

그것도 모르고 웃고 있는 여자가 미련곰탱이 같기도 했다. 가슴이 좀 짠해서 나도 혼자 웃었다. 그냥 웃었다.

5

아끼던 브룬펠지아 자스민이 죽었다고 아이가 울었다.

"그게 이름이 브룬펠지아 자스민이었어?"

"엄마는 우리가 키우는 화분 이름도 몰랐어?"

서럽게 울어대는 아이 앞에서 난처해질 뿐이었다. '그걸, 엄마가 어떻게 다 알아. 엄마는, 있잖아……' 아이에게 뭐라고 하고 싶은데 아무 말도 나오지 않는다. 내가 누군지도 모르고 사는데 화초 이름을 외우고 있을 리가 없다고 아이에게 이해시킬 방법이 없다. 누구네 엄마는 유치원 텃밭에 토마토랑 오이를 심고 또 누구는 집에서 만든 천연비누를 친구들한테 주었고…… 다른 집 이야기에 등장하는 엄마들은 마치 특별한 삶의 비법을 가지고서 요술을 부리는 요술쟁이들 같았다. 엄마는 아로마 캔들도 못 만들고 풍선아트도 못해서 싫다고 아이가 입을 삐죽 내밀곤 했다.

"나도 집에서 만든 드레스 입고 파티 같은 거 하고 싶단 말이야. 엄마는 매일 다쳐서 아프다고 하고. 싫어."

머리가 핑핑 도는데 택배가 왔다고 벨이 울리고 부글부글

끓고 있던 뚝배기 국물이 넘쳐 가스 불이 꺼졌다. 가스 차단 기가 내려가고 민감한 센서가 쩌렁쩌렁 울려댔다. 브룬펠지아 자스민. 시들어서 말라비틀어져버린 다음에야 생소한 식물의 이름을 말해본다.

한차례 폭설이 내리면서 날씨가 지독한 겨울로 접어들었다. 남편의 지인들과 겨울 산행을 하고 휴양림에 갇혀 있는 동안 가는 빗줄기가 내렸다. 오픈 테라스에서 통바비큐 구이를 뒤집으면서 지붕 위로 떨어지는 빗소리를 들었다. 나야, 나라고. b가 바로 옆에서 속삭이는 것 같았다. 꼭 내가 키우다 잘못해서 죽은 브룬펠지아 자스민 같았다.

몸살에 걸려 며칠을 호되게 앓은 후에야 대상포진이란 걸 알았다. 수액을 맞고 잠들다가도 화들짝 놀라 눈이 떠졌다. 한 해가 마지막 문턱에 걸려 있었다. 뉴스 채널에선 특종 보도가 연일 쏟아져 나왔고 우편함엔 아이의 취학통지서가 꽂혀 있었다. 스마트폰에서 사라진 b의 흔적들까지 모두가 내게 거짓말을 하고 있는 것 같았다.

병원 지하 주차장에 차를 세우다가 무엇엔가 놀라 브레이크를 밟았다. 어두컴컴한 조명 사이로 시커먼 물체가 휙 지나갔다. 시동을 끄고 몇 발자국 걸을 때 뒤에서 야옹, 소리가 들렸다. 눈구덩이에서 구르다 젖었는지 털이 지저분한 고양이가 몸을 웅크리고 있었다. 한 발짝 다가가니 흠칫 놀라 차 위로 올라가버린다. 평소 고양이를 좋아하는 편은 아닌데도 추위에 노출된 고양이가 무척 가엾다는 생각이 들었다. 고양이는 다른 곳으로 훌쩍 달아나버렸다.

시신을 염할 때 꽁꽁 언 아버지의 볼도 얼음처럼 차갑게 굳어 있었다. 영안실은 초여름인데도 냉기가 흘렀다. 썰렁한 안치실에서 마주한 아버지가 처음 보는 사람처럼 낯설고 두려웠다. 생전에 아버지는 연한 잠을 청할 때조차 입을 벌리지 않을 만큼 철저하고 꼼꼼한 분이었는데 세상을 떠나면서는 실눈을 뜨고 있었다. 아무리 감겨드리려 해도 눈이 감기지 않았다.

"괜찮아 아가. 괜찮아." 복수가 차오른 아버지 곁을 지킬 때 아버지는 괜찮다는 말밖에는 하지 않았다. 하도 여러 번 그러서 나중에는 무엇이 괜찮다는 건지 이해할 수 없었다. 마약성 진통제에 의존하고 있던 아버지가 '귀찮아'라고 한 말을 내가 잘못 들은 건 아닐까 하는 생각이 문득 들었다. 원망 같기도 하고 회한 같기도 한 아버지의 목소리가 그렇게 비현실적으로 들렸다.

"나한테 미안하단 말 한마디를 안 하고 갔다 너희 아버지는."

엄마가 무심히 뱉어낸 그 말이 마치 아버지가 유일하게 세상에 남기고 간 메시지처럼 들렸다. 허망한 아버지 몸에 삼베 수의가 입혀졌다. 아버지는 괜찮다, 다 괜찮다, 하는 표정으로 실눈을 뜨고 있었다.

아버지 장례식장에서도 b를 보긴 했다. 조문을 와준 몇 안 되는 대학 동기들 속에 초췌한 b가 있었다. 꼬박 날을 새며 일하다 왔는지 b는 빈소를 지키던 내 얼굴보다도 까칠해 보였다. b는 지금 막 서점에 나오기 시작했다고 최근에 출간된 책을 동기들과 나에게 건넸다. 환하게 웃고 있는 b의 얼굴이 실린 프로필 사진을 보았다. 분위기가 짧게 술렁이다 다시 술잔이 오갔다. 어디서 보아도 알 수 있을 것 같은 b의 얼굴은 그러나 b와 닮았다고는 할 수 없었다. 우리가 예전처럼 웃으며 악수할 날이 오지는 않을 것 같았다.

툭하면 면박을 주곤 했던 남자의 태도가 누그러진 건 쌍코피 사건이 있고부터였다. 코가 쌩하고 얼얼했지만 나는 다시 일어나 남은 시간까지 라운드를 채웠다. 피를 보고 돌진하는 투우 소처럼 종일 흥분의 열기가 식지 않았다. 쌍코피 하나로 신고식을 제대로 치른 셈은 되었다.

남자는 매섭게 몰아붙이다가도 가끔씩 커피믹스에 뜨거운 물을 부어주었다.

"춥나 바람막이? 땀 식기 전에 와서 불 쬐."

상대방을 다시 안 볼 것처럼 무뚝뚝한 얼굴로 그는 링 아래의 벤치에 앉아 있었다.

"앙 하고 물어보라구. 그리고 입을 다물어. 이를 보호하는 수단이기도 하지만 마우스피스를 물고 뛰어야 턱에 힘이 들어가. 힘이 들어가면 경기에 집중할 수밖에 없어."

마우스피스를 맞추며 치아를 물고 있을 때 나는 남자의 어깨 너머로 있을 것 같은 춥고 썰렁한 세계를 엿보았다. 어쩐지 그가 겨울과 어울리는 사람이라고 느껴졌다. 그는 얼어 있다가 녹을 땐 흔적도 없이 사라질 준비가 되어 있는 사람 같았다.

나는 어떤 세계로부터 버림받았다는 소외감에서는 아무렇지 않게 되었다. 그것들을 차력사처럼 일거에 부숴버릴 수도 있었다. 나는 「킬 빌」의 더 브라이드처럼 한조의 칼도 찾아올 수 있을 것 같았다. 그건 나만 아는 세계이고 오직 나 혼자 정복해나가야 할 세계였다.

6

체육관을 떠날 시간이 가까워지고 있었다. 신학기 입학 시즌이 시작되기 전에 자리를 비울 생각이다. 후임 코치가 오기 전까지는 관장님 혼자서 꾸려갈 수 있을 것이다.

그동안 바람막이는 몰라보게 달라졌다. 하루도 결석하지 않고 연습한 결과 샌드백을 치는 폼도 제법 잡혀갔고 엄살로 벌벌 기면서 미트 받던 버릇도 사라졌다. 줄넘기 뛰는 자세만 봐도 알 수 있다. 스텝이 얼마나 가벼워졌는지, 빠르고 정확해졌는지. 윗몸일으키기로 단단해진 복근 덕에 바디로 맞아도 그녀는 배를 움켜쥐고 주저앉지 않았다. 윗몸일으키기를 시킬 때마다 기이한 신음 소리로 사람을 낭황하게 만들던 그녀였다.

"빨리빨리 안 해! 자꾸 이상한 소리 내지 말라고! 펀치는 주먹 혼자 휘둘러서 나오는 게 아니야. 스텝에서 나오고 허리에서 나오지. 배에 힘이 들어가야 허리 힘도 나오는 거야."

바람막이는 끙끙거리며 팔굽혀펴기와 피티체조 기마자세 스쿼트나 스피드 점프 같은 체력 단련에 적응해나갔다. "어이 바람막이, 아마추어 나가도 되겠는걸." 비아냥거리듯 말하긴 했지만 나는 진심으로 그녀를 응원했다. 칭찬하는 말을 어떻게 하는지 나는 잘 모른다. 나에게서는 따뜻한 말이 나오지 않는다. 좋은 말보다는 험하고 독한 말이 내 입에서 나온다. 그렇게 굴러왔고 그렇게 버텼다. 사각의 링에 갇혀 한정된 사람들을 만나고 밖으로 떠돌다 차가운 잠을 잤다. 바람막이가 집에서 김밥을 싸 왔을 때도 고맙다는 말을 어떻게 해야 할지 몰라서 나는 핀잔을 주었다. 김밥집에서 사 온 김밥 말고 집에서 방금 지은 밥으로 만든 김밥을 먹어본 지가 언제였는지 기억이 아득했다. 전 여친도 나를 위해 김밥 같은 걸 말아 온 적은 없었는데. 집 생각을 하자 나는 뭔지 모를 그리운 감정에 갑자기 목이 막혀왔다. 어쩌다 스치듯 얼굴만 보고 서로 떨어져 산 지가 얼마인지. 우린 왜 그렇게 살아야 하는지.

204

뜨거운 것이 목구멍에 걸려 내려가지 않았다.

"누가 이런 걸 싸 오라고 했나 바람막이. 이래가지고 시합을 나가긴 뭘 나가. 관중들 앞에서 KO로 망신당할 거야! 사모님 흉내 내지 말고 파이터가 되란 말이야 파이터!"

나는 바람막이에게 기합을 주었고 그녀는 연습 내내 코가 빠져 있었다.

김밥이나 싸가지고 체육관에 온 것을 질책 삼아 그 벌로 바람막이는 나와 2인 2조로 흩어져 홍보물을 붙여야 했다. 체력 단련을 핑계로 바람막이에게 전단지 돌리는 일까지 시킨다는 건 염치없는 일이긴 했지만 그녀 몸에 근력보다는 자신감을 붙여주고 떠나야 할 것 같은 생각이 들었다. 약해빠진 바람막이가 그래도 이 체육관에서는 마지막 제자니까.

때론 자신이 하지 않아도 될 거라고 여겼던 일들을 하면서 사람들은 자신감과 모멸감을 동시에 얻는다. 복싱은 자신감과 모멸감의 두 얼굴을 하고 있다. 때리는 순간 맞고, 두들겨 맞다가도 단 한 방으로 자존심을 회복한다. 어쩌면 한 방보다도 중요한 것이 코너에 몰렸을 때 견디는 거다. 악으로 깡으로 버티는 게 아니라 집중력으로 버티는 거다.

"그건, 좀 곤란한데요……"

바람막이는 난처한 듯 뒤로 한발 빠졌다.

"왜. 쪽팔려서? 유치원 엄마들이 볼까 봐? 변장이라도 시켜줘야 하나."

나는 라커룸에 걸려 있는 패딩들 중 하나를 그녀에게 주었다. 몇 주째 결석 중인 중학생 녀석의 땀복 바지와 남성용 패딩에 묻힌 바람막이는 바람막이를 입고 있을 때보다 더 우스꽝스러웠다. 웃음을 참느라 힘이 들 지경이었다. 거기서 웃음이 빵 터지기라도 한다면 그녀는 두 번 다시 체육관에 나타나지 않을 것처럼 진지한 얼굴이었다. 굴러다니는 비니 모자와 검은색 마스크까지 씌워놓으니 그녀는 절도범 같았다.

그녀 덕에 실컷 웃었다. 홍보물을 붙이는 내내 나는 실없는 놈처럼 혼자서 키득거렸다. 그렇게 웃어본 게 얼마 만인지 모른다. 얻어터지는 것도 모자라 엉뚱하게 시키는 일을 훈련이라고 하고 있다니. 그녀는 도대체 무엇이 절실해서 말도 안 되는 홍보물이나 돌리고 있는 걸까. 웃다가 나는 또 쓸쓸해졌다.

7

복싱에 미치면 나도 모르게 자세가 나와요. 아무 때곤 허공에 주먹질을 날리고. 하나하나 세트플레이가 몸에 붙어갈수록 눈앞에 링이 아른거려요. 보고 싶은 애인처럼 자꾸만 링 위의 순간이 떠올라요. 누군가의 스파링을 지켜보면서 아쉬워하거나 소리를 지르고. 원투훅 원투원. 원투원라이트훅. 투원투 원투쓰리. 원투어퍼훅 라이트 쏙 어퍼 훅…… 변형된

펀치를 날리고, 불리하면 쓱 빠졌다 다시 치고 들어가는 거야. 포인트로 카운터도 날려주고. 스스로에게 열광하죠. 그런데 그건 가난한 집을 짓는 거랑 같아요. 가드를 올릴 힘마저도 없을 때 나는 가진 것이 아무것도 없다고 절망하죠. 상대방의 주먹이 나보다 빠를수록 집은 더 가난해져요. 하지만 가난한 집이 완성되어갈 때마다 내가 보던 세상은 전과는 달라져 있어요. 나는 사실 가장 튼튼한 집을 짓고 있었던 거예요. 자. 하나씩 만들어봐요. 툭툭. 잽을 주고. 라이트도 줬다가 그게 먹힌다 싶으면 원투쓰리까지 뻗어도 보고 쭉쭉 연타를 날리는 거야. 쓱 더킹. 또 잽. 잽잽, 잽잽 라이트. 쓱쓱 더킹 더킹. 잽잽 훅. 잽잽 바디바디. 풋워크가 훌륭하면 아웃복싱이든 인파이트든 밀리지 않아.

언 마룻바닥에 땀방울이 떨어지도록 줄넘기를 하고 있으면 그는 샌드백을 툭툭 건드리며 긴 얘기를 늘어놓았다. 꼭 나에게 들으라고 하는 것 같지는 않았다. 마치 자기 삶의 고백처럼 들리는 것도 같았다.

바람이 쉭쉭 소리를 내며 지나가는 창고 앞에 나는 서 있었다. 운동을 마치고 집에 돌아가려는 참이었다. 늘 잠겨 있던 창고 문이 조금 열려 있었다. 문이 바람에 열렸다 닫혔다 들썩거릴 때마다 그 안으로 들어가보고 싶은 호기심이 충동처럼 일어났다.

나는 어둠 속으로 조금씩 들어갔다. 계단을 오르며 지나칠 때와는 달리 창고는 생각보다 넓고 아늑했다. 선반 위에 연탄이나 숯, 만지면 뭔가 튀어나올 것같이 배가 불룩한 자루들이 있었다. 해묵은 복싱화와 글러브들도 수북했다. 잡동사니가 끝나는 데까지 걸어가자 쪽방처럼 생긴 문이 하나 또 있었다.

"지금 뭐 하나 바람막이. 하다 하다 이젠 남의 방까지 훔쳐보는 취미가 생긴 거야?"

휴가라서 하루 쉴 거라던 남자가 캄캄한 방에서 걸어 나왔다.

나는 남자의 방을, 들키고 싶지 않은 청춘의 남루함을 보았다. 그의 방은 너무나 허름해서 b에게 보여주기 싫었던 대학 시절의 내 자취방 같았다. 미로 같은 골목 중간에서부터 나는 b를 따돌리기 바빴다. b를 궁핍한 내 젊음의 채무 속으로 끌어들이고 싶지는 않았다. 그 시절의 내가 그러했듯 남자 또한 그가 들고 있는 고단함을 일순간에 던져버릴 수는 없을 것 같았다.

"선수 생활 접고 여기서 먹고 잔 지 몇 년이에요. 우리 가족은 다 그렇게 살아요. 각자 알아서. 글쎄. 모르죠. 어딘가로 가기는 하겠지만."

"예전에 난 꿈을 좇다가 느닷없이 숨어버렸어요. 비겁하게. 그 대가를 치르느라 여기서 이렇게 얻어맞고 있나 봐요."

"상대방이 코너로 밀어 넣을 때 어떻게 하죠?"

"걷고 라이트? 코너 워크?"

"낭심을 차야죠."

"하 진짜. 끝까지!"

"지금부턴 숨지 말란 얘기에요. 때릴 용기가 없으면 맞고 맞는 게 힘들면 끌어안고라도 있어요. 이렇게, 클린치!"

그가 있는 힘껏 나를 안았다. 차갑게 한 방 맞은 것처럼 숨이 컥 막혀왔다. 그토록 붙잡고 싶었던 시간들을 움켜쥘 듯 나도 그렇게 그를 붙들고 있었다. 전혀 다른 세상의 다른 시간에서 나는, 과거의 시간들을 놓아주고 있었다. 그곳의 나는 즐거울 이유도 행복해야 할 이유도 없었다. 내가 빠져나올 수 없었던 착하고 아름다운 세계의 굴레에서 주먹을 휘둘러 간신히 통과해 나왔으므로.

코치라고도 스승이라고도 기억할 수 없어 그를 콜드라고 부른다.

어느새 봄이 와서 나는 피아노 소리가 들리는 상가나 입시 학원의 막다른 길에서 홍보물을 붙이는 일 따위를 하지 않아도 되었다. 그런 일을 나에게 시키는 사람도 없었다. 그래서 가끔은 이상하게 쓸쓸했다.

여느 날처럼 껑충 뛰어 사물함에서 글러브와 핸드랩을 꺼냈다. 적중하지 못했다. 두번째로 점프해서 손이 닿았을 때 핸드랩이 떨어지면서 감겼던 천이 도르르 풀렸다. '바람막이!

가드 올리고!' 매직으로 써놓은 글씨가 체육관 바닥으로 굴러
갔다. 아무렇지 않은 얼굴로 그가 불쑥 나타날 것만 같았다.
그가 가고 창고는 폐쇄되었다. 내 속의 거미집 같던 세월도
함께 헐렸다.

밤

밤이 되었군요. 밖에서 돌아온 남편은 버릇처럼 냉장고에서 캔 맥주를 꺼내 자기 방으로 들어가요. 아침이면 빈 깡통들은 재활용 자루에 분류되어 버려져 있고 책상은 가지런히 정돈되어 있어요. 남편의 깔끔한 성격을 알기에 밤늦게 방에서 술을 마신다고 잔소리를 할 필요는 없죠. 남편이 왔다 간건지 종종 착각이 들 정도로 남편은 존재감을 표시하지 않는 사람이에요. 조용히 들어와 자기만의 공간 속에 머물다 몸만 빠져나간 것처럼 아침이면 다시 일하러 나가죠. 안주라도 챙겨줄까 싶어 안방 문을 열고 나가려다 나는 이내 그만두어요. 간신히 잠든 아기가 깨서 울 것만 같아 불안하거든요. 아기는 아주 조그만 기척에도 예민하게 굴어요. 낯가림이 심해 엄마 품으로만 파고들며 유난스레 울죠. 베이비시터를 썼다 몇 시간 만에 그만둔 이후로는 남에게 맡기는 일도 엄두가 안 나요.

"보통 까칠한 아기가 아니네. 막무가내로 울기만 하고 영 붙여주지를 않으니. 엄마 손을 많이 타서 그러는지……"

얼굴을 붉히고 돌아서는 여자는 고개를 절레절레 저었죠. 목이 쉬어라 우는 아기를 품에 안고 애타게 달래보았어요. 업었다 안았다 토닥였다 흔들었다 미친 여자처럼 방 안을 서성거려보아도 소용이 없었어요. 급기야는 아기를 다용도실에 내놓고 문을 닫았어요. 울음소리는 그칠 기미를 보이지 않았죠. 앙칼지게 우는 소리가 귓가를 떠나지 않고 하루 종일 앵앵거리네요. 갓 태어난 아기를 냉동고에 넣어 숨지게 한 비정한 엄마의 신문 기사를 읽으며 문밖에서 울고 있는 아기를 보았어요. 발버둥치며 사투를 벌였는지 덮어놓은 겉싸개가 풀어헤쳐져 있었죠. 아기를 낳을수록 상실감이 커져갔다고 그 여자는 말했다는군요.

내가 아이를 낳았다는 걸 나조차도 곧잘 잊어버리곤 한답니다. 출산 후 생긴 유선염으로 끙끙거리며 모유를 돌게 하려고 손으로 마사지를 하던 어느 날은 경기를 일으킬 정도로 애가 울고 있었어요. 깜빡 잊고 전원을 끄지 않은 온열 매트 위에 아기를 누여놓았던 거예요. 홑이불이 깔려 있긴 했지만 연한 살이 얼마나 놀랐겠어요. 바르르 떨며 숨이 넘어갈 것처럼 꼴깍꼴깍 우는 모습을 보고 있다가 그제야 정신을 차리고 번쩍 아기를 안았어요. 토닥토닥 흔들며 한참을 달래는 사이 아기는 겨우 진정이 돼서 울음을 그쳤는데 그때까지 내가 무엇을 외우고 있는지도 모르고 계속 중얼거리고 있던 건 바로 주기도문이었어요, 주기도문요.

젖을 물린 채 누워 깜빡 잠이 들었나 봐요. 말아 올린 윗도리 밖으로 나온 등허리와 뱃가죽이 시려 눈을 뜨면 이렇게 한밤중이에요. 숨소리를 죽이고 아기 볼에 입을 맞춰봅니다. 제발 좀 푹 자렴. 잠든 아기에게서 나는 냄새를 킁킁 맡아보아요. 심장이 녹아내릴 듯 포근하고 애처로워요. 유난히 하얀 아기의 얼굴이 어둠 속에서 더 도드라져 보이네요. 자지러지게 울던 모습은 간데없고 세상에서 가장 평화로운 얼굴로 자고 있군요. 자는 아기를 보고 있으면 시간이 멎은 듯해요. 아무도 우리 사이에 들어올 수 없게 고요하고 안전한 차단막이 쳐져 있는 것처럼요. 그곳에서 아기와 나 단둘이서만 세상과 무관하게 있어온 것 같은 착각이 든답니다. 땀으로 젖은 아기의 머리카락을 손으로 쓸어보아요. 검고 숱이 많은 머리카락을요.

출산을 했는데도 나는 가끔 가위에 눌리며 아기를 낳는 꿈을 꾸곤 해요. 산고의 과정은 생략된 채 꿈속에선 언제나 이제 막 태어난 아기가 내 품에 안겨 있지요. 태지가 떨어지지 않아 징그럽게 생긴 핏덩이를 안고서 나는 불안 속에 떨었어요. 그럴 때면 꿈속에서도 이게 꿈이구나 하는 걸 알았죠. 싫은 장면인데 자꾸만 반복되는 꿈 있잖아요. 꿈에서 깨고 나면 두려움과 동시에 안도의 한숨이 나왔어요. 꿈속에서 나는 둘째를 낳았다거나 현재와 전혀 무관한 어떤 상황 속에서 아기를 낳아 안고 있어요. 아기를 안고 있는 꿈은 늘 실제처럼 생생해서 깨고 나면 오싹한 기분이 들죠. 언제부턴가 나는 알기 시작했어요. 꿈속의 아기는 그냥 아기라는 형태를 갖고 있을 뿐 그것의 본질은 괴로움과 근심이라는 것을요. 내가 느끼는 어떤 고통이 아기라는 형태로 전달되는 것뿐이라는 걸 말이에요. 아기를 낳고 키우는 동안 내 마음은 늘 어딘가를 떠돌아다니며 방황하고 있어요.

만삭에 가까워지자 초음파실의 병리사는 뱃속의 태아가 딸이라고 알려주었어요. 정밀초음파실의 좁고 어두운 방에서 그녀는 내 배 위에 아로마 젤을 바른 뒤 프로브를 갖다 대고 이리저리 움직였어요. 차가운 감촉이 닿을 때마다 태동이 요란하게 느껴졌답니다. 이리저리 꿈틀대는 태아의 모습이 모니터에 선명하게 잡혔죠.

"초산일 때는 입체초음파를 보여줘도 남아와 여아의 생식기를 구분 못하는 산모들이 많아요. 돌돌 말린 탯줄을 보고서 남자아이로 착각하는 경우도 종종 있거든요. 여자아이가 확실하군요. 원래 비밀인데."

그녀가 은밀하게 내 귀에 대고 속삭이기 전에 나는 알고 있었어요. 양수 속에서 하늘거리는 태아의 머리카락을 보았거든요. 물결 속을 흘러다니는 연한 이파리처럼 아기의 머리카락은 신비롭게 팔랑거렸답니다. 무심결에, 여자애가 틀림없을 거라고 나는 생각했어요.

두 번 유산된 태아의 성별이 무엇이었는지는 알지 못해요. 임신 초기에 자연유산 되었으니까요. 아기집이 보일 무렵이면 이상하게도 태아의 심장박동 소리가 들리지 않았어요. 한 번은 진하게 하혈을 했고 또 한 번은 인공유산처럼 수술을 했어요. 계류유산이라고 했어요. 임신과 출산이라는 책을 사놓고 두어 장을 넘기기도 전에 너무 두꺼운 책을 산 걸 곧 후회하고 말았어요. 책을 읽다가 깜빡깜빡 잠이 들었죠. 얼마 못가 책 위에는 먼지가 쌓이기도 하고 식은 머그잔이 올려 있기도 했어요. 모처럼 일찍 퇴근하여 돌아온 남편은 그런 내 모습에 질색하며 돌아섰답니다.

"도대체 집에서 뭐 하는 거야. 일을 하긴 하는 거야?"

성취감이 없는 내 일상을 비웃듯 남편은 자기 방으로 들어가 컴퓨터 앞에 앉았죠. 그러곤 좀처럼 방에서 나오지 않았어요. 집에 돌아와서도 책상에 파일을 쌓아놓고 앉아 일에 몰두해 있는 게 일상처럼 되어버렸는걸요. 일과 밥과 잠에서 우린 언제나 서로 겉도는 시간 속에 있었어요. 혼자서 밥을 먹다가 남편이 컴퓨터 자판 두드리는 소리를 듣고 있으면 속에서 울컥거리며 뭔가가 치밀어 올라왔어요. 남편의 집에서 유령처럼 세 들어 사는 것 같아 견딜 수가 없었거든요. 나는 남편의 방에 불을 지르는 상상을 하기도 했어요. 불이라도 난다면 남편이 방에서 뛰쳐나오지 않을까 하구요. 소통할 수 없는 단절감과 성과 없는 일 사이에서 나는 비쩍비쩍 말라갔어요. 무의미하게 흘러가는 시간들을 잡지 못한 채 우두커니 빈집을 지키고 있는 늙은 개처럼 말이죠. 실패의 연속. 노트북의 자판에 그렇게 쳤다 지우기를 반복하며 손에서 멀어진 일들을 머릿속에 떠올렸어요. 되지도 않는 습작이나 하려고 남편에게 기생하는 것 같아 구역질이 올라왔죠. 그게 입덧이라는 걸 알고 나서도 아무런 감흥이 일지 않았어요. 착상이 잘되어 유산의 조짐이 없다는 말을 전했을 때 수화기 건너편에서 담담하게 말하는 남편의 태도가 건조하게 느껴졌어요. 하려던 일을 포기하고 점점 먼 길로 돌아가고 있다고 남편이 나에게 말하는 것 같았답니다. 아랫배가 불러올 때까지도 입덧이 멈추지 않아 욕실의 변기통을 끌어안고 구토를 했어요. 맑은 위액까지 쏟아내고 기어서 방으로 돌아오다 보면 남편의 방에서는 인터넷 회화 강의가 간간이 들려왔어요. 그 방과 이쪽 방 사이의 길이 정말 먼 길처럼 느껴졌어요.

"그러지 말고 차라리 입원을 하라고. 당신이 이러고 있으면 내가 얼마나 마음이 무거워지는지 알아?"

새벽에야 들어오는 남편이 아침이면 말끔하게 차려입고 나가며 가끔 그런 말을 했어요. 변기통에 머리를 처박고 있으면 내 자신이 한심하고 무기력한 여자처럼 생각되었죠. 넥타이를 매고 있는 남편의 뒷모습을 바라보는 것만으로도 숨이 컥컥 막혀왔어요. 식은땀을 흘리며 쓰러져 앓을 때마다 남편은 말했어요.

"당신은 참 이상한 여자야. 스스로에게 불행하다고 주문을 걸고 있는 사람처럼 말이야. 당신을 불행하게 만드는 건 바로 당신 자신이라고."

베개로 내 얼굴을 짓누르고 있는 듯한 남편의 목소리를 들으며 잠에서 깨어나 보면 남편은 여전히 컴퓨터 앞에 앉아 일을 하고 있었어요. 나는 무작정 차를 끌고 나가 낯선 동네를 배회하고 다녔죠. 새벽녘 도로 한복판을 달리다 보면 태동을 느끼며 깜짝깜짝 놀라곤 했어요. 옥죄어드는 소외감이 뱃속에 아기가 있다는 것조차도 잊어버리게 만들었으니까요.

아기가 태어난 지금도 남편은 여전히 혼자예요. 혼자 TV를 보고 혼자 일을 하고 혼자 잠을 자죠. 남편은 예전보다 더 자기 방에서 나오질 않아요. 아침부터 밤까지 하루 종일을, 일주일을, 한 달을, 아기와 단둘이 지내던 어느 날은 머리카락이 한 움큼씩 빠져나갔어요. 아기는 삼십 분이고 한 시간이고 자지러지게 울고만 있었고요. 아무리 달래고 얼러도 울음을 그치지 않았어요. 정신이 멍해진 나는 아기를 드럼세탁기 속에 넣은 채 문을 닫아보았죠. 남편이 달려와 나를 밀쳐내고 얼른 아기를 안아주길 바랐죠. 누군가의 연락을 받고 급히

집을 나가는 남편은 전혀 다른 세상에 살고 있는 사람 같았어요. 아기의 울음소리에 무감각한 남편의 관심사가 무엇인지 나는 잘 모르겠어요. 사랑을 주지 않는 아빠에게 반응하지 않으려는 듯 아기는 잘 먹지도 잘 자지도 않아요. 언제나 숨이 넘어갈 것 같은 울음을 달고 살죠. 울음소리가 내 귀에는 위태롭게 보내는 신호처럼 들렸어요. 앙앙거리는 울음소리를 들을 때마다 나는 심장이 철렁 내려앉는 것 같답니다.

토실토실 살이 오른 같은 개월의 아기들을 보면 울컥 눈물이 쏟아지곤 해요. 또래에 비해 몸집이 작고 무게도 덜 나가는 아기를 안고 소아과에 갈 때마다 의사는 말했어요. 저체중이니 영양에 각별히 신경을 써야 한다고 말이에요. 좋다는 분유를 주문하고 이유식을 만들어 먹여도 소용이 없었어요. 뱃구레가 작은 아기는 두 번 세 번 먹고는 더 이상 입을 대지 않아요. 남은 것을 버리고 다시 새로운 이유식을 만들어 먹이죠. 고 작은 입에 먹을 것을 넣어주기 위해 진땀을 흘리다가 하루가 가요. 겨우 먹이고 씻기고 입히고 재우고 나면 정말로 하루가 끝이 났죠.

칭얼거리는 아기 옆에서 밤새 자다 깨다를 반복하고 아침이면 꾸벅꾸벅 졸기 일쑤였어요. 남편은 그런 나에게 말을 건네지 않는 대신 뭔가를 요구하지도 않았어요. 우리는 서로가 해야 할 최소한의 말들만 했고 점점 그 말마저도 하지 않게 되었죠. 남편이 관심을 보내는 유일한 제스처는 술에 취해 들어와서 아기와 내가 자고 있는 안방 문을 살며시 열어보는 게 다예요. 남편은 한참 동안 우릴 보며 서 있다가 가죠. 남편은 그 순간을 소소한 일상의 여유와 행복이라고 느끼는 것 같아요. 낮 동안에 아기와 내가 겪게 되는 전쟁 같은 시간을 모르니까요. 아기가 얼마나 먹지도 않고 울다가 지쳐 잠이 드는지 알 리가 없을 거예요.

남편이 방문을 닫고 나갈 때까지 나는 자는 척 눈을 감고 움직이지 않아요. 일어나면 그 순간이 거품처럼 꺼져버릴지도 모르잖아요. 언제 그랬냐는 듯 남편이 곧바로 사라져버릴 것 같아서요. 그 순간을 놓치고 싶지 않거든요. 남편이 아이와 나를 다정하게 바라봐주는 그 시선을 말이에요.

어디서부터 잘못된 건지 모르겠어요. 하루에도 몇 번씩 이렇게 살 순 없어, 혼잣말을 뱉어냈죠. 아이는 사랑을 먹고 자란다는데 나는 자꾸 불안해져요. 이러다 우리 아기가 영영 자라지 않으면 어떡하죠? 정말 두려워요. 백일이 넘도록 고개를 가누지도 못하는 아기의 볼에 내 뺨을 갖다 대보아요. 엄마가 항상 네 옆에 있어줄게 아가야, 하고서요.

어렴풋이 눈을 떴어요. 이른 아침부터 비가 오는 줄도 모르고 잠들었나 봐요. 분리수거를 하는 날인지 아파트 공터가 소란스럽네요. 나는 자고 있는 아기가 깰까 봐 살며시 베란다로 나가보았어요. 남편이 이미 버리고 출근했는지 분리수거함은 말끔히 비워져 있었어요. 그런데 문득 재활용품을 내놓는 공터 쪽에 여름부터 보이지 않던 우리 아기의 보행기가 내려다 보이는 거 있죠. 어디에 치워놓았는지 몰라서 잊어버리고 있었거든요. 재활용품 더미에 버려진 우리 아기의 보행기가 비를 맞고 있었어요. 깜짝 놀라서 후다닥 엘리베이터로 달려가 버튼을 눌렀어요. 하필 승강기를 점검하는 중이어서 작동이 되지 않았어요. 다급하게 계단을 따라 15층에서 1층까지 뛰어 내려갔어요. 우산도 없이 비를 맞고 머리가 풀어진 채 헐레벌떡 공터로 달려 나갔죠. 우산을 받쳐 든 아파트 주민들이 분리수거를 하느라 분주하게 움직이고 있었어요. 나는 누가 집어갈세라 얼른 보행기를 주워들었죠. 누구도 내 차림새에 신경 쓰는 사람이 없었지만 나는 괜히 무안한 마음에 사람들을 의식하며 말했어요.

"누가 이렇게 멀쩡한 걸 내다 버렸나 몰라."

경비 아저씨를 보고는 연기하듯 자연스럽게 물었죠.

"아저씨, 저 이거 가져가서 써도 되죠? 엘리베이터 점검 끝나면 이따가 가지고 올라갈게요. 아저씨가 따로 보관 좀 해주세요."

당연한 걸 뭘 묻나 하는 표정으로 경비 아저씨는 고개만 까딱할 뿐 대꾸도 하지 않았어요. 그러고는 분류를 똑바로 안하고 간 세대들을 향해 투덜거렸죠. 아저씨가 불평을 늘어놓는 틈을 타 보행기를 사람들 손에 안 닿는 쪽으로 살짝 밀어놓았어요. 아래층 여자의 품에 안겨 따라 나온 애완견이 나를 보고 컹컹 짖어댔어요. 혹시 그 여자가 찜해놓아서 그 집 개가 짖는 건 아닌가 싶더라구요. 아래층 여자 얼굴을 흘깃 보았어요. 종이수거함에서 학습지를 골라내느라 열중하는 것 같았어요. 비가 와서 그런지 수다를 떨 여유도 없이 무신경하게 재활용품을 처리하고 있었죠. 나는 그만 짖으라는 듯 그 집 애완견을 한 번 바라보고는 서둘러 집으로 올라왔어요.

집에 들어와서야 내가 맨발로 뛰쳐나갔다는 걸 알았죠. 이런, 또 건망증이 도졌나 봐요. 냉장고에 전화기를 넣어두고 찾아 헤맨 적은 있지만 밖에 나갈 때 신발 신고 나가는 걸 깜빡할 지경은 아니었는데 오늘은 좀 너무했네요.

기억이란 참 이상해요. 행복했던 기억은 시간이 지나도 오래도록 잊히지 않는데 안 좋았던 기억은 때로 금방 잊어버리게 되니까요. 특히 몸이 느끼는 통증 같은 거 말이에요. 출산 때 느꼈던 진통이나 혹은 다쳐서 뼈가 부러졌을 때처럼 강력했던 통증의 기억들은 애써 생각하려 해도 잘 떠오르지 않아요. 머릿속에 관념으로만 남아 있을 뿐 그 기억이 몸으로 느껴지지는 않죠. 고통스러운 순간 하나하나를 다 기억하고 살아야 한다면 인간은 한순간도 살 수 없을 거예요. 조금씩 잊고, 버리고, 새로운 것들로 채우며 사니까 살 수 있는 거죠.

삶은 어쩌면 기억하기 위해서라기보다 잊기 위해서 지속되는 건지도 몰라요.

막달이 가까워오자 호르몬 색소가 목과 겨드랑이 주변에 시커멓게 퍼졌어요. 얼굴의 기미도 농도가 진해져갔지요. 아무리 지우려고 해도 지워지지 않는 보기 싫은 삶의 얼룩처럼 말이죠. 나는 날마다 선블록을 짙게 바르고 집을 나섰어요. 인근에 있는 대학 캠퍼스 중턱까지 걷고는 땀범벅이 된 채 집에 와 샤워를 했죠. 그리고 일주일에 한 번씩 산후조리원 요가교실에 나가 체조를 하고 나면 나는 모든 것을 잊기 위해서 사는 사람처럼 마음이 조금씩 비워졌어요.

남편은 왜 한마디 말도 없이 아기 물건을 갖다 버렸을까요. 아무리 남남처럼 산다고는 하지만 자기 마음대로 아기 물건에 손을 대다니요. 비가 그치자 나는 다시 마른 수건을 가지고 내려가 비를 맞고 버려진 보행기를 닦았어요. 상판에 붙어 있던 모빌은 떨어져 나가고 없었지만 아기가 타고 노는 데는 별문제가 없어 보였어요.

남편이 아기 보행기를 발로 찬 그날 밤 나는 몸살 기운으로 많이 힘들었어요. 편도선이 부어 열이 펄펄 끓었죠. 목 안쪽이 면도칼을 그어놓은 것처럼 예리하게 후벼 파는 것 같았어요. 침도 삼키기 힘들 만큼 부어올랐죠. 온몸의 근육들이 마디마디 일어서는 것 같은 근육통에 오한이 들었어요. 열 때문인지 찬 기운 때문인지 바들바들 떨며 꼼짝도 못하고 누워만 있었어요. 내가 아기를 돌보고 있는 건지 아기가 나를 보고 있는 건지 알 수 없었어요. 누워서 끙끙 앓고만 있으니까 옆에서 아기가 옹알이를 하다가 또다시 칭얼칭얼 울기 시작했죠. 분유를 타 먹일 기운이 없어 누운 채 젖을 물렸어요. 충분히 차오르지 않은 젖을 빨려고 아기는 입을 쩍쩍 벌렸답니다. 유두가 헐어 쓰라렸어요. 손 하나 까딱할 수 없는 내 모습은 형편없이 망가져 있었어요. 소리 없이 눈물이 나왔죠. 너무나 외로웠어요. 휴일이라 병원에 가지 못하고 타이레놀 두 알로 버티던 나는 남편이 돌아와 아기를 봐주면 얼마나 좋을까 간절히 상상을 했어요. 남편도 나의 지긋지긋한 편도선염을 모를 리 없었거든요. 그러나 남편과 연결이 되지 않았어요.

안 되겠다 싶어 가까스로 일어나 거울을 보고 입을 벌려보았어요. 편도선이 부은 자리에 곰팡이처럼 하얗게 곱이 껴 있었어요. 곱은 자리가 더럽고 징그러워서 나는 얼른 마스크로 입을 가렸어요. 혹시라도 아기한테 옮을까 생각만 해도 소름이 돋았거든요. 아기 낳고 키우면서 면역력이 회복되지 않아 그럴 거예요. 잠을 두세 시간 이상 자본 적이 없었으니까요. 주섬주섬 기저귀 가방을 챙겨 콜택시를 불렀어요. 가다가 죽더라도 응급실에서 죽고 싶을 만큼 아팠으니까요.

병원에 도착해 가슴팍에 아기띠를 둘러 그 속에 캥거루처럼 아기를 담은 채 엉덩이에 주사를 맞았어요. 의사가 안타깝게 혀를 차며 항생제가 들어간 근육주사를 놓아준 뒤 쏜살같이 사라졌어요. 발 디딜 곳 없는 대학병원 응급실을 빠져나올 때까지 아기는 죽도록 악을 쓰며 울어댔어요.

땀으로 곤죽이 되어 집에 돌아와 보니 거짓말처럼 남편이 돌아와 있었어요. 시원한 에어컨 바람을 쏘이며 남편은 조용히 책을 읽고 있었죠. 어쩐 일인지 선뜻 아기를 봐주겠다는 남편이 모처럼 눈물 나게 고마웠어요. 약을 먹고 침대에 누워 뒤척이다 이제 막 잠이 들려고 할 때였어요. 원수 같은 남편의 휴대폰이 또 울려대는 거 있죠. 전화를 받지 않기를 얼마나 빌었는지 몰라요. 전화를 걸어온 사람에게 온갖 저주를 퍼부었죠. 누군가의 고민을 진지하게 들어주고 있는 남편은 참으로 자상하고 의리 있는 사람이었어요. 그들을 향한 진심 어린 배려가 토씨 하나마다 묻어났으니까요. 그래서 남편은 항상 바쁜가 봐요. 하지만 그날따라 남편이 아무리 심각한 대화를 주고받아도 내 귀엔 애교로밖에 들리지 않았어요. 남편과 그의 동료 사이에서 오가는 대화 내용은 그렇게 인간답고 지적이며 세련될 수 없었어요. 나는 속으로 생각했죠. 당신들은 좋겠다. 아플 때 쉴 수는 있으니까. 고민을 나누며 대화할 상대도 있고 열심히 할 수 있는 일이 있으니까.

남편은 꼭 나가봐야 되는 일이라며 옷을 챙겨 입었어요. 나는 이를 악물며 아기를 안고 침대에 누웠어요. 우는 아기를 잠재우려고 무작정 젖을 물리는 수밖에요. 찌르르 젖이 돌며 모유가 사출되자 또다시 심장이 꺼질 것처럼 축 가라앉는 기분에 빠져들었어요. 모유를 줄 때마다 몸속에서 이상한 호르몬이 나오는지 심장이 내려앉는 것처럼 축 처지면서 우울해졌어요. 점점 밑으로 가라앉는 착각 속에 나는 잠이 들었죠.

쿵 하는 소리에 놀라 눈을 떠보니 침대에서 떨어진 아기가 숨이 넘어가게 울고 있었어요. 하필 바닥에 이불도 깔려 있지 않았는데 맨바닥에 머리를 그대로 부딪친 거예요. 나는 놀란 아기를 부둥켜안고 정신없이 달래며 머리를 만져주었죠. 아기는 까무러질 듯 울면서 숨을 꺽꺽 내뱉었어요. 세상에 태어나 그런 충격은 처음 겪는 고통이었을 테니까요. 나는 그저 발만 동동거릴 뿐 아무런 생각도 떠오르지 않았어요. 아기가 잘못되면 어떡하나 머릿속이 하얘졌어요. 그렇게 어이없는 실수를 한 내 자신을 용서할 수 없었어요. 이제 고작 몇 개월밖에 안 된 아기를 떨어뜨리다니요. 목도 못 가누는 아기를요. 말랑말랑한 아기의 머리를 생각하면 미쳐버릴 듯 괴로움이 몰려왔어요. 아기를 데리고 침대에 올라가는 게 아니었는데 내가 왜 그랬을까요. 스스로를 자책하다가 나는 엄마도 아니라는 생각이 들었어요. 자기 몸 하나도 추스르지 못하면서 생명을 돌보겠다고 버둥거리는 형편없는 모습이라니요.

한밤중에 돌아온 남편을 향해 나는 분노한 어미 개처럼 달려들었어요. 임신 기간 동안 단 한 번도 남편을 향해 원망을 내비치지 않았는데 어떻게 남편이 내게 이럴 수 있나 싶어서요. 초음파로 태아가 자라는 모습을 보고 심장이 뛰는 소리를 혼자서 들어야 했을 때에도 바쁜 남편의 처지를 이해하려고 노력했어요. 간혹, 배부른 부인들을 옆에서 부축해주는 남편들의 모습을 보면 내 자신이 초라해 보이기도 했지만 막상 아기가 태어나면 남편이 일중독에서 벗어나지 않을까 위로하며 말이죠. 하지만 달라지는 건 없었어요. 마치 옆에서 죽어가는 사람을 놔두고서 식물이나 동물을 키우겠다고 하는 것 같았지요. 아이를 낳은 것만으로도 아이에게 죄를 지은 것 같아 미안했어요. 외로움이 뭔지 슬픔이 뭔지 남편은 아무것도 몰라요. 남편은 거실에 놓여 있던 보행기를 발로 걷어찼죠.

"당신은 왜 나와 결혼했지? 고작 애를 안고 징징거리기나 하려고 결혼한 거야? 당신은 지금 직무 유기를 하고 있어. 왜 자신의 일을 하지 않는 거야. 이렇게 통속적인 역할만 하고 있는 당신의 모습이 얼마나 실망스러운 줄 알아? 나에게까지 그 역할을 강요하지 마. 언제까지 애만 끌어안고서 애 엄마로 늙어 죽을 셈이야. 이게 당신이 원하던 삶이야?"

아직 한 번도 타보지 않은 아기의 보행기가 나뒹굴고 나는 마룻바닥에 주저앉았어요. 암담한 미래와 불가능한 현실이 두려워 일어설 수가 없었죠. 패배자처럼 나는 작게 움츠렸어요. 성공을 향해 달려가는 남편의 얼굴과 부기가 덜 빠져 부석부석한 나의 얼굴이 거실의 유리문에 비쳤답니다. 안방에서 자고 있던 아기가 깨서 마구 울어댔어요. 남편은 태연히 자기 방으로 들어가 문을 닫았죠. 쿵, 하고 닫히는 문소리와 함께 내 가슴속에서도 뭔가가 무너져 내리고 있었답니다.

나는 가끔 생각해요. 행복은 가장 가까운 곳에 있다는데 나의 행복은 내가 도달할 수 없는 곳에 있어요. 일에 쫓겨 아기에게 눈을 맞추고 웃어줄 시간이 없지만 남편은 행복해 보여요. 그것이 단지 모성애와 부성애의 차이에 불과한 것일까요. 유모차에 아기를 태워 마트에 가고 병원에 가는 수많은 부부들의 일상이 부럽다가도 문득문득 두려워지죠. 나에게는 영원히 그런 날들이 오지 않을까 봐요.

'통속적인 역할이 싫다면 그만둬요. 남편과 아빠의 역할을 흉내만 내어주는 것도 당신에겐 벅찬 일인가요? 통속적인 역할조차 해내지 못하면서 통속을 비웃지 말아요.'

그 말을 차마 남편에게 하진 못했어요. 오랜만에 나를 만난 엄마조차도 내게 통속적인 눈물을 흘려주지 않았으니까요. 십몇 년 만에 보는 엄마가 나를 만나는 자리에 너무나도 곱게 차려입고 나왔을 때 나는 이미 후회하고 있었어요. 내가 간절하게 원했던 엄마의 모습은 그런 이미지가 아니었나 봐요. 종일 밥 차려 먹을 시간도 없이 아기와 씨름하다 보면 미치도록 누군가가 그리웠어요. 식은 미역국에 밥을 말아 먹을 때마다 엄마를 꼭 한 번 만나고 싶은 생각이 들곤 했죠. 초등학교 때 엄마를 본 게 마지막이었어요. 엄마는 수업이 끝나고 집으로 가려는 나에게 불쑥 찾아왔어요. 제과점에서 팥빙수를 시켜 놓고 앉아서 엄마와 나는 아무 얘기도 하지 않았답니다. 숟가락으로 묵묵히 얼음을 부수고 있는 엄마를 보며 나도 똑같이 따라 할 뿐이었어요. 옷에 빙수 얼룩이 졌지만 어쩐지 엄마에게 닦아달란 말을 하지 못하고 헤어졌어요.

오랜만에 만난 엄마는 삼십 분 늦게야 약속 장소에 도착했어요. 머리끝에서 발끝까지 윤택함이 흐르는 중년의 부인은 예전의 엄마가 아닌 것 같았어요. 엄마를 기다리는 내내 나는 가족을 찾아주는 TV 프로의 한 장면을 떠올리고 있었어요. 부둥켜안고 어깨를 들썩이며 눈물을 흘리는 부모 형제들을 나는 매주 시청했어요. 그들이 나를 대신해 가슴을 쥐어짜며 보고 싶다고 말하는 것 같았거든요. 이혼 후 한 번도 자식의 얼굴을 보러 오지 않았던 엄마는 곱디곱게 단장을 하고 나와 그 흔한 눈물 한 방울 찍어내지 않았어요. 나는 지극히 통속적인 해후를 기대했었는데 말이에요. 엄마가 옆집 아주머니같이 소박하게 늙어 있을 거라 생각한 건 순전히 나의 착각이었어요. 값비싼 옷과 장신구를 걸치고 나온 엄마에게 침을 흘리며 옹알이를 하는 우리 아기를 안아달라고 할 수가 없었어요.

사랑도 받아본 사람이 주는 거라는데 나는 우리 아기한테 과연 사랑을 줄 수 있을지 자신이 없어요. 엄마는 말했어요. 남편을 따라 봉사활동을 다닌다고요. 이곳저곳 지역 구석구석을 따라다니다 보면 어렵고 불쌍한 사람들이 너무나 많다며 안타까워했죠. 갑자기 아기를 데리고 나타난 딸과의 만남이 어색했던 걸까요. 엄마는 과거가 아닌 현재의 이야기들만 했어요. TV에서 자식을 껴안고 울던 사람들은 혹시 자식들에게 미안해서라기보다 서러웠던 자신들의 과거가 떠올랐기 때문에 울었던 건 아니었을까요. 엄마가 하는 말들은 나에게 하는 말이 아닌 것 같았어요. 당신이 몸담아 헌신했던 이웃들에게 보내는 미소를 나에게도 지어 보였죠. 나는 빙수를 먹을 때처럼 그저 묵묵히 엄마를 바라보았어요. 침을 삼키는데 목이 아파 인상을 살짝 찌푸리면서 말이에요. 자식을 낳아보면 부모의 마음을 이해한다는데 그날 난 그렇지 못했어요. 아니 어쩌면 엄마의 마음을 알 것도 같았죠. 엄마에게 난 가장 지우고 싶은 삶의 얼룩이었을거에요.

　밤이 되었네요. 이제 곧 자정이에요. 남편이 돌아오면 우리 아기의 보행기에 대해 따져 물어야 되겠어요. 주방 식탁에 앉아 나는 남편을 기다렸어요. 식탁 위엔 부옇게 먼지가 내려앉아 있네요. 날마다 쓸고 닦아도 집 안엔 먼지가 잘도 내려앉지요. 라디오에서 정각을 알리는 시그널이 작게 울려요.

　아기가 태어난 시간도 자정을 바로 넘긴 시각이었어요. 어제와 오늘 사이의 애매한 시간에 태어난 아기는 쪼글쪼글하고 어딘지 처량해 보였어요. 어둠이 걷히지 않은 새벽부터 다시 한밤중이 될 때까지 나는 분만대기실의 침대에서 다리를 벌리고 누워 힘을 주었죠. 진통 간격이 점점 짧아졌지만 아기는 쉬 문을 열고 나오지 못했어요. 힘을 줄 때 호흡을 끊어먹지 말고 길게 내쉬라고 간호사들이 주의를 주었지만 나는 짐승 소리 같은 비명을 울부짖었어요. 담당 의사와 간호사들이 수시로 내진을 하며 산도가 열린 정도를 체크했어요. 자궁문은 그런대로 열리고 있는데 아기가 골반에서 내려오지 못하고 있다고 했죠. 그들이 벗어놓은 비닐장갑에 붉고 누런 피가 묻어났어요. 혼탁한 분비물의 색깔을 보자 자꾸만 불안한 마음이 들었죠. 남편은 여전히 복도에서 전화 통화를 하느라 쉴 새 없이 바빴어요. 끊임없이 휴대폰의 진동이 울리고 남편은 긴 통화를 위해 밖으로 나갔죠. 너무 아파서 그런지 몰라도 경부가 벌어지고 있다는 생각은 미처 들지 않았어요.

시골의 친척 집에서는 개가 새끼를 낳을 때 근처에 얼씬도 못하게 했어요. 예민하고 지친 어미 개가 스트레스를 심하게 받으면 갓 낳은 새끼를 물어 죽이거나 삼켜버린다면서요.

"남의 손을 탄다 싶으면 어미 개는 새끼를 죽이고 말아. 차라리 제 스스로 물어 죽이는 게 낫다고 여기는 동물적인 본능이지."

언젠가 낳자마자 어미 개에게 잡아먹힌 새끼 개 이야기를 들려주며 친척 집의 어느 분이 말했죠. 자리를 살펴주고 슬며시 나오는 사이 방금 전까지 있었던 새끼 중 한 마리가 보이지 않더라는 말이 그렇게 불길하게 느껴질 수 없었어요.

촉진제를 맞고 진통이 시작된 지 스무 시간이 가까워 오자 남편은 초조함을 견디지 못하고 앉았다 섰다를 반복했어요. 무슨 급한 일이 있는 것 같기도 했어요. 그때 가랑이 사이로 양수가 흘러내렸어요. 뜨뜻미지근한 물이 침대 시트를 적시는 순간 또다시 무시무시한 진통이 찾아왔죠.

"양수가 터졌으니 이제부턴 아기가 잘 내려올 거예요. 조금만 더 힘을 내요."

간호사 몇이 다가와 심박동과 혈압을 체크하며 내 손을 잡아주더군요. 침대 헤드 손잡이를 꼭 쥔 채 나는 길게 힘을 주었어요. 팔에서 힘이 빠져 부들부들 떨면서요. 간호사들이 다가와 내 몸에 자기들의 체중을 실어 힘을 지탱하게 해주었어요. 그것만으로도 살 것 같았죠. 비참한 몸부림의 절규를 느낄 겨를도 없이 진통은 계속해서 이어졌어요.

"아기 머리가 보이기 시작해요!"

간호사가 작게 소리를 질렀어요. 분만대에 올라가 국소마취를 하자마자 회음을 절개했어요. 길게 마지막 힘을 주자 곧바로 아기 머리가 나왔어요. 머리가 나오자 어깨와 몸통은 저절로 쉽게 빠져나왔죠. 핏덩이가 쑥 미끄러져 내려올 때까지 나는 신음을 삼키며 몸을 부들부들 떨었어요. 의사가 아기 아빠인 남편에게 탯줄을 자르라고 가위를 건네주었죠. 인상을 찌푸리던 남편은 당황해서 하마터면 가위를 떨어뜨릴 뻔했어요.

"질겨서…… 잘 안 잘라지는데요."

쩔쩔매는 남편 대신 의사가 신속하게 탯줄을 잘랐죠. 새끼 개처럼 눈이 감긴 아기가 내 품에 안겨졌어요. 아기는 아주 작고 낮은 목소리로 힘없이 울었어요. 나는 여전히 덜덜 떨고 있었죠. 아기를 안고 있기도 힘들 만큼 몸이 떨려왔어요. 출혈 때문에 추운 거라고 당직 의사는 말했어요. 간호사가 아기를 신생아실로 데려가자 자궁 속에 있던 태반이 미끄덩거리며 빠져나왔어요. 비릿한 피 냄새를 맡으며 정신이 몽롱해져왔답니다. 무거웠던 뱃속에서 뭔가가 빠져나간 헛헛함으로 잠이 오지 않았어요. 죽도록 힘을 쓰고 나서인지 속이 메스꺼웠어요. 수면을 취하지 못하고 뒤척이는 사이 긴 밤이 끝나가고 있었어요. 나와는 아무 상관없는 시간들처럼 말이죠.

새벽에 나는 아기를 보러 신생아실로 갔어요. 신생아실 유리창에 기대어 손목에 찬 산모 팔찌를 보여주었죠. 면회 시간이 아니라 들어갈 수는 없었어요. 간호사는 포대기에 싸인 아기를 데려와 보여주었어요. 나는 창문에 바싹 붙어서 아기를 보았어요. 아기는 눈을 꼭 감고 울고만 있었지요. 내가 아기를 낳았다는 생각만으로도 기분이 이상해졌죠. 이내 뒤돌아서 좌욕실에 들어가 문을 잠갔어요.

퇴원 후 산후조리원에 들어가서도 이상한 기분은 좀처럼 사라지지 않았어요. 신생아실에 아기를 맡겨놓고 좁은 산모방으로 들어오면 우두커니 창문 밖을 바라보곤 했어요. 이웃해 있는 건물의 교회에서 이따금씩 성가가 들려왔죠. 찬송가를 듣고 있으면 가만히 있어도 눈물이 나왔어요. 한밤중에 일어나 뉴질랜드로 이민 간 시댁 식구들에게 전화를 걸어보기도 했답니다. 출장을 떠난 남편에게 부재중인 전화를 걸 때마다 나는 작게 중얼거렸죠. 당신이라도 전화를 받아요. 뒤늦게 남편과 통화가 되면 음악 소리와 웃고 떠드는 소리에 가로막혀 말소리가 분명하게 들리지 않았어요. 남편은 자신감에 벅차 말했죠. 이번 일도 잘되었다고 말이에요. 남편의 직장 선배라는 사람이 혀 꼬부라진 소리를 내며 나와 통화 중인 남편의 전화기를 가로채갔어요. 흐드러진 노랫소리와 호들갑스러운 웃음소리가 엉킨 채 통화가 일방적으로 끊어졌죠.

산후조리원에서 말도 없이 뛰쳐나왔을 때 나는 이미 나약한 의지조차 상실해버렸다는 걸 알았어야 했는지도 몰라요. 어느 날 나는 무작정 조리원을 뛰쳐나왔어요. 산모복 차림으로 지갑 하나만 손에 쥔 채로, 새끼를 낳고 덕지덕지 피딱지가 붙은 어미 개처럼 절룩거리며 거리를 배회했죠. 정처없이 거리를 떠돌아도 마땅히 갈 데가 없었어요. 몇 번 버스를 타고 어디로 가야 하나. 힐끗 힐끗 쳐다보는 사람들의 시선을 외면한 채 버스 정류장 간이 의자에 앉아 있었죠. 아무 생각도 떠오르지 않았어요. 어디로 가야 할지 생각나는 곳도, 나를 받아줄 곳도 없이 막막하기만 했죠. 무심코 어딘가를 바라보았어요. 손에 잡힐 듯 말 듯한 불빛이 아련히 타오르고 있었어요. 어릴 적, 늦은 밤 엄마 등에 업혔을 때 보았던 불빛 말이에요. 황홀하면서도 신비롭고 두려운 빛이었죠. 도깨비불이란다, 하고 엄마가 말했어요. 잔뜩 몸을 움츠린 내게 엄마는 말했어요. 무서워하지 않아도 돼. 도깨비불은 아이들을 잡아가지 않아. 가끔 어른을 홀려 데려가는 일은 있어도……
타오르던 불빛이 여러 갈래로 흩어져 내리기 시작했어요. 그
것들은 날카로운 유리 파편들처럼 떨어져 심장에 와 박혔어
요. 아팠던 순간들이 누그러지면서 더이상 아무런 고통조차
느껴지지 않았어요.

정신을 차리고 보니 그것은 눈부신 조명일 뿐이었어요. 월
드컵 경기장 쪽에서 일제히 함성이 터져 나오면서 팡파레가
울렸어요. 돌연 유방에 통증이 왔어요. 가슴이 벽돌처럼 단단
하게 뭉쳐지면서 고약한 호르몬처럼 찌르르 젖이 새어 나왔
죠. 젖은 옷의 앞섶에서 젖비린내가 맡아지자 문득 아기 생각
이 났어요. 다시 아기에게 돌아왔을 때 산모가 없어진 조리원
은 발칵 뒤집어져 있었답니다. 산모들끼리 모여 수군거리는
소리가 들렸어요.

아기는 배고파서 울다가 분유를 잔뜩 먹고 잠이 들어 있었
어요. 밤새도록 젖몸살을 앓다가 새벽에 깨어 신생아실로 갔
어요. 유리창 너머로 자고 있는 아기의 모습이 보였지요. 아
무것도 모르는 아기는 쌔근쌔근 걱정 없이 자고 있었어요. 저
로 인해 엄마가 겪게 되는 몸과 마음의 변화를 알 리 없을 테
니까요. 남성도 여성도 아닌, 모체이기만 한 몸. 세상 속에 섞
이지 못하는 좌절감을 두고 이러지도 저러지도 못하면서 대
신 모성이라는 끈에 묶여 나는 망연히 아기를 바라보았어요.
다시는 아기 곁을 떠나지 않겠다고 다짐하면서도 나는 왠지

나 자신을 믿을 수가 없었죠.

남편이 현관문을 따고 들어오는 소리가 들려요. 나는 모른 척 와인글라스를 꺼내 식탁 위에 올려놓았어요. 용기를 내어 남편과 마주앉아볼까 해서요. 아침에 미역국을 끓여주진 못했지만 그래도 오늘은 남편의 생일이니까요. 나는 레드와인을 서로의 잔에 적당히 따라놓았어요. 욕실에서 손을 씻고 나온 남편이 식탁으로 뚜벅뚜벅 걸어와요. 오랜만에 마주본 남편의 얼굴엔 수염이 까칠하게 돋아 있네요. 어쩐지 늘 깔끔하게 다니던 남편의 모습 같지가 않아요. 남편은 난데없이 가방에서 컵라면을 꺼내 식탁 위에 올려놓았어요. 생일날 밖에서 뭘 먹고 들어왔기에 고작 컵라면인가 싶어 어이가 없더라구요. 전기주전자에 물을 데운 남편은 식탁에 놓인 와인도 본체만체하며 허겁지겁 컵라면을 먹기 시작했어요.

나는 혼자서 와인을 한 모금 마시다가 냉장고 문을 열어보았어요. 김치도 없이 라면을 먹는 남편의 모습이 안돼 보였거든요. 냉장고 안에는 생수 몇 병과 달랑 계란 몇 알뿐이었어요. 아무리 들여다봐도 김치가 보이지 않네요. 냉장고가 이렇게 비어 있을 리가 없는데 정말 이상해요. 며칠 전에는 임신 전에 입었던 옷가지들도 보이지 않더니 말이에요. 요즘 들어 자꾸 깜빡 잊고 놓치거나 기억 안 나는 일들이 생기곤 한다니까요. 내가 모르는 사이 남편이 또 갖다 버린 걸까요. 남편이 주변 정리가 확실한 남자라는 건 알지만 집안 살림에까지 손을 대는 줄은 몰랐는데 말이에요. 아기 물건과 내 물건을 말도 없이 치우는 남편의 일방적인 태도에 화가 치밀어 올라요. 부동산에 집을 내놓은 일만 해도 그래요. 한마디 상의도 없이 집을 내놓아서 얼마나 놀랐는지 몰라요. 거실에서 잠옷 바람으로 아기한테 젖을 물리고 있었는데 갑자기 문 여는 소리가 들리지 않겠어요. 나는 잠든 아기가 깰까 봐 곧장 안방으로 들어가 문을 잠갔죠. 중개인 여자와 집을 보러 온 사람들이 수런거리는 소리가 들렸어요.

"급전세로 내놓은 거라 값도 싸고 무엇보다도 집이 아주 깨끗해요. 이 집 사장님이 해외법인으로 발령이 날 거라나 봐요. 아직 새 집인데, 서둘러달라고 어찌나 부탁을 하던지."

나도 모르는 사실들을 중개인 여자는 훤히 알고 있었어요. 남편이 해외법인으로 갈 거라는 소린 금시초문이었거든요.

아기는 젖을 빨다가 막 잠이 들어 있었어요. 나는 사람들이 안방으로 들어올까 봐 잠긴 문손잡이를 꼭 잡고 있었어요. 사람들 소리에 아기가 깰까 봐 그게 제일 걱정이었으니까요. 밤새 보채며 깊은 잠을 자지 못한 아기를 나는 그렇게라도 재워야 했어요. 집을 둘러본 사람들은 안방 문이 잠겨 있어 순간 의아해했어요. 중개인 여자가, 사장님 성격이 워낙 꼼꼼해서 그렇다며 대충 둘러대고는 사람들을 데리고 나갔어요.

"안방 문만 수리를 좀 해야 된다고 그러더군요. 잠금장치가 고장 나서 툭하면 아무 때나 잠겨버린다고 말이에요. 그런 건 뭐 큰 하자가 아니니까 다음번에 자세히 보도록 하죠. 제가 이 집이랑 구조가 똑같은 집을 보여드릴 테니까 우선 거기로 가서 보시겠어요?"

대체로 만족한 듯 집을 보고 나가는 사람들이 돌아서며 말했어요.

"그런데 어딘지 모르게 집이 좀 썰렁하네요. 난방이 잘 안되나?"

사람들이 돌아간 후 나는 보일러 온도를 높게 설정해놓았어요. 벌써 가을이 오려는지 환절기 기온차가 크게 느껴졌어요. 올 가을은 유난히 빠르다고 생각하면서요.

라면을 다 먹은 남편은 나를 보고도 본체만체 지나쳤어요. 소파에 다리를 뻗고 누워 그대로 잠들 태세군요. 참다못한 나는 남편을 잡고 마구 흔들었어요.

"일어나 봐요. 계속 이렇게 시치미를 뗄 거예요? 언제까지 침묵하고 있을 건지 말해보란 말이에요!"

불현듯 떠오른 생각에 수납장을 열었어요. 예방접종 맞춰야 될 때가 됐는데 아기수첩이 보이지 않았거든요. 접종 스케줄을 놓치면 안 되는데 말이에요.

"혹시 아기수첩도 당신이 치웠어요?"

하지만 남편은 귀찮은 듯 눈살을 찌푸릴 뿐 대꾸가 없어요. 아기와 나에게 무신경한 남편의 태도를 더 이상 보고만 있을 수가 없네요. 속이 부글부글 끓어올랐죠. 나는 남편의 방으로 들어가 책장과 서랍을 뒤졌어요. 금방이라도 따라 들어올 줄 알았던 남편은 코를 골며 자고 있어요.

인감과 보험증서를 보관하는 상자 속에서 아기수첩을 찾아 냈어요. 수첩 속에 건강보험증도 함께 들어 있군요. 평상시 열어볼 일 없는 상자 속에 그것들이 들어 있다는 게 좀 이상 했어요. 내가 자주 깜빡하고 잊어버리니까 남편이 보관하고 있었던 건지도 모르죠. 하지만 태연하게 자고 있는 남편은 다 른 날보다 유독 얄미워 보이네요.

무심결에 아기수첩을 열어보았죠. 어떻게 된 일인지 여름 이후의 접종 기록이 모두 누락되어 있어요. 간호사의 실수로 기재되지 않은 건지 도무지 알 수 없는 일이에요. 불만을 삭 이며 건강보험증을 열어보았죠. 눈앞에 아무것도 보이지 않 았어요. 세대원을 표시하는 난에 아기와 나의 이름이 없어요.

기억이란 참 감쪽같아요. 내가 잊은 걸까요. 기억이 나를 잊은 걸까요.

남편이 보행기를 차버리고 나간 그날 밤 나는 아기를 안고 베란다를 서성이며 남편이 돌아오길 기다렸어요. 시간이 흐 를수록 초조해졌죠. 아기가 울음을 그치지 않자 남편에게 전 화를 걸었어요. 전원이 꺼져 있는 남편의 전화기를 향해 자장 가를 불렀죠. 반복해서 부르다 보니 어느 순간 마음이 편안해 졌어요. 아기를 안고 있는 내 몸도 깃털처럼 가볍게 느껴졌죠. 시민공원에서 펼쳐지는 불꽃놀이 소리가 밤공기를 가르며 울려 퍼지고 있었어요. 열대야를 잊은 사람들의 즐거운 탄성과 웃음소리가 멀고도 가깝게 들려왔어요. 찬란한 불꽃에 화답하듯 폭죽이 터질 때마다 나도 외마디 소리를 내었죠. 탄식인지 환호인지 모를 작은 소리로. 아기를 안고 있는 손에서 힘이 빠져나갔어요. 형형색색의 불꽃이 하늘을 밝힐 때마다 내 마음속에서 하나둘씩 불빛이 꺼졌죠. 견딜 수 없는 어둠 속에서 마지막으로 아기를 꼭 끌어안았어요.

어디선가 시끄러운 사이렌 소리가 들려왔어요. 나는 베란다로 나가 망연히 밖을 내다보았어요. 구급차 주위로 사람들이 몰려들고 있었죠. 경찰들이 나와서 사고 경위를 조사하고 있군요. 주방 의자를 딛고 올라가 아기를 안고 뛰어내린 여자의 이야기로 그 밤에 아파트 전체가 술렁이고 있었어요.

다시 아기와 나만 단둘이 남겨졌네요. 이제 더 이상 머물 곳이 없군요. 나는 또 어느 곳을 떠돌아야 할까요. 아직 한밤중인 것같이 어둡기만 한 현실을 말이에요.

시간의 흐름을 잊은 채 나는 밤새도록 아기를 안고 자장가를 불렀어요. 아침이 되자 남편은 안방 문을 열고 빈방을 둘러보아요. 나는 아기를 안고 남편을 바라보며 배웅을 해주어요. 오래전부터 이 집에서 남편을 기다린 것처럼 그렇게요.

유자

새벽녘 잠결 속으로 찾아오는 소리에 아랫도리가 묵직해진다. 허공을 가르는 바람 소리 같기도 하고 새끼 고양이의 울음소리 같기도 한 그 소리에 온 신경이 곤두서 있다. 빨라졌다 느려지기를 반복하는 소리는 내 몸을 풍선처럼 부풀어 오르게 한다. 윗집 중국 아줌마의 하얀 얼굴이 떠오른다. 기분이 이상해진다. 또 몽정이다. 유자씨를 깨물 때처럼 비릿한 향기가 난다. 나는 괴롭게 눈을 뜬다.

엉기적거리며 뒤처리를 하고 나니 갑자기 쓸쓸해진다. 시험 기간에 나도 참 주책이다. 일회용 팬티를 사놓으라고 한다면 돈 문제에 예민한 엄마의 주먹이 내 뒤통수를 향해 날아올 테지. "이 미친 새끼가 글쎄."

곗돈 굴려 고작 아들 팬티값이나 충당하고 있을 엄마가 아니니까. 화장지도 싸구려만 사다놓고…… 억울하면 어서 커서 독립하라고? 치사하다 정말.

우리 동네 지후 녀석처럼 나도 ADHD가 아닐까. 집중력이 떨어지는 학습장애도 병이라는데 나는 나 혼자만의 생각에 빠져 있을 때가 많다. 문제집을 풀다가도 숙제를 하다가도 어느새 생각은 딴 곳으로 멀리멀리 달아나 있으니 말이다.

물론 우리 아파트에 살다 보면 집중 못할 일들이 가끔씩 벌어지기도 한다. 나는 달랑 슬립 한 장에 나이트가운을 걸치고서 음식물쓰레기를 버리러 나온 아줌마도 보았다. 아무리 이른 새벽녘이라지만 노출증이 아니고서야 있을 수 없는 일 아닌가. 코흘리개 아이들도 다 아는 공중도덕을 어른이 모를 리도 없고 말이다.

창가에 펼쳐놓은 빨래건조대에서 막냇동생의 잠옷이 없어지는 일도 있었다. 문턱이 낮은 1층을 만만히 본 누군가의 소행이었음이 틀림없다. 애들 잠옷이나 훔쳐가니까 부자가 못되고 이런 아파트에 사는 거라고 엄마는 이웃 주민들 들으라는 듯 큰 소리로 욕을 했다. 이러한 일들이 엄마가 기를 쓰고 계 모임을 이끌어가는 일과도 무관하지 않다. 살림살이가 펴져 이런 동네에 살지 않으면 된다고 생각하지만 엄마가 아무리 발로 뛰고 잽싸게 정보를 물어 날라도 살림살이가 펴지지 않는 데엔 나름의 이유가 있지 않을까.

창가를 내다보면 나도 모르게 이런저런 생각에 빠져든다. 주차된 차들 중에 우리 집 차가 가장 낡았다든가, 옆 동에 이사 온 신혼부부가 자주 싸운다든가 하는 생각 따위 말이다. 몇 호에 사는지 모르지만 꼭 우리 집 화단을 겨냥해 침을 뱉는 아저씨에 대한 적개심도 참을 수가 없다.

그중에서도 알 수 없는 것은 윗집에서 아침마다 들려오는 중국 아줌마의 말소리다. 중국말과 한국말이 뒤섞인 중간쯤의 말이다. 그 소리는 급하고 단호하게 들리는가 하면 때로는 경쾌한 리듬감을 느끼게 한다. 화가 난 것처럼 투박하게 들릴 때도 있다. 그 소리에 따라 나는 귀를 쫑긋 세우기도 하고 엉뚱한 상상력을 키우기도 한다. 그녀의 목소리는 신경을 자극하는 묘한 구석이 있다. 초등학교에 다니는 동네 아이들을 모아 중국어를 가르친다고 들었는데 나는 그 알 수 없는 중국말소리를 들으며 아침에 눈을 뜨고 책가방을 챙긴다.

엄마는 국제결혼으로 시집 온 중국 아줌마에 대해 은근슬쩍 깎아내리고 싶어 하는 경향이 있다. 중국어 가르쳐서 돈도 버는데 엄마보다 못할 것도 없지 않은가. 물론 나를 괴롭히는 새벽녘의 신음 소리를 제외한다면 말이다.

아줌마의 중국말을 알아듣는 사람은 아무도 없을 것이다. 젊은 부인에게 각별하게 구는 아줌마의 남편조차도 말이다. 나에게도 우리 가족들이 알아듣지 못하는 나만의 언어 같은 게 있으면 좋겠다. 얄미운 동생들을 한 대 패주고 엄마 아빠에게 반항해도 알아듣지 못하는 말 같은 거 말이다.

초겨울의 시작을 알리는 건 유자 냄새다. 외가에서, 겨우내 먹을 유자청을 보내주기 때문이다. 엄마는 월동 준비라도 하듯 이웃들에게 유자를 돌리고 다닌다. 계 모임의 돈독함을 이어가자는 차원에서 인심도 쓸 겸 마당발로 통하는 엄마의 수완도 과시할 겸 해서다. 아파트 부녀회장과 통장 반장을 두루 맡아본 엄마이기에 이웃들 만나고 발품 파는 게 어려운 일도 아니다. 엄마의 수다 멤버들을 통해 성사되는 직거래가 외가의 농가 수익에 일조하는 면도 없지는 않으므로. 외가에선 팔고 남은 골칫덩이 유자를 손쉽게 처리할 수 있으니 누이 좋고 매부 좋은 일이다.

도시의 친척 중에서도 식구가 가장 많은 우리 집에 우선적으로 유자가 올라오는데 우리 집에선 그걸 아무도 부끄럽게 여기지 않는다. 빠듯한 도시 생활에 식구 많고 인심 좋은 게 무슨 덕목이라도 된다고.

엄마에게 한 가지 흠이 있다면 동생을 너무 많이 낳았다는 것이다. 아무리 생각해도 우리 시에서 나처럼 위대한 서열 순위는 찾아보기 힘들다. 학교와 학원을 다 뒤져봐도 오 남매는 우리 집뿐이다. 둘 아니면 하나가 보통이고 많아봐야 넘버 쓰리인데 우리 엄마는 넘버 포, 파이브…… 난 가끔 「세상에 이런 일이」 같은 TV 프로그램에서 우리 집을 취재하러 오겠다고 하지는 않을까 겁이 난다. 출연료를 많이 준다고 하면 엄마는 몇 번이고 촬영을 허락할 것이다. 우리 가족들의 일상이 TV 화면으로 공개되는 날이 온다면 그날로 나는 학교에 가지 않을 것이다.

'오남이' 중에 장남인 나는 고종사촌들 옆에만 가면 기가 죽는다. 할머니는 과학고와 외국어고에 간 고종사촌 형과 누나를 끔찍이 여기는데 반대로 우리 오남이는 누가 누군지 이름도 기억 못 할 때가 많다. 세상인심이란 게 다 그런가 보다. 잘나고 똑똑한 사람만 기억하기에도 바쁜 세상 아닌가. 할머니에게 특별히 섭섭해하지 않기로 했다. 내 밑으로 귀찮은 동생 녀석들이 없었다 해도 난 할머니가 바라는 고등학교에는 절대로 진학하지 못할 게 분명하기 때문이다. 내가 고종사촌 형이나 누나처럼 된다는 걸 상상만 해도 머리가 아파온다. 나와 다른 유전자의 인간이 된다는 건 얼마나 무서운 일인가.

할머니 댁에 '유자 한 통 가지고 갈까요' 하고 물어보면 할머니는 시고 단맛 나는 거 싫어한다면서 절대 가져오지 말라고 하신다. 새콤달콤한 유자가 누군가에게는 굉장히 자극적이며 불편한 맛일 수도 있겠다는 걸 처음으로 상기시켜준 건 남도 아닌 할머니라는 거, 좀 유감스럽지만 말이다. 우리 오남이의 처지가 그렇다. 엄마가 더 이상 부녀회장과 반장에 뽑히지 못하는 이유는 바로 그 때문이라고 나는 생각한다. 그야말로 농경시대에나 적합할 출산율이 아닌가. 우리 집의 넘쳐나는 빨래와 설거지에 시간을 뺏겨서 엄마는 다른 반장 후보

보다 경쟁에서 유리하지 못한 게 틀림없다. 우리 동네, 혹은 우리 시에 사 남매인 집이 우리 집밖에 없었는데도 엄마는 몇 년 전 또 동생을 낳았다. 엄마는 누군가 자기보다 앞선 기록을 가질까 봐 조마조마하기라도 했던 걸까. 결국 시장님이 주는 상도 받고 쌀과 미역, 기저귀 등의 생필품 지원이 쏠쏠하게 들어왔다. 오히려 엄마가 동생을 또 낳는다고 할까 봐 자리보전한 건 외할머니였다. 순진한 우리 엄마가 설마 고깟 유자 인심을 내세워 반장 선거의 재출마를 다짐하려는 건 아니겠지만 아무튼 엄마가 나눠주는 유자에 대해서 고마워하는 집이 몇 집이나 있을지 의문이다.

유자 속에 햄스터가 빠져 죽은 뒤 나는 절대로 유자차를 마시지 않는다. 달달한 유자를 잘근잘근 씹고 있는 아빠를 보면 잘린 햄스터의 꼬리가 생각나 속이 거북해진다. 얼굴이 하얗게 질려 화장실로 달려가는 나를 보며 누리 녀석은 데굴데굴 구르며 웃고 있었다. 동생들이라는 게 하나같이 괴짜다. 교복에 우유를 토해놓질 않나 볼펜 심을 제 발등에 찍어놓질 않나. 고약한 햄스터같이 생겨먹은 동생 녀석들만 아니라면 상위권 진입도 시도해볼 만한 일 아닐까. 내가 공부를 못하는 건 순전히 출산을 장려하는 나라의 공무원들에게도 책임이 있다.

하지만 이제 세 살인 막내 소담이는 악당 같은 동생 녀석들 목록에서 제외다. 유일하게 여자애로 태어난 그 애는 천사인

게 분명하다. 동생 녀석들이 옷장 속 어딘가에 처박아놓았던 내 이어폰을 찾아준 것도 바로 소담이다. 역시 노는 것도 사랑스럽게 노는 아이다. 소담이가 태어나기 전까지 우리 집은 전쟁터였다. 귀여운 새끼 강아지처럼 생긴 그 아이로 인해 동생 녀석들과 구르고 총 쏘고 칼로 찌르던 야만적인 놀이는 끝이 났다. 나의 정신적 고뇌를 가리켜 엄마는 고작 사춘기라는 시시한 용어로 깎아내렸지만 천만의 말씀이다. 나의 우월한 이데아를 향해 돌을 던짐으로써 통제의 고삐를 당기려는 엄마의 속내에 불과한 것이다. 용돈을 동결시키고 휴대폰을 정지시키겠다고 협박을 가하려는.

장길동. 우리 동네 이름이다. 하지만 흔히 택지 개발이 조성된 위쪽 부분은 그냥 장길동이라 부르고 아직 개발이 안 된 아래쪽을 '구(舊)장길동'이라고 부른다. 말하자면 나는 '구장길동'에 산다. 어차피 좁은 땅덩이에 살면서 장길동이면 다 같이 장길동이라 부를 것이지 인생 참 복잡하게 사는 어른들이다.

우리 동네는 작은 공장들과 지은 지 삼십 년이 다 되어가는 저층 아파트들이 많이 있다. 우리 버들아파트도 그중 하나다. 하지만 이제 곧 우리 동네가 위쪽 단지보다 발전할 거라고들 말한다. 시에서 추진해온 개발 사업이 진행될 것이기 때문이란다. 이미 공장과 소규모 사업장들이 보상을 마치고 이전하는 중이고 낡은 아파트와 상가들의 철거 작업만 남았다.

머지않아 서울과 바로 닿는 지하철까지 개통될 거라고 하니 이제 우리 동네가 얼마나 발전할 것인지는 두고 보면 알 것이다. 그중에서도 우리 버들아파트 부지가 넓어 높은 수익성이 날 거라나 어쩔 거라나. 과연 엄마의 수다 멤버들은 그물 같은 정보망을 갖고 있다. 마트와 재래시장의 과일 야채 가격부터 누구네 집 통장의 마이너스 잔고가 얼마인지, 기말고사 일등인 아이의 월경주기가 어떻게 되는지까지도 말이다. 대부분의 정보가 얼추 맞아떨어지는 걸 보면 우리 동네가 좋아진다는 게 사실이긴 한가 보다.

구불구불 좁은 도로와 낡은 주택이 사라지고 고층 아파트와 신식 상가가 들어서는 상상을 해본다. 우리 집도 언젠가는 거울같이 얇고 반듯한 대형 TV가 달려 있는 거실에서 동계올림픽 중계나 월드컵을 보게 될 날이 오지 않을까. 나는 말썽꾸러기 동생 녀석들이 얼씬도 못하게 내 방 문을 걸어 잠그고 외계 생명체의 비밀을 추적해가는 소년의 이야기를 블로그에 연재할 것이다. 악당은 물론 윗집 아저씨다. 여배우를 닮은 중국 아줌마와 소년의 로맨스도 등장한다. 생각만 해도 가슴이 두근거린다. 아줌마가 두꺼비처럼 생긴 윗집 아저씨와 사는 건 불공평한 일이다. 아저씨가 부자도 아니며 나이도 많고 대머리라는 건 더욱더 비극적인 일이다. 젊고 예쁜 아줌마가 수줍게 웃으며 내 인사를 받아줄 때마다 난 꿈속의 장면을 상상한다. 활짝 웃는 얼굴에서 아저씨를 원망하는 표정 따윈 찾아볼 수 없다. 아, 절망이다.

쓱쓱. 찬물을 끼얹듯 마당 쓰는 소리가 들려온다. 우리 옆집 할아버지이자 중국 아줌마의 시아버지인 경비원 할아버지의 비질 소리이다. 난 그 소리가 듣기 싫다. 할아버지가 나이 사십이 넘은 노총각 아들과 중국 처녀의 결혼을 적극적으로 주선하여 성사시킨 장본인이기 때문이다. 양심도 없는 영감님이 아닌가. 신혼집으로 우리 윗집에 세를 얻어주었는데 할아버지는 중국 며느리에게 아침과 저녁 식사 시간을 반드시 지키도록 했다. 한국 음식이 서툰 며느리에게 할아버지와 할머니가 사는 1층으로 내려와 함께 식사를 하도록 하는 것이다. 늙은 할머니가 담가주는 김치가 아니면 밥을 안 먹는 할아버지와 함께하는 식사가 중국 아줌마에게 과연 편안한 자리일까. 요즘 세상에 며느리에게 식사 시간마다 같이 밥 먹자고 하다니. 불쌍한 아줌마는 할아버지의 레이더망 때문에 늦잠도 낮잠도 잘 수 없을 것이다. 늙은 아들 분가시켜놓고 쩨쩨하게 며느리 시집살이를 시키다니. 몇십 년 동안 경비 자리를 지키고 있는 것만 봐도 알 수 있다. 새 아파트가 지어지면 할아버지의 거친 비질 소리를 더 이상 듣지 않아도 되겠지. 개발 바람으로 동네가 어수선하니 엄마는 내 집 이불 개는 일도 귀찮다고 하는데 경비원 할아버지는 마당 쓸고 휴지 줍는 일 한 번 빼먹지를 않는다. 그렇게 꼬장꼬장한 시아버지와 위아래 층에서 생활해야 하니 중국 아줌마의 시집살이가 안타깝기만 하다.

할아버지가 언제부터 경비원으로 있었는지는 잘 모르겠다. 내가 나고 자라는 동안 늘 보아왔으니 말이다. 백여 가구 남짓한 이 아파트에서 경비 일을 할 사람이 그리도 없나. 그동안 경비 자리를 탐내는 사람이 있긴 했으나 입주할 때부터 자리를 지켜온 할아버지인지라 교체가 쉽지 않았다고 한다. 우리 엄마가 밥하기 싫고 청소하기 싫다고 땡땡이치는 날에도 할아버지 손에는 빗자루가 들려 있으니 직업에 대한 자부심이 대단한 노인이다. 할아버지가 유일하게 출근하지 않은 날은 아들 결혼식 때 하루뿐이었다. 1층인 우리 집, 특히 주차장과 화단 쪽에 자리한 나의 공부방은 고집쟁이 할아버지의 비질 소리에 민감하다. 간혹 친구들과 놀이터에 모여 시시덕거릴라치면 곧바로 빗자루를 들고 쫓아오는 할아버지에게 내 감정이 고울 리 없다. 며칠 전 일만 해도 그렇다. 지후 녀석이 자기 형 오토바이를 끌고 우리 아파트에 나타난 것이다. 깜찍하게 생긴 스쿠터를 보고 나를 비롯한 몇몇 친구들 모두 눈이 휘둥그레졌다.

"죽이는데!"

"한번만 밟아보자!"

우린 환호성을 지르고 휘파람을 불며 미끈하게 빠진 스쿠터 주변을 에워쌌다. 그런데 갑자기 경비 할아버지가 빗자루를 들고 나타나 우리를 강제로 해산시키고 말았다.

"집에 안 가고 여기서 뭐 하는 거냐! 꼬마들 노는 놀이터에다 큰 녀석들이 뭐 하러 모여 있어! 어여 가라! 어여!"

"우리 나쁜 짓 하는 거 아니에요. 잠깐 얘기하는 것뿐이란 말이에요."

"시끄럽다, 시끄러워! 어여들 가! 어여! 아이고 정신없어……"

우린 변명할 틈도 없이 비질을 해대는 경비 할아버지 등쌀에 쫓겨나고 말았다. 우왕좌왕하는 우리에게 할아버지는 딴데 가 놀라며 엄포를 놓았다. 귀가 어두워 보청기에 의존하는 할아버지가 자꾸 큰 소리로 얘기하는 바람에 사람들이 모두 우리를 힐끗 쳐다보며 지나갔다. 나는 "이 아파트가 할아버지 거예요! 웃겨 정말" 하고 큰 소리로 따지고 싶었지만 얼굴만 발개진 채 막상 아무 말도 하지 못했다. 친구들과 나는 자존심도 상하고 창피해서 흐지부지 모여 있다가 각자 집으로 흩어지고 말았다. 아무리 생각해도 할아버지의 횡포가 아닐 수 없다. 아파트가 새로 지어지면 경비원부터 바꾸어야 할 것이다. 할아버지 때문에 아직까지도 억울함이 남아 있지만 엄마에게 말하면 괜히 더 크게 혼나고 험한 욕을 들을 것 같아 그만두었다.

나는 이 엄격한 경비 할아버지가 한여름에도 짧은 바지에 슬리퍼를 신은 걸 본 적이 없다. 직업 정신 하나는 끝내주는 할아버지다. 노인정의 장기판 근처에서 에어컨 바람 좀 쐬고 올 법도 한데 할아버지는 노인정에 얼굴을 비추지 않기로 유명하다. 부녀회에서 마련한 식사 대접에도 일절 나가지 않는다. 할아버지도 같은 노인이면서 아닌 척 튕기는 건가. 그렇게 융통성이 없어가지고 어떻게 아파트 경비를 하겠다는 건지. 하지만 이 고집스런 영감님도 우리 집에서 가져다주는 유자는 곧잘 드신단 말이다. 겨우내 경비실에서도 우리 집과 같은 유자차 끓이는 냄새가 난다.

친절하지도 않고 무뚝뚝한 할아버지를 두고 부녀회 아줌마들이 왜 불평하지 않는지 난 잘 모르겠다. 우리 아파트 공터에는 삼십 년 가까이 제법 무성하게 자라난 은행나무와 단풍나무가 있는데 그 옆에는 할아버지가 직접 만든 평상과 의자가 있다. 할아버지에게 후한 점수가 매겨지는 건 아마도 그곳때문이 아닐까 싶다. 이젠 낡아빠진 평상과 의자에서도 삐걱삐걱 소리가 나지만 어쨌든 제법 쓸모 있는 휴식 공간이긴 하니까 말이다. 하여간 어른들이란 물질에 약한가 보다. 할아버지는 당신이 만든 평상과 의자에 앉아 아파트 주민들이 쉬고 있는 모습을 경비실에서 바라만 볼 뿐 결코 당신이 그곳을 이용하지는 않는다. 더운 여름에도 경비실 밖을 절대로 벗어나지 않는 것이다. 성실하기로 소문난 우리 아빠도 일이 없으면 농땡이를 치고 들어오는데 할아버지는 팔순에 가까운 노인이면서도 초소 일을 빼먹는 법이 없다. 관리사무소 같은 게 있을 리 없는 우리 버들아파트에서 할아버지가 초소 일 한 번쯤

쉰다고 해서 누가 뭐랄 사람도 없는데 말이다.

언젠가 푹푹 찌는 여름의 일이다. 더위에 입맛을 잃은 이웃 할아버지와 할머니들이 평상에 앉아 콩국수를 시켜 드셨다. 그중에는 옆집 할머니도 있었다. 자장면과 콩국수 중에서 당연히 할아버지 몫의 음식도 있었는데 할아버지는 시원한 나무 밑 평상에서 다른 분들과 함께 음식을 드시지 않았다. 할아버지 몫의 콩국수를 들고는 선풍기가 달달거리는 경비초소로 가버린 것이다. 할머니와 새삼 내외라도 하는 거냐며 할아버지들이 우스갯소리를 던졌지만 경비 할아버지는 뒤도 돌아보지 않고 자리를 떴다. 있어도 그만 없어도 그만인 경비초소가 도대체 뭐라고. 우리 버들아파트에서 자기 일에 대단한 자부심을 갖고 있는 사람은 경비 할아버지 자신밖에 없다고 존재감을 과시하는 것 같다.

양복을 말끔하게 차려입고 출근하는 샐러리맨 아저씨도 마트 사장님도 모두들 들어오고 나갈 때 시든 야채 같은 표정을 짓는다. 그러기는 우리 아빠도 마찬가지인데 엄만 그것도 모르면서 아빠가 벗어놓은 작업복을 희게 빨아놓으면 마음이 뿌듯해진다고 그런다. 여잔 남자의 마음을 몰라도 너무 모른다. 맞벌이할 생각은 하지 않고 애만 낳는 엄마에게 아빠가 몇 년째 삐져 있다는 것도 모르고 말이다. 학교로 향하는 내 얼굴에서도 아빠와 닮은 표정이 종종 나타나곤 한다.

나는 커서 무엇이 되어야 할지 모르겠다. 엄마는 장남인 내가 동생들에게 모범을 보여야 한다고 늘 얘기한다. 그리고 내가 있어 든든하다는 말도 빼놓지 않는다. 내가 얼마나 소심한 아이인지 역시 엄마가 몰라서 하는 소리다. 쓸데없이 잡생각이나 하는 내가 어떻게 듬직한 장남이 되겠는가. 마음이 유약한 나로서는 그저 하루빨리 새 아파트가 지어졌으면 좋겠다는 생각뿐이다. 누가 누군지 모르는 사람이 이웃이 되어 내가 형제 많은 오남이네 집 장남이라는 것을 몰랐으면 좋겠고 그 이웃과 유자를 나눠 먹는 일 같은 건 더더욱 없었으면 좋겠다. 그러거나 말거나, 지후가 한 말을 믿어야 할까.

"넌 저 할아버지가 정상이라고 생각하냐?"

지후는 오토바이를 끌고 사라지려다 머뭇거리며 은밀히 경비실 쪽을 가리켰다.

"우리 아빠가 엄마한테 하는 얘길 들었는데…… 저 경비실에 있는 TV로 할아버지가 하루 종일 뭘 볼 거 같냐?"

"글쎄, 뉴스나 드라마 같은 거 보겠지."

녀석이 어찌나 은밀한 목소리로 내 귀에 대고 속삭이는지 솜털까지 곤두서는 느낌이었다.

"모르는 말씀. 성인 채널을 보는 거야. 일반 영화 채널보다 비싼 거 있잖아. 유료 가입 채널 말이야. 그중에서도 프리미엄 요금일걸. 변태 같은 노인네. 아파트 주민들 돈으로 하루 종일 그런 걸 보다니."

"말도 안 돼! 자기 집도 아닌 곳에서 노인이, 그것도 백주

대낮에 그런 걸 본다고? 미쳤어? 그걸 네가 어떻게 알아!"

눈이 휘둥그레진 나를 보고 지후 녀석이 낄낄 웃었다.

"우리 아빠가 케이블 설치하잖아. 하필 방문한 곳이 저 경비실이었대. 성실하기로 소문난 할아버지라 그렇게 안 봤는데 사람 다시 봤다면서 아빠가 엄마한테 하는 소리 내가 다 들었어. 경비실 위치 한번 명당 아니야. 막다른 곳이라 앞에서만 볼 수 있잖아. 야한 채널 보면서 게슴츠레 앉아 있어도 그걸 알 사람이 누가 있냐."

"아무리 그래도 어떻게 그럴 수가. 할아버지 귀 어두워서 보청기 꼈잖아."

"보청기하고 무슨 상관이야 인마. 눈으로 감상하면 되는걸. 너 같으면 새끼야, 사람들 다 들으라고 볼륨까지 높여놓고 보겠냐."

"하지만, 저렇게 진지한 표정으로 앉아 계시는데?"

"어른들은 말이야, 원래 별것 아닌 순간에도 근엄한 척하는 법이야. 너같이 덜떨어진 새끼들은 곧바로 들켜버리겠지만 말이야."

"이 새끼가!"

지후 녀석은 장난기 어린 얼굴로 '빅엿'을 날리며 돌아갔다. 지후 말이 사실일까. 설마, 다른 이유가 있었겠지. 케이블 채널에 대한 이해가 없으니까 아무 상품이나 가입한 거였겠지. 고지식한 영감님이 버들아파트 정문 출입구에 앉아 그런 걸 보고 있다는 게 말이 되는 걸까.

엉뚱한 생각을 하다가 잠이 들어서인지 평소보다 등교 시간이 늦어졌다. 가방을 메고 집을 나서는데 나도 모르게 경비실을 흘끗거리게 되었다. 어김없이 신문을 챙겨들고 경비초소에 앉아 있는 할아버지의 얼굴이 보였다. 오늘도 여느 날처럼 출근하자마자 주차장과 화단 주위를 쓸고 초소에 앉아 신문을 보는 것일 테다.

나는 쓸데없는 잡념을 털어내듯 고개를 저었다. 그렇지만 내가 할아버지라면 지루하게 신문이나 뒤적거리고 있지는 않을 것이다. 아파트 주민들의 동태를 낱낱이 살피며 경비일지를 작성할 것이다. 우리 집 화단에 규칙적으로 담배꽁초를 버리는 손모가지가 누구인지, 부부 싸움을 가장 많이 하는 집이 몇 동 몇 호인지, 우리 아빠 차와 옆 동의 신혼부부 차바퀴에 쇠못을 꽂아 타이어를 펑크 낸 자가 누구인지, 계획적인 소행이었는지 우발적인 분풀이였는지 따위를 나라면 소상히 파헤칠 것이다.

기껏 유자나 나눠 먹고, 애를 다섯이나 낳는 주민들이 사는 그런 아파트에 테러를 저지를 만한 이유가 도대체 뭐란 말인가. 남이 겪는 불쾌감을 자신의 쾌락으로 삼는 바바리맨이나 하는 짓거리가 아니라면 말이다. 그러나 연쇄적으로 일어나는 자동차 바퀴 테러 사건에 대해 관심을 갖는 사람은 역시 나밖에 없는 모양이다. 타이어가 두 번이나 펑크가 났음에도 불구하고 아빠는 허공에 대고 어설픈 욕을 퍼부었을 뿐 이 수상한 냄새가 나는 사건에 대해서는 어떠한 의문도 품지 않았다. "그냥 둬라. 애들 장난이겠지"라고 말하는 게 다였다. 아빠는 혹시 우리 오남이 중 한 녀석이 범인일까 싶어 뜨끔했던 걸까. 아무런들 제집 차바퀴에 펑크를 낼 만큼 모자란 우리 오남이가 아닌데 말이다. 함께 대책을 의논하기 바랐던 옆 동의 신혼부부는 아빠의 비협조적인 자세에 잔뜩 화가 났지만 증거를 잡을 길이 없어 포기하는 눈치였다. CCTV가 설치된 동네라면 조용히 넘어가지 않았을 일이다.

지후 녀석이 폭로한 경비 할아버지의 비밀도 그렇고 암튼 여러 가지로 뒤숭숭한 아침이다. 기분이 썩 좋지는 않다. 그런 걸 혼자서 아무렇지 않게 즐길 수 있다니. 나에겐 사생활이란 것도 보장되지 않는데, 저런 노인네가 공공 생활과 사생활의 영역을 마음대로 넘나들 수 있다니. 세상은 역시 불공평하다. 어젯밤에 동생 녀석들이 내 휴대폰을 가지고 놀다가 액정을 망가뜨렸다. 너무 화가 나고 속상해서 아침밥 따위 거들떠보기도 싫었다. 아빠는 나에게 실망이라며 사내 녀석이 고깟 이유로 밥 안 먹으면 되느냐고 크게 화를 내셨다. 동생들 야단은 안 치시고 나한테만 참으라는 거다. 참 치사한 가족들이다. 좁은 땅덩어리의 좁은 집에서 일어나는 비인간적인 사건에 비애를 느껴야 하는 아침이다. 언제쯤이면 혼자 살 수 있는 나이가 될까.

경비 할아버지와 눈이 마주친 나는 얼른 시선을 피하고 말았다. 경비실과 반대인 후문 쪽으로 발걸음을 돌렸다. 길은 깨끗이 비질이 되어 있었다. 분풀이할 데가 없어 공연히 침을 뱉으며 지나갔다. 난 정말 소심한 아이가 맞나 보다. 가출도 재주 좋은 애들이나 하는 거다. 난 도무지 집 나가서 갈 데가 없다. 찜질방은 아토피성 피부 때문에 체질적으로 안 맞아 못 가고 PC방 죽돌이는 용돈 두둑한 애들이나 하는 거라 못 간다. 나처럼 특출한 재주도 없고 얼굴도 안 되고 키도 안 되고 성적도 안 되는 중딩은 눈치를 살피며 침이나 뱉을 수밖에. 인생을 반의반도 안 살았는데 벌써부터 찌질하게 살다니. 안타까운 인생이다. 별 볼일 없는 어른들이 왜 술 먹고 길가에 오바이트를 하고 담배꽁초나 버리는지 조금은 알 것도 같다.

차량용 블랙박스가 안 달린 차들만 골라 앞바퀴에 쇠못을 박는 타이어 펑크 사건은 몇 번인가 더 일어났다. 차주들은 하나같이 쌍욕을 하면서 차에서 내렸다. 의심의 눈초리로 이웃을 노려보고 동네를 험담하는 겨울 동안 나는 땀과 분비물이 늘어났다. 그동안 새벽녘의 신음 소리와 아줌마의 얼굴은 빈번하게 내 꿈속을 찾아왔다. 꿈속의 나는 끝도 없이 팽창하는 자유와 두려움 속에 있다. 내 귀가 노인처럼 어둡다면……어른이 되기도 전에 내 몸이 타이어처럼 터지는 건 아닐까.

학원에 가려고 가방을 메는데 엄마가 내 손에 유자를 들려주었다.

"나가는 길에 윗집하고 경비실에 한 통씩 갖다드려라."

경비실이라는 말과 윗집이라는 말에 귀가 솔깃해졌다. 경비실 창문을 통해 전해주지 말고 문을 열고 안으로 들어가볼까? 장난스런 호기심까지 발동했다. 하지만 먼저 아줌마의 얼굴을 보는 것이 당연한 순서였다. 상상 속에서 수없이 마주쳤던 아줌마의 신혼집이 아닌가. 늙은 경비 할아버지의 아지트 따위에서 설마 별게 나오랴 싶은 생각 때문이기도 했다.

나는 성큼성큼 2층으로 올라갔다. 아줌마 집의 현관문은 바닥에 발굽이 걸린 채 비스듬히 열려 있었다. 누가 왔나. 집 안에서 실랑이 같기도 하고 웅성웅성 이야기하는 것 같기도 한 소리가 들렸다. 현관문 쪽에 자주 본 듯한 눈에 익은 신발이 놓여 있었다. 기웃거리며 내부로 들어선 나는 하마터면 유자 단지를 떨어뜨릴 뻔했다. 경비실에 있어야 할 할아버지가 아줌마네 집에 있었던 것이다. 시아버지가 며느리 집에 있다는 게 잘못되었다고 할 순 없지만 이상한 사실은 집에 아들도 없는 시간에, 할아버지가, 며느리의 엉덩이를 만지작거리고 있다는 것이었다.

"하지 마. 아버지, 혼날 거야."

아줌마의 말투는 단호하긴 했으나 띄엄띄엄 연결되어 더 이상의 구체적인 문장을 구사하지는 못했다. 나머지는 내가 알 수 없는 중국말이었는데 장난치는 아이를 혼내거나 타이르는 말투 정도로만 들렸을 뿐이다. 뭐 이런 어처구니없는 일이 다 있담? 경비 할아버지는 태연하게 웃으며 계속해서 며느리를 따라다녔다. 장난을 치는 건지 아님 '진짜'로 그러는 건가. 그 둘 다라고 해도 신문에 나올 일인 건 확실했다. 눈앞의 믿지 못할 상황 속에서 순간 어리둥절해지고 말았다. 이거야말로 지후의 말을 한 방에 확인시켜주고도 남을 일이었다. 현장으로 뛰어들어야 하나 말아야 하나. 이러지도 저러지도 못한 채 어정쩡하게 서 있다가 호주머니 속의 휴대폰을 뒤적거렸다. 나서지 못할 바에는 동영상이라도 남겨두는 게 낫겠다 싶어서였다. 아뿔싸. 액정이 깨지면서 스피커도 맛이 갔다. 젠장. 얼굴이 화끈거려 더 이상 보고 있을 수가 없다.

나는 도망치듯 집으로 내려오고 말았다. '하지 마. 혼날 거야……' 아줌마의 목소리가 자꾸만 귓전을 울렸다. 나를 어리둥절하게 만든 건 아줌마의 애매한 억양 때문이기도 했다. 그런 나약한 목소리로 뭘 어쩌겠다는 건지. 좋다는 건지 싫다는 건지. 아…… 갑자기 현기증이 난다. 할아버지가, 그녀가, 설마, 그럴 리 없다. 그녀는 약자에 불과하다. 그녀가 방어할 수 있는 언어가 거기까지뿐이었을 것이다. 그러나 그녀는 분명, 웃고 있었던가? 아닌가? 난 너무 분하고 억울해졌다. 유자고 뭐고 팽개쳐놓고 나는 씩씩거리며 학원으로 갔다.

아무런 답도 얻지 못한 채 날짜가 지나갔다. 난 그냥 그 일을 탐욕에 가득한 노인의 패륜적인 만행으로 결론짓기로 했다. 어쩐지 지후에게 말하고 싶지 않았다. 지후가 아닌 그 누구에게도. 혼자만 알고 있으려니 더욱 답답하고 가슴이 아팠다.

"봄까지 두고두고 잘 먹겠다고 엄마한테 말씀드려라."

경비실 앞을 지날 때 할아버지가 나를 불러 세워놓고 말했다. 내가 팽개쳐놓은 유자를 엄마가 경비실에 갖다 둔 모양이었다. 엄마는 언제나 행동이 먼저다. 동생들을 만들어줄 때도 계 모임을 짤 때도 말이다. 오지랖 넓은 엄마가 원망스러울 뿐이다. 아줌마의 엉덩이를 더듬던 손이 떠올라 나는 아무런 대꾸도 하지 않았다. 유자 따위에 소박하게 웃고 있는 할아버지의 얼굴은 전혀 딴사람 같았다. 노인네의 능청스러움에 배신감이 밀려들면서 또다시 화가 치밀었다. 나는 뾰로통하게 경비실을 지나쳤다. 분하고 허탈한 생각이 들어 앞으로 다시는 유자 심부름 따위는 하지 않겠다고 마음먹었다.

겨울방학의 시작과 함께 전국에 큰 눈이 내렸다. 이상한파가 지속되면서 산간 지방엔 폭설로 도로가 마비되고 마을이 고립되었다. 도시의 출퇴근길 역시 엉망이 되었다. 역시 중2를 알리는 겨울방학이라 그런지 시작부터가 심상치 않다. 겨울이 끝나고 봄이 오면 우리 아파트 주민들은 어디론가 뿔뿔이 흩어질 것이다. 올겨울이 이 동네에서 보내는 마지막 계절이라고 생각하면 후련하기도 하고 그렇지 않기도 하다. 우리 버들아파트가 없어지면 경비 할아버지는 더 이상 경비실을 지키지 않아도 된다. 아줌마의 알 수 없는 중국말을 들으며 잠에서 깨는 일도 없을 것이다. 나는 조금씩 이 아파트를 잊어갈 것이다. 노출증 아줌마도, 손버릇이 나쁜 그 누군가도. 언제 유자를 나누고 받았냐는 듯 말이다.

아빠는 뉴타운 사업에 관한 주민설명회장에 나를 데리고 갔다. 막내를 돌봐야 하는 엄마 대신 나를 데려가는 거였다.

"그냥 집에서 공부나 할래요. 아빠 혼자 가세요."

"그런 것도 다 공부란다. 사내 녀석이 세상 돌아가는 물정도 알아야지."

국회의원을 비롯해 시의원, 공무원, 행정학 교수 등등 동네에서 한 번도 마주친 적 없는 사람들이 설명회 자리에 모습을 비추었다. 토지의 경계를 놓고 개발 구역의 부지에 들어가는지 들어가지 않는지 약간의 실랑이가 오갔다. 경비 할아버지 집에서는 아무도 오지 않았다. 아들 부부가 중국에 갔다고 하더니 오지 않은 모양이었다.

나는 바로 내 앞줄에 앉아 아까부터 계속 반대 입장만 펼치는 아저씨 때문에 짜증이 나서 견딜 수가 없었다. 다른 주민들은 다 알아듣겠다는 표정인데 그 아저씨 혼자서만 예외였다. 이해할 수도 없으며 납득할 수도 없다는 표정으로 계속해서 역정을 냈다. 머리에는 동백기름을 잔뜩 발랐는데 냄새가 장난 아니게 지독했다. 혹시 타이어에 쇠못을 박은 범인이 동백기름 아저씨가 아닐까, 문득 그런 생각이 들었다. 사회에 불만을 품고 있는 사람들 중에 애꿎은 곳에 범행을 저지르는 경우가 더러 있지 않은가. 그것도 아주 유치한 방법으로 말이다. 동백기름 아저씨처럼 성난 목소리로 반대만 외치다가는 버들아파트를 벗어나는 나의 꿈은 영원히 실현될 수 없을 것 같았다. 설명회는 길어지고 한두 방울씩 눈발이 날렸다.

"그만 가자. 졸려서 더는 못 듣겠구나. 잘되겠지 뭐."

아빠는 연신 하품을 하며 슬며시 일어섰다. 졸린 닭 같은 눈을 하고서 아빠는 서둘러 설명회장을 빠져나갔다.

"굿이나 보고 떡이나 먹는 게 장땡이다. 그나저나 눈 한번 제대로 와서 내일 일 나가기는 틀렸네."

갈 때는 공부 운운하며 나를 앞세우던 아빠가 돌아오는 길에는 혼자서 저만치 앞장서 걸어갔다.

눈은 밤새 내렸다. 길이 순식간에 빙판으로 변했다. 드르륵, 드르륵. 잠결에 눈 치우는 소리가 들렸다. 소리는 점점 가까이 들려왔다. 어렴풋이 눈을 떴다. 아직 깜깜한 새벽이었다. 엄마도 그 소리에 잠이 깼는지 안방에서 두런두런 말소리가 들렸다.

"당신도 나가서 돕지 그래요. 노인 양반 혼자 힘드실 텐데."

"알았어. 알았다니까……"

잠이 덜 깬 목소리로 대화가 잠시 오가더니 이내 조용해졌다. 아빠의 코 고는 소리가 더욱 크게 들려왔다. 눈으로 덮인 세상이 너무도 고요해서 무안할 지경이었다. 눈을 치우는 사람은 경비 할아버지뿐 나서는 사람이 없다. 그 이상한 상황만 목격하지 않았다면 빗자루를 들고 나가야 할지 말아야 할지 고민이라도 했을 것이다. 그런데 지금은. 아, 모르겠다. 괴상 망측한 할아버지와 함께 눈을 쓸고 싶지 않다. 설명회에 나왔던 주민들은 다들 뭘 하고 있는 건지. 아파트만 새로 지어지면 끝이라는 건가. 치사한 이웃들이다. 아빠 역시 잠만 잘 뿐 꿈쩍도 하지 않는다. 드르륵, 드르륵. 눈 치우는 소리를 들으며 나 역시 뒤척이다가 다시 잠이 들었다.

치운다고 곳곳에 쌓아놓은 눈이 녹는 데에 꽤 오랜 시일이 걸렸다. 눈이 녹고 나서야 중국에 갔던 아줌마와 아저씨가 돌아왔다. 다시 아줌마의 활기찬 중국말 소리가 들려왔고 별 기대 없이 새해가 시작되었다. 나는 소원 혹은 계획에 대해 아무것도 생각하지 않았다. 좀더 의젓한 아들이 되어야겠다는 다짐을 하긴 했으나 머릿속은 여전히 엉뚱한 생각들로 가득 채워지곤 했다.

엄마가 밥 차리는 저녁 시간에 느닷없이 구급차 소리가 들렸다. 2층에서 다급하게 아줌마와 아저씨가 내려오는가 싶더니 경비 할아버지가 119에 실려갔다. 할머니 말에 의하면 퇴근하고 들어온 할아버지가 목욕탕에서 나오자마자 쓰러졌다고 했다. 국을 끓이다 말고, 엄마는 마치 수사관처럼 할아버지가 쓰러진 경위에 대해 설명을 듣고 있었다.

학원에 가면서 경비실 앞을 지날 때 유독 텔레비전에 눈이 갔다. 그러나 TV를 켜볼 수는 없는 일이었다. 텅 빈 경비실엔 먹다 남은 유자가 난로 옆에 놓여 있었다.

"밤새 안녕이라고, 암튼 노인 양반들은 언제 어떻게 쓰러질지 모른다니까. 그 많은 눈을 혼자서 다 치웠으니 오죽했겠어. 그나저나 괘씸하기 짝이 없네."

엄마는 경비 할아버지가 뇌출혈로 정신이 오락가락한다며 혀를 끌끌 찼다. 가족들이 어떻게 그럴 수가 있는지 뻔뻔하다며 엄마는 혼자서 중얼거렸다. 할아버지가 그동안 치매를 앓고 있었다는 사실을 가족들이 알면서도 이웃들에게 말하지 않았다는 거였다. 할아버지의 고집 때문에 경비 일을 그만두게 하지 못했다는 변명이면 다 되는 것인 양 말이다.

"분명 경비 월급 때문이었을 거야. 그 연세에 어디 가서 그만큼 벌기가 쉬워? 그래도 그렇지 어떻게 노망난 노인네한테 아파트 경비 일을 하라고 할 수가 있어? 불이라도 내면 어쩌려구. 하여간 양심들도 없다니까."

수십 년간 경비실을 사수하고 있었던 할아버지에겐 그 자리를 지켜야 한다는 습관만 남아 있었던 걸까. 그때 내가 본 건 치매로 정신이 온전치 못한 할아버지였을까 아니면 탐욕스러운 노인의 모습이었을까.

새해는 악몽처럼 뒤죽박죽인 채로 혼란스럽게 지나가고 있었다. 경비 할아버지가 쓰러진 이후로 새벽녘의 신음 소리도 들려오지 않는다. 내 몸도 타이어처럼 부풀어 오르지 않았다.

타이어처럼 터진 건 지후 녀석이었다. 오토바이를 튜닝해 타고 달리던 지후의 몸이 학교 앞 대로변에서 붕 떠오르던 날 난 뭘 하고 있었는지 기억이 나지 않는다. 또 도망친 햄스터를 잡느라 집안을 발칵 뒤집어놓고 있었는지도 모르겠다.

지후 형의 오토바이는 박살이 났고 오토바이와 약간 떨어진 곳에 상처투성이 지후의 몸이 팽개쳐져 있었다. 유자 속에 빠진 햄스터의 모습도 그렇게 처참하진 않았을 것이다.

지후의 말처럼 할아버지는 경비실에서 하루 종일 성인물을 보고 있었던 걸까. 지후도 떠났고 할아버지도 이 동네를 떠났다. 이제 그 은밀한 일에 대해 이야기를 나눌 사람이 없다. 나 혼자만 알고 있는 어떤 비밀이 있다면 그건 내가 어른에 가까워졌다는 게 아닐까. 내가 듣던 소리는 누구의 소리였을까. 아줌마의 소리였을까, 옆집 할아버지의 방에도 성인 채널이 있었던 건 아닐까.

경칩 무렵 경비실에 새 임자가 나타났다. 동백기름 아저씨가 바로 그 주인공이었다. 경비실에서는 더 이상 유자 끓이는 냄새 따윈 나지 않았다. 그 대신 느끼한 동백기름 냄새가 진동을 했다. 새 경비원이 된 아저씨는 새로운 마음으로 경비실을 구석구석 청소하기 바빴다. 버리려고 내놓은 잡동사니 속에 유자가 담긴 유리병이 있었다. 그중에는 없어졌던 우리 막내 소담이의 분홍색 잠옷도 있었다. 망할 영감탱이 같으니라고. 엄마는 찰싹 때리는 목소리로 할아버지 욕을 했다. 낡은

경비실 책상 서랍에서 어디선가 본 듯한 쇠못이 잔뜩 쏟아져
나왔다. 경비실의 텔레비전을 켜보지는 않았으므로 할아버지
가 마지막 일하는 순간까지 시청했던 프로그램이 성인물이었
는지 아니었는지는 끝내 알 수 없었다. 한차례 대설이 또 내
렸지만 마당 쓰는 소리는 더 이상 들리지 않았다.

윈드벨,
기억의 문을
열면

딸애와 위성도시로 오게 된 건 남편이 주식에서도 손을 떼 겠다고 선언하고 난 뒤였다. 정확히는 우리가 살던 보금자리 에서 떠나야 한다는 말이었다. 아파트를 전세로 내놓고서 보 증금을 갈라 남편은 남편대로 나는 나대로 거주지를 옮겼다. 운 좋게 팔린다 해도 대출금을 갚고 나면 겨우 마이너스를 면 하는 상황이었으므로 돈을 더 나누고 말고의 여지를 두지는 않았다. 은행 이자는 남편이 어떻게든 내는 것으로 했다. 딸 애와 살 집 마련에 대해 부족하면 부족한 대로 나 역시 그 이 상은 남편과 의논하지 않았다. 우선은 남편에게서 손 털고 나 오자는 마음이 앞섰다. 그도 산간으로 내려가 살아갈 방안에 대해 나에게 뚜렷이는 말하지 않았다.

딸을 데리고 아는 사람이 아무도 없는 도시로 오면서 나는 더 이상 미래를 예측하거나 꿈꾸는 일을 하지 않았다. 서울의 근무지에서 밀려나 내가 살고 있는 외곽도시에서 또 다른 외곽의 도시로 출근을 했다. 고속도로를 타기 전에 지나치는 국도는 전에도 한번쯤 와본 듯한 느낌을 갖게 했다. 언젠가 이 길을 지났던 적이 있지 않았을까 떠올려보면 특별하게 잡히는 기억은 없었다. 낯설고도 아련한 기시감에 사로잡힐 때면 일부러 차의 속력을 줄이고는 했다. 차창 밖으로 과거의 어느 시간 즈음에 멈춘 것 같은 길과 표지판들이 보이고 갑자기 폐허 같은 습지가 펼쳐져 있기도 했다. 잡목이 우거진 숲길이 나타나는가 싶다가도 이내 사육장이나 농장에 가로막혀 길은 끊어졌다. 순댓국밥집과 손짜장면집과 가구공장과 상설아웃도어 매장들이 묘하게 섞여 있는 국도변을 지나면서 인생이란 알 수 없는 꿈을 반복해서 꾸다 가는 것에 불과할지도 모른다고 생각했다.

한 정신과 의사가 아침 토크쇼에 출연해 아직까지 뇌가 꿈을 꾸는 이유는 정확히 밝혀지지 않았다고 하는 것을 들은 적이 있다. 수면 중인 뇌가 꿈이라는 것을 꾼다는 것, 무의식 속에서 일어나는 일들을 가끔은 인간이 기억하기도 한다는 것, 그중 하나가 꿈이라는 것 등을 이야기하며 과학적으로는 여전히 미스터리라는 것이다. 기억의 연장선상에서 일어나는 활동으로 보는 게 보편적인 결론일 뿐이라고 그는 말했다. 기억이 어디까지 이어지고 어디서부터 다시 시작되는 것인지 어림이나 할 수 있는 일일까. 인간의 삶 속에 기억이 존재하는 것인지, 무수히 많은 기억들 중의 일부가 고작 인간의 삶인 것인지. 생각지 못한 곳에서의 우연한 삶이, 위태롭게 흔들리는 시간들이 정말 나의 현실인가 싶었다.

늦은 밤 산업도로를 타고 집으로 돌아오면서 사이드미러에 비친 어둠을 보면 등골이 서늘해지기도 했다. 밤의 외진 도로에서 일어났던 사건들이 문득 떠오르기도 하고 앞으로 살아가야 할 일들이 막연하게 심장을 짓눌러오기도 했다. 아무리 달려도 모르는 도시의 어둠 속을 통과하지 못할 것 같은 예감 때문에 두려운 생각이 들었다. 명백하고도 불투명한 문제들이 무섭게 숨통을 조여오면 눈을 질끈 감아버리고 싶었다. 캄캄한 도로 위를 달리다가 차 안에서 나는 혼자 중얼거렸다. 카드값이 얼마, 마이너스는 얼마, 주택 융자금 원금과 이자 얼마, 매장 수수료 얼마, 오늘 매출은 얼마…… 누군가 들어줄 사람이 있는 것도 아닌데 무심코 뱉어내는 말로써 고립감을 떨쳐내려 했다.

내가 일하는 쇼핑몰은 다른 곳보다 한 시간 늦게 문을 여는 대신 폐점 시간을 밤 열시까지 연장해 영업했다. 수도권이라고 하는, 위성도시의 퇴근 거리를 고려한 대안이었다. 주요 고객층의 생활 패턴에 맞춘 시장조사가 맞아떨어졌는지 저녁 시간대의 골든타임이 매출에 중요하게 작용했다. 오전 열시에 집에서 나와 영업 외적인 일들까지 마치고 나면 밤 열한시 열두시를 넘겨 퇴근을 했다.

쇼핑몰 푸드코트에 가족끼리 앉아 있는 모습을 보면 남편과 지수와 내가 함께 먹던 소박한 식탁이 떠올랐다. 밤중까지 매장에 있다 보면 딸애의 저녁밥은 물론이고 휴대폰 메시지조차 챙겨볼 수 없을 때가 많았다. 교복 차림의 학생들과 마주치면 지수의 얼굴이 눈에서 아른거렸다. 여름에는 우유에 시리얼을 말아 아침으로 먹고 겨울에는 메마른 시리얼을 숟가락으로 푹푹 떠먹거나 바나나를 조금 떼어 먹고서 딸은 등교를 했다. 내가 잠이 덜 깬 얼굴로 배웅을 해도 그 애는 학교 다녀오겠습니다, 인사를 하고 집을 나섰다.

"아침에는 엄마 얼굴을 보고 갈 수 있잖아. 저녁에 집에 오면 아무도 없는데. 허공에 대고 인사하는 게 얼마나 뻘쭘한 줄 알아? 그래서 학교 다녀오겠습니다, 인사가 나는 진짜로 좋아서 하는 거라고. 요즘 세상에 나 같은 효녀가 어디 흔한지 알아?"

"「나 홀로 집에」, 뭐 그런 거냐?"

"울 엄마 완전 깬다. 그런 옛날 영화를 예로 들면 대부분의 아이들은 못 알아듣거든요. 「나 혼자 산다」 같은 예능 프로를 말해줘야지."

"나 홀로건 나 혼자건 빈집에 대고 인사 안 해도 좋으니까 제발 공부나 효녀같이 해봐."

"헤. 공부 잘하는 자식이랑 인사 잘하는 자식이랑 나중에 누가 더 효도하게?"

"다음번에 내 자식으로 안 태어나는 자식이 효자다."

"아, 뭐야. 섭섭하게. 끝까지 엄마 딸로 태어나준다 내가. 이렇게, 이렇게……"

지수가 어린애처럼 찰싹 달라붙으면 나는 숨이 넘어갈 듯 간지러움을 타다 그대로 항복을 외쳤다.

"내일 아침엔 더 간지럽게 스트레칭 해줄게 엄망."

딸애가 나가면서 현관문에 달린 윈드벨을 건드리고 갔다. 가벼운 종소리가 청량하게 울리면 쏟아지던 잠이 이상하게 더는 오지 않았다.

*

엄마를 처음 만났을 때를 기억한다. 세상이 온통 눈부신 빛으로 충만하던 꿈속에서였다. 엄마가 나를 가졌을 때 세상엔 따스한 햇살이 있었고 싱그러운 꽃과 나무가 있었다. 찬란한 빛의 기운이 우리에게 내려앉았고 맑고 깨끗한 바람이 불어왔다. 엄마는 물기 어린 눈빛으로 환하게 웃고 있었다. 엄마가 아득한 곳을 바라보며 투명한 빛을 향해 손을 뻗었을 때 그것은 수많은 파편들로 반짝이며 황홀하게 떨어졌다. 좋은 순간 속에 있는데도 자꾸만 아쉽게 느껴지는 꿈이었다고 엄마는 말했다. 너무도 생생해서 깨고 나니 허무함만 남았다고.

공사 현장을 따라 아빠가 지방으로 내려간 며칠 뒤부터 우리 도시에는 비가 내렸다. 호우주의보가 발령되었다. 아빠가 일하러 간 곳이 엄청 크고 거리도 멀어 이번 여름방학도 엄마 아빠 손을 잡고 물놀이를 갈 수 없을 것이다. 그 대신 아빠가 돌아와서는 핸드폰을 바꿔주겠다고 해서 조금은 위로가 되었다.

지역 아동센터의 돌봄교실 선생님과 집 앞 골목에서 헤어진 뒤 나는 슈퍼에 들러 풍선껌 한 개와 홈런볼을 샀다. 엄마는 이렇게 비가 오는데도 잔업이 남아 야근을 하고 와야 한다고 했다.

대문 앞에서 우산을 반쯤 접고 있는데 옆집 삼촌이 뒤따라 들어왔다. 빗물에 닿아 미끄러웠는지 나는 들고 있던 과자 봉지를 놓치고 말았다. 삼촌이 얼른 땅바닥에 떨어진 과자 봉지를 주워주었다.

"슈퍼에서 라면 사고 있는데 네가 먼저 나가더라."

옆집에 사는 삼촌이지만 가끔 눈을 마주친 것 말고 직접 얘기를 해본 건 그날이 처음이었다. 빗물 속에서 술냄새 같은 것이 맡아졌다.

"고맙습니다……"

나는 집으로 올라가는 계단을 밟으며 짧게 고개를 숙였다.

현관문을 열자 윈드벨이 찰랑 소리를 내며 반갑게 울렸다.

"돌보미 다녀왔습니다."

나는 신발을 벗으며 아무도 없는 빈집에 인사를 했다. 휴. 그제야 마음이 놓였다. 언제부터 달려 있었는지 모르지만 아무튼 그 소리에 익숙해진 지 오래다. 학교 다녀왔습니다. 태권도 다녀왔습니다. 피아노 다녀왔습니다. 누군가 있다고 생각하고 인사를 하면 누군가가 정말로 있는 것처럼 느껴졌다. 어서 와. 찰랑찰랑 소리를 내며.

빗소리가 점점 요란해져 TV 소리를 크게 키워놓고 엄마에게 전화를 걸었다. 바쁘신가 보다. 부재중으로 넘어가더니 잠시 후 엄마에게서 문자가 왔다. '한 시간만 기다려 지수야. 엄마가 치킨 사 가지고 갈게. 사랑해 우리 딸.'

돌봄교실에서 내준 숙제를 하고 나서 홈런볼을 먹었다. 또 풍선껌을 씹으면서 어린이 채널을 보았다. 짱구, 도라에몽, 스폰지밥, 명탐정 코난, 포켓몬…… 여기저기 화면을 바꿔가며 돌려보고 일부러 큰 소리로 웃어보았다. 대사도 따라해보고 노래도 불러보았다. 비는 계속 내리고 풍선껌을 다 불어도 엄마는 오지 않았다. 배도 고프고 심심해졌다. 그리고 와락 무서운 생각이 들었다가 점점 졸음이 몰려왔다. 나는 곰 인형을 안은 채 쿠션에 비스듬히 몸을 기대고 앉았다. 아빠가 우리 집에 처음 왔을 때 새 옷을 입고 따라온 곰 인형이었다. 아빠가 이번 일을 마치고 집에 오시면 그땐 꼭 아빠라고 불러줘야지. 가족이 많은 집에서 오래오래 나는 살아보고 싶다. 엄마가 올 때까지 기다리려고 했는데…… 자꾸만 꾸벅꾸벅 눈이 감긴다. 찰랑찰랑. 꿈속에선가 바람에 나부끼는 듯한 종소리가 울렸다. 빗물이 후드득 지나가는 소리였던 것도 같다. 졸려서 눈이 떠지지 않는다. 엄만가? 아직 캄캄한 어둠 속이었다. 비에 젖은 냄새 같기도 하고 흐릿한 밤의 냄새 같기도 한 것들이 희미하게 떠돌았다.

내가 옥상 물탱크 속에서 발견되던 날은 비가 그치고 푹푹 찌는 한여름이었다. 동네 아이들이 놀이터 물놀이 분수대에서 뛰놀 때, 아이스크림을 먹으며 학원 계단을 오를 때, 평소 같으면 엄마가 기계 앞에 앉아 금속에 글자를 새기고 있었을 때, 한낮에 나 혼자 집에 있었을 그 시간에 나는 수색견들에게 발견되었다. 탐문 수사를 하는 중에 무심코 지나쳤던 옥탑방 주변을 형사들이 에워싸고서 나를 찾아냈다. 땡볕이 작열하던 이웃집 옥상 마당에 나의 몸이 수습되고 나서야 세상은 발칵 뒤집혀졌다.

내가 햇빛 속으로 나온 뒤 이 도시의 사람들은 누구나 공포에 떨었다. 매일같이 마주쳤던 동네 주민들은 해가 떨어지기 무섭게 문을 걸어 잠그고 아이들은 놀이터에 나오지 않았다. 나에게 풍선껌과 홈런볼을 팔았던 슈퍼 아줌마가 뉴스에 비치기도 하고 내가 다녔던 학교 주변과 분식집 간판들이 시사 프로 화면에 등장하기도 했는데 모두들 소름 끼쳐 못 살겠다는 탄식만을 내뱉었다. 사람들의 충격은 어쩌면 죽음보다는 나를 살해한 범인이 자신들의 곁에서 함께 살아가고 있었다는 찝찝한 사실 때문이었는지도 몰랐다.

오직 나의 죽음으로 인해 슬픔과 비탄에 빠져버린 것은 나의 엄마, 엄마뿐. 어떻게 불러볼 수조차 없이 절망으로 구겨진 엄마에게 다가가 나는 얼굴을 묻었다. 엄마의 잘못이 아니에요. 고개를 들어요, 엄마. 빛 속으로 나는 다시 돌아갑니다. 바람 속에서 저를 불러주세요. 돌고 돌아 어디선가 만나자고.

*

딸애가 나간 아침에 신발을 꺼내 신었던 자리를 흘깃 돌아보면 내 신발만 한편에 덩그러니 남아 있었다. 식구가 셋이었을 땐 정리되지 않은 신발들로 신발장 주변이 늘 어지럽혀져 있었다. 집을 옮기면서 세간의 부피를 줄이기도 했지만 단출해진 신발장을 보면 사람 하나 들고 나간 자리가 피부로 느껴졌다.

설 연휴 끝이던가 그랬다. 이불 속에서 뒹굴기에도 짧은 휴가였는데 오디션 프로를 보다 말고 딸애가 갑자기 아빠가 보고 싶다고 침울해지더니 혼자서라도 아빠한테 가겠다고 오기를 부렸다.

"「세월이 가면」이잖아. 저 노래 아빠가 제일 좋아하는 노래인 거 몰라? 나 아빠 보러 갈래."

손바닥으로 등덜미를 갈겨주었더니 딸애는 책상에 엎어져 청승맞게 흐느끼기 시작했다. 이산가족도 아닌데 왜 아빠를 못 보게 하느냐고 어깨를 들썩거렸다. '세월이 가면 가슴이 터질 듯한 그리운 마음이야 잊는다 해도……' 노래방에서 남편이 지수와 듀엣으로 부르곤 했을 때에는 단순히 익숙한 노래에 지나지 않았다. 어느 날 일을 마치고 집으로 돌아오던 늦은 밤에 라디오에서 그 노래를 다시 들었을 때 갑자기 캄캄한 도로 한복판에서 서러움이 복받쳐 올라왔다.

선물 꾸러미도 없이 마지못해 옷만 꿰입고 나와 시동을 걸자마자 "아빠, 우리 지금 가. 아빠한테 가", 딸애가 호들갑을 떨며 남편에게 전화를 걸었다. 딸의 얼굴에서 눈물 자국을 지워내려는 듯 내비게이션에 강원도 홍천 어딘가의 주소를 꾹 꾹 눌러 찍었다. 위성 지도는 낯선 목적지의 길을 안내해주었다. 그 길을 따라가면 소중했던 시간으로 돌아갈 수 있을까 나는 속으로 물어보았다.

투기에 빠지기 전에도 남편이 부동산 사무소를 성실하게 관리했던 건 아니었다. 이자를 붙여 받는 돈놀이에 손을 댄 적도 있었고 주택업자들과 노른자 땅을 찾아다니며 집 장사를 도모하기도 했다. 남편은 부동산 사무실에 앉아 종일 주식

거래 화면을 띄워놓았다. 밥도 먹는 둥 마는 둥 더러 오는 손님을 놓치고도 모니터에서 눈을 떼지 못했다. 그는 뭔가에 빠지면 헤어 나올 수 없는 사람같이 빈껍데기만 남은 모습으로 우리 옆에 존재했다. 어느 날의 남편은 또 말끔히 옷을 차려 입고 재건축 용지나 상업 용지들을 보러 다녔다. 미지의 땅을 개척하러 다니는 사람처럼 어딘가에 혼을 빼놓고서 남편이 돌아다니는 곳이 어디인지 나는 더 이상 알고 싶지 않았다. 급매로 나왔거나 유찰된 물건을 잡아 되팔면 재미를 보던 시절도 끝나가고 있었다. 주식도 부동산도 시들해지고 나니 명의, 세금, 부채, 원금, 이자, 이런 말들과 관련된 문제들만 터져 나와 하루도 머릿속이 개운한 날이 없었다. 훌쩍 커버린 아이가 우리의 짐을 짊어지고 똑같은 굴레 속에 살게 될까 덜컥 겁이 났다.

춘천고속도로를 타고 가다 가평휴게소에 내렸을 때 중앙 라운지 쪽에 사람들이 몰려 있었다. 인파 속에서 청명하면서도 구슬픈 소리가 들렸다. 이국적인 북과 나무 피리와 기타 소리가 묘하게 가슴을 파고들어왔다. 가까이 가서 보니 작은 무대 위에 안데스 음악을 연주하는 공연단이 있었다. 잉카의 후예들이라는 그들은 진짜 원주민 같은 생김새와 복장을 하고서 각각 다른 종류의 민속 악기를 연주하고 있었다. 그들은 영혼이 깃든 소리로 노래를 불렀다. 들어본 듯 친숙하고도 신비한 음색에 나는 시선을 빼앗겼다. 휴게소 식당에서 밥을 먹고 나온 사람들도 커피를 다 마시도록 자리를 뜨지 않고 있었다. 그들의 노래는 인간에게보다는 하늘이나 땅에게 바치는 기도 같았다. 혹은 바람이 지나가며 건네는 말 같기도 했다. 잠깐 동안 이 땅의 시간을 초월하여 다른 세계로 갔다 온 것 같은 착각에 들게 했다.

나는 무대 뒤에서 민속품을 팔고 있는 여인과 눈이 마주쳤다. 머리를 길게 땋아 내리고 전통 옷을 입은 원주민 여인은 생생한 안데스 산맥의 고원지대를 떠올리게 했다. 목걸이로 만든 오카리나와 팬플루트를 들어 보이며 뭐라고 설명을 덧붙였으나 무슨 소리인지 알아듣지는 못했다. 다만 여인이 들고 있는 악기에서 쾌청한 자연의 소리가 금방이라도 튀어나올 것 같았다.

정신을 팔고 구경하는 중에 판매대에 걸려 있는 장식물이 눈에 들어왔다. 모빌처럼 생긴 동그란 그물망 아래로 인디언 깃털과 염주 같은 구슬들이 달려 있었다. 흔들어보니 작은 종들이 달려 있어 은은하고도 고운 소리가 났다. 이건 뭐지, 문에다 걸어두는 건가. "인디언들이 잠잘 때 머리맡에 걸어두고 잔다는 드림캐쳐야." 화장실에 갔던 딸이 돌아와 장식물에 대해 말해주었다. "요 동그란 망 속의 그물들이 나쁜 꿈을 걸러주면 좋은 꿈이 그 아래 깃털을 타고 내려온대. 불안한 꿈을 잡아준다고 해서 드림캐쳐야. 신기하지."

집에 와 쓰러지듯 자다가도 겨우 두세 시간이 지나면 눈이 떠졌다. 식은땀이 나고 가슴이 뛰어 새벽 내 뜬눈으로 있다 간신히 다시 잠이 들었다.

"지수야, 우리도 이거 문에다 걸어둘까?"

"좋아. 소리도 찰랑찰랑 예쁜걸."

여인은 검지와 중지손가락을 펴 보이며 장식물의 가격을 말해주었다. 나는 돈으로 타인의 꿈을 산 것처럼 인디언들의 액막이 장식물을 여인에게서 넘겨받았다.

*

아직 봄이 움트지 않은 야트막한 산길을 엄마는 오르고 있었다. 우리 집 뒤편으로는 시민공원과 이어진 낮은 산이 있었다. 엄마는 가슴이 답답할 때면 도심의 경치가 내려다보이는 산의 정상으로 오르곤 했다. 수심이 깃든 얼굴로 팔각정까지 오르면서 엄마는 자꾸만 나에게 미안하다고 말했다. 산 정상에서 내려오던 사람들이 엄마의 부른 배를 보며 뭐라고들 소곤거리고는 지나갔다. 초점을 잃은 엄마의 눈동자는 어딘가 위태로워 보였을 것이다.

입춘의 바람이 엄마의 목에 두르고 있던 머플러를 건드리고 가자 하얀 목덜미가 살짝 드러났다. 아빠의 손에 짓눌린 자국이 엄마의 목 주변에 푸르스름하게 퍼져 있었다. 산 정상에 오를 때마다 엄마가 어떤 마음으로 그 길을 걸어갔는지 나는 알고 있었다. 아빠의 폭력을 피하자니 엄마는 내 곁을 떠날 수밖에 없었을 것이다. 엄마를 찾아가 당장 죽일 것처럼 헤매고 다니던 아빠는 다른 엄마를 찾는 방법을 선택했다.

낡고 오래된 도시의 집으로 아빠는 나를 데리고 갔다. 이사 간 집 마당가에는 키가 큰 나무들이 둘러져 있었다. 그중에서도 기둥이 굵은 왕벚나무가 우리가 들어가려는 집 옆에 가지를 드리우고 있었다. 그 밑으로 눈처럼 하얀 꽃잎들이 쌓여 있었다. 새로 입학한 초등학교에도 똑같이 생긴 벚나무들이 있었다. 우리 교실 창밖으로도 눈부신 벚꽃잎들이 떨어지는 것이 보였는데 문득 꽃잎들 사이에 엄마 얼굴이 있기도 했다. 그러나 다시 보면 꽃잎들 속엔 아무것도 없었다. 그냥 바람이 지나가는 것일 뿐. 선생님은 받아쓰기 시간에 우리에게 벚꽃이라는 낱말을 받아 적도록 했다. 나는 벚꽃을 자꾸만 '벗꽃'이라고 썼다.

"지수는 학부모상담신청서를 제출 안 했네. 희망란에 동그라미를 치지 않더라도 신청서는 제출해야 하는 거야."

나는 이미 신청서 종이를 쓰레기통에 버린 일이 떠올라 울어버렸다. 얼굴이 벌겋게 달아오르도록 울어도 꽃잎들 속에 엄마의 얼굴은 없었다.

"홍지수 얼굴은 홍당무래요."

반 아이들이 홍당무라는 별명을 내게 달았다.

"앞으로 엄마와 함께 살 곳이란다. 안에 들어가면 얼마 전에 태어난 네 동생도 있어. 이제부터 우리 네 식구가 여기서 행복하게 살게 될 거다. 여자는 말이다, 곰같이 미련하면 안 되는 거야. 네 새엄마같이 싹싹한 구석이 있어야지."

아빠는 전에 살던 집보다 얼마나 좋으냐고 신이 나서 물었지만 나는 아무 대답도 하지 않았다. 그러자 아빠는 불쑥 기분 나쁜 목소리로 내뱉었다.

"클수록 네 엄마 얼굴을 쏙 빼닮았구나."

아빠는 작업복에 붙은 먼지를 툭툭 털어내고 집 안으로 성큼성큼 앞장서 들어갔다. 마당 위로 쌩한 바람이 지나갔다. 흰 꽃눈송이들이 바람을 따라 무리 지어 흩어져 다녔다. 문을 열자 찰랑찰랑 움직이는 모빌이 달려 있었다. 아기들에게 흑백 모빌을 달아주면 시력이 좋아진다고 엄마가 말해준 적이 있다. 가끔은 엄마의 얼굴이 가물가물 생각나지 않을 때도 있지만 내가 아기였을 때 나도 엄마와 모빌이 달린 방에서 살았다는 것을 나는 알고 있다.

아담하게 꾸며진 집 방문마다 소리 나는 모빌이 달려 있었다. 새엄마는 아기의 선물로 모빌이 많이 들어왔기 때문이라고 말했다. 새엄마의 긴 머리카락과 높은 톤의 목소리는 가끔 아빠를 대신해 함께 지내야 했던 고모와는 완전 다른 모습이었다. 고모는 목소리가 걸쭉했고 화가 나면 아빠나 엄마를 비난하는 말을 내게 퍼부었다.

나는 수줍어 얼굴을 붉히며 새엄마에게 인사를 했으나 아빠가 아기에게 다가가 어르고 번쩍 안는 바람에 새엄마에게 하는 인사는 흐지부지되고 말았다. 아빠가 까꿍 소리를 경쾌하게 내지를 때마다 아기 대신 여자가 까르르 소리를 내며 웃었다. 집 안 가득 아빠가 좋아하는 삼겹살 냄새가 진동하고 있었다. 환기를 시키려고 열어놓은 창문으로 바람이 들어와 살랑 스치고 지나가자 모빌이 사각사각 움직였다. 잘 자라. 내 아기. 나의 귀여운 아기. 자장가를 부르는 엄마의 노래처럼.

여자는 위생을 중요하게 여겼다. 집에 들어오자마자 손 씻는 것을 잊거나 과자를 먹을 때 싱크대에 서서 먹지 않아 과자 가루가 옷에 붙어 있거나 하는 것이 여자에게는 참을 수 없는 일이었다. 고모네 집에서 밥을 먹을 때는 설거지거리가 늘어난다며 개인 접시 같은 것에 덜어 먹지 못하게 했는데 여자는 밥 위에 반찬들을 올려놓고 먹으면 지저분해 보인다고 반드시 따로 옮겨놓고 먹게 했다. 나의 몸에 밴 습관들을 여자는 자로 하나하나 선을 긋듯 고치려고 노력했다. 고모와 살던 집에선 물을 절약해야 했는데 여자와 사는 집에선 매일 저녁 꼼꼼히 샤워를 해야 했다. 정해진 자리에만 물건을 놓아야 하고 매일매일 손톱 검사를 받아야 했다. 나는 손톱을 물어뜯는 버릇이 있어서 여자에게 벌을 받았다. 손 들고 서 있기부터 뺨 맞고 울지 않기 등 벌은 조금씩 다양하게 바뀌었다. 정해진 시간 안에 밥을 다 먹지 않았다고 여자는 나를 발가벗긴 뒤 베란다로 나가 있게 했다. 고추장에 청양고추를 찍어 먹으라고 차려준 밥을 나는 여자가 정해준 시간 안에 먹지 못했다.

"네 엄마를 닮아 게으르고 지저분하구나. 나는 더러운 것을 보면 견딜 수가 없어. 너도 네 엄마처럼 형편없는 여자가 될 게 뻔해. 자식을 버리고 간 여자들이 다 그렇고 그렇지. 불결한 계집애. 얼굴만 봐도 재수가 없어."

여자는 날렵한 기술로 나에게 발길질을 했다. 넘어지면 다시 일어서게 하고 분이 가라앉을 때까지 킥을 날렸다. 긴 생머리를 질끈 묶은 다음 내 몸 위로 올라타기도 했다. 아빠가 엄마의 목을 졸랐던 것처럼 여자도 나의 목을 졸랐다. 내가 숨이 컥컥 막혀 얼굴이 홍당무처럼 되면 여자는 하얗게 웃었다.

여자의 매질이 끝나면 나는 목욕탕에 들어가 반성을 해야 했다. 욕조에 뜨거운 물을 받아놓고 몸이 깨끗해질 때까지 있어야 한다는 게 여자가 세운 규칙이었다. 하지만 그것은 멍이 스며들지 않게 하려는 이유였다. 바람이 솔솔 들어오는 목욕탕 욕조에 몸을 담그고 있으면 오슬오슬 한기가 돌았다. 목욕탕 창문 밖으로 오래된 나무에서 뻗어 나온 나뭇가지가 나를 앙상하게 마른 계절로 데려갈 것만 같았다. 여자는 나를 감기나 장염에 걸렸다며 툭하면 병원 진료를 받게 했다. 내 앞으로 들어놓은 여러 개의 보험약관을 뒤적거리면서.

내 눈에서 실핏줄이 터져 피눈물이 흐르던 날은 동생이 태어나 한 살을 먹은 날이었다. 마당 왕벚나무에 벚꽃이 흐드러지게 피던 봄이었다. 아침부터 나는 여자에게 맞았다. 체험학습신청서에 희망한다고 동그라미를 쳐서 냈기 때문이었다. 기다리던 봄 소풍을 생각하며 들떴던 마음들은 휴지 조각처럼 구겨지고 말았다. 가방에 과자와 음료수를 담고 맛있는 도시락을 싸서 친구들과 나눠 먹고 싶은 마음도 지워졌다. 관광버스 안에서 게임도 하고 인기가요를 따라 부르며 친구들 사이에 끼고 싶었던 마음이 찢기고 있었다. 장기자랑 시간에 뽐내고 싶었던 춤들과 개그 흉내들이 머릿속에서 하얗게 사라지고 있었다.

"네 아비라는 작자한테 속아 거지 같은 동네로 이사 온 것도 열 받아 죽겠는데 눈치도 없는 것. 얼빠진 계집애."

여자가 주먹으로 내 배를 때릴 때마다 숨이 끊어질 것 같아서 소리도 지르지 못하고 주저앉았다. 방바닥을 짐승처럼 구르며 여자에게 발길질을 당했다. 여자는 내가 밖으로 나가지 못하도록 한 손으로 문손잡이를 잡고서 발로 내 목을 짓이겼다. 목젖이 곧 터져 나갈 것처럼 괴로웠다. 얼굴에 피가 쏠리고 눈알이 빠질 것 같았다. 여자가 잡고 있는 방문에서 찰랑찰랑 모빌 종소리가 났다. 잘 자라. 내 아기. 나의 귀여운 아기. 나는 기억 속에 흐르던 자장가 노랫소리만 하염없이 떠올리고 있었다. 여자가 웃으며 말했다.

"네가 죽어도 네 엄마 아빠는 슬퍼하지 않아."

여자는 축 늘어진 나를 들어 욕조 물속에 담가놓았다. 나는 너무나 망가졌다. 내 몸을 보는 것이 이제 나는 두렵다. 모두가 생일 파티를 벌이고 있을 시각에 나는 욕조 속에 눕혀져 꽃눈송이가 떨어지는 것을 보았다. 흰 꽃이 핏빛으로 물들고 있었다. 지금은 봄이다. 누군가는 태어나고 누군가는 이상한 여행을 떠난다. 영원히 잊지 못할 봄날에 소풍을 간다.

*

드디어 항구가 있는 바다에 도착했다. 이곳에서 오늘 밤 우리는 여행을 시작하게 될 것이다. 모두가 꿈꾸던 학창 시절의 마지막 수학여행이다. 우리는 어마어마하게 큰 페리호를 타고 남쪽 섬으로 갔다가 올 때는 비행기를 타고 올 것이다. 비행기로만 왔다 갔다 하는 건 낭만이 없을 것 같기도 하다. 배 위에서 끝없이 펼쳐진 바다를 보며 흘러가듯 세상을 경험하는 것도 멋진 일이 되지 않을까.

"근데 우리 타이타닉처럼 되는 건 아니겠지? 히히."

"재수 없는 소리 하고 자빠졌네."

"바보들아 걱정 마. 여기가 빙하 한가운데냐?"

"이 시대 해상 레이더는 졸라 발달했단다, 애들아. 너희들이 무식한 소리를 지껄이는 이 순간에도 관제탑에서 다 지켜보고 있단다."

"그런데 날씨가 왜 이렇게 칙칙하냐."

우리는 새우깡과 감자칩을 먹으며 배가 어서 뜨기만을 기다렸다. 출발 시간이 지났는데도 안개 때문에 배가 뜨지 않아서 마음만 부풀어 있었다. 하나같이 수학여행에 대해 아는 잡담들을 늘어놓으며 시간을 죽이고 있었다.

"작년에 수학여행 갔던 선배들이 알려준 건데 배 위에서 사진 찍을 때 조심하래."

"……"

"아무도 없는 곳에서 친구들끼리만 찍었는데 전혀 모르는 사람이 함께 찍혔대."

"뭐야. 심령사진 그런 거야?"

"중요한 건 그 배가 바로 이 배라는 사실."

"아 소름 돋아. 그만해. 가뜩이나 안개 땜에 기분 꿀꿀한데……"

그때였다. 배 한쪽에서 소란스러운 소리가 났다. 다른 배를 타고 갈 테니 환불해달라는 실랑이 같았다. 아이들이 우르르 몰려가 구경을 하기에 나도 뒤따라 가보았다. 환불을 못해주겠다고 버티던 직원과 승객 사이에 고성이 오가고 있었다. 승객이 어딘가에 연신 전화를 걸어대자 직원이 마지못해 환불 처리를 해주겠다고 조치를 취하는 것 같았다. 중년의 부부로 보이는 승객 두 명이 배에서 내리는 게 언뜻 보였다.

"우리도 다음 배 타고 가야 되는 거 아니야? 내리는 사람 보니까 좀 이상하다."

옆에서 친구들이 웅성거리며 한마디씩 했다. 나는 멀리 사라져가는 부부의 뒷모습을 믿기지 않은 눈으로 쳐다보았다.

'말도 안 돼. 저렇게 똑같이 생긴 사람이 있을 수 있어?'

눈을 비비고 보아도 그것은 분명 엄마 아빠의 모습이었다. 그때 누군가 크게 외치는 소리가 들렸다.

"야호! 드디어 배가 출발한대!"

어디선가 폭죽 터지는 소리가 났다. 아이들이 또다시 우르르 불꽃놀이 하는 쪽으로 몰려갔다. 무리를 따라 움직이는 내 옆으로 짝꿍이 다가와 팔짱을 꼈다.

"왜 그래 지수야? 무슨 일 있어?"

"아니…… 그냥 좀 닮은 사람을 봤어…… 그런데, 지금이 몇 시지?"

＊

―지수야.

―응. 엄마.

―날씨 어때? 여긴 안개가 좀 꼈는데.

―ㅠㅠ 여기도 완전 장난 아님. 배가 한참 있다가 떴어.

―밤배라 괜찮을지 모르겠네. 징박하고 아침에 가는 게 낫
지 않았을까?

―ㅋㅋ 지금은 잘 가고 있어.

―엄마가 출근하느라 딸 수학여행 가는 것도 못 봤네.

―뭘 그런 걸 다. ㅋ

―멀미는?

―생각보다. ^^ 배가 엄청 크걸랑요.

―재밌나 봐. 엄만 혼자 다큐 찍고 있어. ㅜㅜ

―헐! 하룻밤도 안 지났는데. ㅎㅎ

―밤바다 춥다. 잠바 벗지 마. ^.^

―응. 절대 안 벗을게. ㅎㅎ 근데 엄마, 지금 어디야?

―당연 집이지. 어디긴.

―ㅎㅎ 그치? 집이지? 엄마랑 되게 닮은 사람 봤다?

―그래? 신기하다. 가서 말 걸어봐.^^

―벌써 내리고 없어. ㅋㅋ

―???

―아냐. 아무것도. 바이바이~♥

새벽녘에 다시 든 선잠 속에서 딸애가 돌아오는 꿈을 꾸
었다.

"학교 다녀왔습니다."

여행에 가져갔던 캐리어를 끌고 지수는 털렁털렁 되돌아왔다.

"아니 왜 벌써 와?"

출근 준비를 하다 말고 나는 깜짝 놀라 딸에게 다가갔다.

"안개 때문에 수학여행이 연기됐어. 아, 배고파. 밥 주세요 엄마."

"그런데 지수야, 엄마가 사준 야구잠바는 왜 안 입었어? 가방에 있어?"

"아니. 어깨에 걸치고 있었는데 바람에 날아가서 바다로 떨어져버렸어."

밥을 차리는데 아무리 반찬을 꺼내고 꺼내도 밥상이 차려지지 않았다. 깜짝 놀라 깨어보니 꿈이었다. 등줄기가 축축하게 젖어 있었다.

정녕 꿈이었을까.

지수가 있을 땐 엉덩이 붙이고 앉아 있어본 적이 없는데 딸애가 없는 자리에 막상 이렇게 있어야 하다니. 금방이라도 아이가 문을 열고 들어올 것 같은데. 무엇이 내게서 딸애를 데려가고 시커멓게 타버린 재투성이 시간만을 던져주었을까.

지수의 전화를 받은 건 전혀 모르는 낯선 번호를 통해서였다. 배터리가 방전되어 옆의 친구 것을 빌렸다고 했다. 배가 이상하다고, 혹시 몰라 두려워 정말로 미리 말한다고, 영문도 알 길이 없는 소리를 꿈이 아닌 현실 속에서 딸애가 나에게 하고 있었다. 엄마 아빠 사랑한다고……

서로가 원한다 해도 영원할 순 없어요. 저 흘러가는 시간 앞에서는. 세월이 가면…… 딸애가 부르던 노래를, 우리 딸의 세월을, 무심한 봄바람이 스치고 지나간다.

지수야…… 봄이 왔구나. 미풍이라도 좋아. 여기로 와주렴.

찰랑찰랑 윈드벨이 울린다.

인디언 깃털 사이에 꽂혀 있는 종이쪽지를 시간이 지나고 한참 후에야 발견했다.

'수학여행 중에 맞는 나의 생일에, 엄마에게 미리 인사를 하고 떠나요. 엄마, 저를 낳아주셔서 감사합니다.'

*

모든 것이 장난이라면. 눈앞에서 벌어지고 있는 일들이 모두 거짓이라고, 이상한 꿈을 꾸는 거라고 누군가 말해주었으면 좋겠다. 지난밤 선상에서 폭죽을 터뜨리며 친구들과 불꽃놀이를 했을 때 밤하늘이 얼마나 아름다웠는데, 처음으로 가보았던 바닷길이 얼마나 가슴을 뻥 뚫리게 해주었는데……

식당칸에서 아침밥을 먹다가 편의점에서 바나나우유를 고르다가 누군가는 동영상으로 갈매기를 찍다가, 생의 모래시계가 떨어지고 있다는 것을, 아무도 믿을 수는 없었지만 문득 깨달아야 했다. 설마 그럴 리는 없겠지, 휴대폰으로 사진을 찍고 구명조끼를 서로 벗어주며 울음바다가 된 선실에서 모두들 직감적인 사실 하나를 알게 되었다. 어마어마하게 큰 배 안이 너무도 고요하다는 것을. 조난 중인 여객선 주위가 쥐 죽은 듯 잠잠하다는 것을.

배가 급속히 기울면서 심장이 얼어붙을 것처럼 차가운 바닷물이 들어오기 시작했다. 상상을 초월하는 수온 속에서 허우적거리며 울부짖는 비명 소리가 여기저기서 터져 나왔다. 사나운 물살이 집어삼킬 듯 휘몰아치는데 가만히 있으라는 안내 방송이 허공중에 떠다녔다. 급박한 상황 속에서 용기를 잃지 않으려고 했지만 자꾸만 이상한 생각이 들었다. 심장이 요동치면서 우리의 운명을 데리고 떠나는 여행자들의 소리가 들리는 것 같았다.

선실 창밖으로 해경구조대가 보인다. 창문을 두드려보지만 몸은 점점 물에 잠겨 턱밑까지 물이 차올랐다. 소리를 지를 수도 말을 할 수도 없다. 제발 망치로 창문을 깨트려주세요. 밧줄을 내려주세요. 제 손을 잡아주세요……

배가 수면 아래로 가라앉으면서 더 이상 세상 밖이 보이지 않는다. 발버둥칠수록 내 몸은 어둠 속으로 끝도 없이 내려간다. 깜깜한 미로 속에서 빛이 완전히 사라졌을 때 내 짧은 생을 마감하는 심장의 고동 소리도 마지막으로 크게 울린다. 내가 세상에 왔다 간 몇 번의 여행 동안, 그러나 내가 세상을 또 얼마나 좋아했는지, 아름답게 빛나기를 바랐는지 꼭 기억해 주었으면 좋겠다. 사랑하는 엄마 곁에 또다시 머물 수 있기를 바라며 이야기의 시작은 이렇다.

문을 열자 윈드벨이 울린다. 가방을 내려놓으며 나는 평소와 같은 인사를 한다.

"학교 다녀왔습니다."

"어서 와, 우리 딸, 배고프지? 엄마랑 같이 밥 먹자……"

웃어요, 엄마. 나쁜 꿈은 사라졌어요.

우리의 '사이'를 위하여

전소영 (문학평론가 · 홍익대 교수)

1. 닫힌 방, 그리고 셋

아무래도 문이 열리지 않을 것 같다. 비밀스러운 죄를 지닌 망자(亡者) 셋은 누가 먼저랄 것도 없이 망연자실해졌다. 유황불에 추락하거나 운 좋으면 가족을 만나리라 여겼는데 그저 방, 그것도 폐쇄된 방에 도착하다니. 기대치 않은 사후 공간에 우두커니 서서 웃어야 할지, 울어야 할지 그들은 알 수가 없었다. 창문도 거울도 없다. 단 한줌의 어둠도 용인하지 않는 불빛 아래에서, 언제까지 지속될지 모르는 시간 안에 갇혀 무엇을 할 수 있을까. 더군다나 셋은 삶이 끝나 살 수도 없었고 이미 죽어 죽을 수도 없었다.

이 어정쩡한 방에서 셋은 서로의 시선에도 감금되어 있다. 각기 자신을 원하지 않는 자에게 욕망을 느꼈고 상대를 지켜보거나 상대에게 주시당해야 했다. 서로에게 죄수이며 또한 간수인 셈이었다. 어떤 구원의 희망도 없이 상대를 증오하고 사랑하고 두려워하고 또다시 사랑하는 일을 반복하였다. 무기력과 불안, 불쾌감이 방 안의 공기를 한껏 팽창시켜나갔다. 누군가 끝내 비명을 터뜨렸다.

나를 잡아먹는 이 모든 시선을 (……) 그러니까 이런 게 지옥인 거군. 정말 이럴 줄은 몰랐는데…… 당신들도 생각나지, 유황불, 장작불, 석쇠…… 아! 정말 웃기는군. 석쇠도 필요 없어, 지옥은 바로 타인들이야.[*]

사르트르가 희곡으로 써낸 이 기이한 지옥의 풍경은 낯설되 어딘가 익숙하다. 나와 타인, 시선의 오감과 부딪힘, 그에 대한 저항과 복종. 요약해놓고 보면 이것은 사실 아주 평범한 우리의 일상과 닮아 있지 않은가. 사람은 출생신고서에 기재되는 즉시 자유를 선물 받지만, 그와 동시에 타인의 눈과 말에 담기며 자유를 박탈당할 숙명 속으로 빨려 들어간다. 살아가며 타인으로 인해 행복하고 타인으로 인해 불행해지는 순

---

[*] 장 폴 사르트르, 『닫힌 방/악마와 선한 신』, 지영래 역, 민음사, 2013, 82쪽.

간들을 피할 수 있는 이는 거의 없는 것이다.

　김신우가 짧지 않은 세월 공들여 써내려온 『윈드벨, 기억의 문을 열면』에는 이 인간관계의 딜레마와 딜레마를 넘어서는 관계의 윤리가 동시에 누벼져 있다. 「이사」, 「나는 아무 짓도 하지 않았다」, 「유자」 계열의 소설들은 관계의 그물 안에 포획된 일상을, 미시적 접근을 통해 통렬하게 보여준다. 「소녀의 기도」, 「콜드」, 「밤」, 「윈드벨, 기억의 문을 열면」 계열의 소설들은 인간이 타인에 대해 취할 수 있는 최소한의 윤리적 태도에 대해 사려 깊게 들려준다. 이 두 계열의 소설들을 번갈아 통과하면서 우리는, 우리가 누군가와 만들어왔거나 만들어가야 하는 '사이'에 대해 숙고할 수 있는 기회를 얻을 것이다.

　2. '사이'가 무너져 내릴 때

　결국 모든 소설은 세심한 인간학의 결실이다. 인간의 육체와 영혼, 나아가 인간이라는 말의 안팎과 테두리를 함부로, 기민하게 흔들면서 어떻게 사는 것이 인간의 영혼의 무게에 값하는 삶인가를 묻는 것. 김신우의 소설에서 시도되고 있는 인간학의 한 지평은, 인간과 인간 사이의 관계에 대한 질문과도 관련이 있다.

인간(人間)이라는 단어에는 이미 '사람과 사람의 사이(間)'라는 의미가 간직되어 있다. 대어날 때와 죽을 때, 누군가의 선언에 의해서만 삶이 시작되고 또 끝나는 존재라는 것 그 성가시고 다정한 운명이 사르트르의 희곡에 담긴 딜레마를 거의 대다수의 사람들에게 선사하는 것이다. 그런데 문제는 수평적이고 유연해도 건사가 어려운 이 사이 영역이 자주 어떤 권력 관계에 의해 기울어지거나 경직되기도 한다는 점에 있다. 하여 이 소설집의 소설들은 그 순간을, 사소하되 정밀한 일상어를 현미경 삼아 탐구해나간다. 즉 인간 탐구자로서의 김신우의 첫 번째 연구 영역은 '무엇이 사람의 사이를 훼손시키는가에 대한 탐구'라 할 만하다.

「이사」는 작가 지망생인 아내와 국회의원의 비서관인 남편을 등장시켜 한때 순수한 가치를 지향하며 살아온 한 사람의 삶이, 그의 일상을 장악한 미시적 권력에 의해 어떻게 변해가는지를 보여준다. 여의도 사무실에 근무하는 남편 영호는 신분 상승의 욕망과 하강의 두려움을 동시에 안고 살아간다. 실은 작중에 등장하는 주요 인물들이 대개 그러하다. 힘의 정점에 있는 정치인이 아니라 그를 떠받치는 존재들, 즉 욕망으로 아귀다툼을 벌이는 이들이다. 그리고 미진은 남편 영호와 그들이 만든 관계의 그물 안에 포획되어 '비서관의 아내다움'을 매 순간 강요당한다.

'~다워야 한다'는 말은 다분히 정치적이다. 특히 타인으로

부터 흘러드는 명령어가 될 때 그것은 미시 권력의 스위치가 된다. 가령 한 사람이 다른 사람에게 '아내다워야', '엄마다 워야' 한다고 불평하는 순간을 그려보자. 이때 '～답다'는 것의 기준은 다분히 그 말을 꺼낸 사람의 상식에서 비롯된 것이리라.

그런데 영호 무리의 기준에 의하면 미진은 경제적으로도, 사회성의 측면에서도 '비서관 아내'의 잣대에 미달된 존재이다. 그리하여 그들은 종종 "친절과 배려를 가장하여 타인의 일상에 지나치게 간섭하거나 지적하고 나서"(17쪽)고 미진은 가없는 피로감을 느낀다. 그들 사이에 수직 관계, 즉 한쪽으로만 기울어져 굳어져가는 '사이'가 존재하는 것이다.

무례한 공동체 안에서 환멸을 느끼는 인물의 모습은 김신우 소설의 한 시그니처라 할 만하다. 가령 「나는 아무 짓도 하지 않았다」의 '나'는 다가구의 원룸에서 자취하던 대학 시절 빈집털이를 혹독하게 겪은 인물이다. 그 후 타인에 대한 공포심과 안전한 보금자리에 대한 갈망으로 "'집 있는 사람'을 물색하는 데 총력을 기울"였다. 다만 "투기 지역과는 상관없는 곳에 간신히 32평짜리 아파트를 장만"(79~80쪽)한 이후에도 관계의 공포는 계속되고 마음의 안전은 보장받을 수 없게 된다. 이 아파트의 엄마들이 맺고 있는 "독특한 이웃 관계" 때문이었다. "엄마들의 지극히 계산적인 세계", "비교집합체"(81~82쪽)라고 운위되는 이 집단은 "적절한 조언과 위로"

(83쪽)의 수면 아래에서 아이들을 내세운 경쟁과 질투, 눈치 싸움이 바둥거리는 불친절한 이웃의 세계이다. 아파트가 경제적 계층을 가시화하는 하나의 지표가 되는 것은 자본주의 사회에서는 낯선 일이 아니다. 그리하여 종종 같은 아파트에 사는 입주민들은 동질성을 바탕으로 집단을 형성하려고도 한다. 작중에도 '그룹채팅방'을 통해 취향을 공유하거나, 문화 교류를 위한 모임을 열거나, 자녀들의 교육을 함께하며 집단의 정체성을 구축해가는 입주민들의 모습이 그려져 있다.

하지만 바꿔 말하면 그것은 하나의 집단이 그 내부의 이질적인 존재들을 배척해나가는 과정이기도 하다. 아파트 주민들의 기준에서 '우아하고 세련된 권력 공동체'가 만들어지는 동안 "속이 자주 뒤집어지고 눈에서 레이저가 뿜어져 나오는"(81쪽) '나'는 스스로에게 이질감을 느끼고, 다른 아이들과 성격이 달라 "'센' 아이"(95쪽)로 분류되는 딸은 그들만의 리그에서 추방당하지 않던가. 이 관계 역시 편향적이고 억압적이다.

미진은 끝내 실연한 여자처럼 흑흑 울었다. 이곳은 나의 첫사랑이야. 이럴 순 없다고. 영호야 이 나쁜 자식아 내 사랑을 돌려줘라. 눈이 퉁퉁 붓도록 울었던 건데 그런 줄 모르고 아직도 출산 후 부기가 덜 빠져 얼굴이 부었다고 눈치 없이 말하는 영호가 원망스러워 미진은 속으로 가슴을 쳤다. 정확히는 영호가 원망스러운 게 아니라 그런 영호 옆에서 가슴을 치고 있는 자신의 처지가 원망스러운 거였다. 어차피 그게 그거겠지만. (13~14쪽)

그러나 이들은 주변인들의 무례에 적극적으로 대항하지 않거나 대항할 수 없다. 「이사」에서 미진이 속내를 숨기는 방식은 그가 사회와 가정 안에서 어떤 존재인지를 정확하게 보여준다. 그녀는 남편으로 인해 오래된 소박한 꿈들을 폐기해야 할 처지에 놓이지만, "속으로 가슴을 쳤"을 뿐이다. 영호나 그 주변인들에게 가닿아야 할 정확하고 날카로운 항변들은 자기 안에 감금된 채 마음의 벽을 긁을 뿐이고 미진은 그 체기와 통증에서 좀처럼 벗어나지 못한다.

이 소설의 결말은, 미진이 영호가 지닌 욕망이 헛됨을 알아차리고 "맹목적인 감사함과 충만함 뒤에서 공허한 웃음을 웃었"(18~19쪽)던 자신의 지난날이 무용지물이 되었음을 느끼는 장면으로 봉합된다. 그럼에도 미진은 책상과 컴퓨터가 있는 집으로 선뜻 돌아가지 못한다. 자유로워질 수 있으리라는 희망을 거머쥐기보다는 그간의 삶에 대한 염증, 가족의 미래에 대한 염려에 발이 붙들렸을 것이다. 이것은 미진이라는 존재가 강력하되 보이지 않은 권력 관계를 내면화한 채 살아가거나, 그에 관해 알아차려도 저항하지 못하는 '아주 보통의 사람'이라는 뜻도 되겠다. 그래서 가장 보통의 우리는 멈춰선 미진의 마음에 우리의 마음을 겹쳐놓고 오래, 들여다보게 된다.

이렇듯 김신우의 일런의 소설들은, 많은 보통의 사람들이 상대적으로 강한 타인에게 건너가지 못한 말들로 웅성이는 '사이'를 지닌 채 살아간다는 사실을 새삼 일러준다. 인간이라는 단어에는 한쪽으로 기울어지거나 한쪽에게만 너덜너덜해지는 관계의 문제가 뼈아프게 잠복해 있다고 해도 좋을 것이다.

하여 옮긴 소설들은 그 자체로 '말이 되지 못한 말들의 배양기'처럼 보인다. 다소 상투적이고 장황하다 싶을 정도로 웅성거리는, 현실 세계에서라면 결코 부풀어 터질 수 없는 통제된 목소리들의 비밀 게시판이랄까. 최근 인기를 얻고 있는 '대신 화내주는 SNS 페이지'같이, 익명 주체의 설움으로 채색된 온라인 커뮤니티의 게시판같이, 이 TMI(Too much information)의 소설들은 상기시킨다. 우리 안에도 저마다가 내면 깊숙한 비밀 서랍에 넣고 자물쇠를 채워버린 욕망의 이야기가 있다는 것을.

3. 그리고 '사이'의 윤리

그러나 『윈드벨, 기억의 문을 열면』의 소설들이 우리의 마음을 어루만지는 진짜 이유는 조금 다른 데 있다. 사람이 사람을 기억할 때, 그리고 진심으로 이야기를 들으려 할 때 인간의 '사이'에는 여전히 무한한 가능성이 있음을 슬프고 다감하게 확인시켜주는 까닭이다. 「소녀의 기도」를 이어 열기로 하자. 기도는 발설되지 못하는 말의 대표적인 형태이다. 또한 가장 절실한 기도는 가장 뼈아픈 결핍과 상처를 환기시킨다. 「소녀의 기도」의 서사를 쌓아 올린 것도 그러한 기도들인데 작중 소녀의 기도와 여민의 바람, 이 모든 것을 지켜본 전도사의 소망은 모두 이들이 지닌 상실의 자국이나 징후였다.

소심하고 예민했던 사춘기 여학생이 우울한 가정환경을 비관하다 스스로 목숨을 끊은 사건으로 일단락돼버린 일이었어.(134쪽)

여자에 대한 이미지가 순식간에 나빠져서 별 소문이 다 돌아다녔어. 애초에 어린 처녀 간호조무사 때문에 병원장이 가정을 깼다는 말부터 본래 행실이 좋지 않던 여자가 결혼하고 나서도 내연관계를 유지했다는 말까지.(139~140쪽)

오래전 스스로 목숨을 거둔 여학생은 집단 따돌림의 피해자였다. 소녀는 남루했다. 남루한 자는 구애를 마다할 수가 없다. 그것을 몰라 부유한 누군가를 거부했고 사소한 거절의 대가를 그악한 소외로 치렀다. 투신이 선택할 수 있는 마지막 것이었다. 세상은 소녀의 죽음을 제대로 얘기하려 들지 않았다. 그가 "기도하듯 써 내려간 일기장"(139쪽)이 고통의 유일한 기록이었다.

소녀가 몸을 던진 강물 근처로 돌아와 전도사가 된 여인은 소녀의 언니였다. 역시 가난했던 탓에 눈물 몇 방울 쥐여주고 동생을 속절없이 보냈다. 죽은 이나 유족에 대한 배려 같은 것은 쉽게 잊히기 마련이어서 그는 직접 전도사가 되어 사람들을 찾아다니기로 했다. 가해자를 찾아내겠다는 "집요한 소망"(114쪽)은 시간이 흐를수록 견고해졌다. 살아남은 사람이 끝내 벗지 못할 죄의식과 자괴감이 소망의 본 모습이었기 때문이다.

행실이 나쁜 여자라 알려진 여민은 남편에게 학대당하는 아내였다. 그는 자신의 생활이 나쁘지 않다고 여겼지만 그것은 제 결핍을 마주보려 하지 않았기 때문이었다. 의사인 남편을 만나 삶을 맡길 때 여민은 "바람 소리 같은 게 들리지 않"(129쪽)기만을 바랐다. 한미한 집안의 여인이었던 그녀의 어머니를 사는 내내 휘청거리게 했던 바람. 고된 어머니의 얼굴을 트라우마로 지닌 여민에게 바람을 피하는 것은 맹목적인 희망이었다. 그래서였을 것이다. 그는 끝까지 광풍에 휘말린 자신의 결혼 생활을, 수면유도제를 강제로 주사하는 남편을 바로 보지 못했다. 풍문이야 어떠했든 여민은 가련한 피해자였다.

여기 이렇게 세 개의 상처가 있다. 그 상처들은 공적으로 잘 발화되지 않는 현실의 균열들이다. 가난이나 배제, 소외에서 파생된 문제들은 그에 대한 책임을 방기하려는 분위기 속에서 더러 개인의 문제로 축소되거나 심상한 것으로 변질되기도 한다. 소녀의 기도는 이 희미해진 상처들의 선명한 판화인 것이다. 그러니 기도가 속악하든 왜곡되었든 엉터리 신앙의 증거든 크게 상관없을 것이다.

전도하는 여인은 기어이 동생을 자살로 내몰고 여민마저 살해한 범인을 밝혀낸다. 다만 소설 속에서 우리의 사유를 머무르게 하는 지점은 이 예상 가능한 결말이 아니라, 소녀의 기도와 여민의 바람이 전도사의 소망과 맞물려 서로에게 '응답'이 되는 과정이다. 모든 난제를 해결하는 이가 결국 전도하는 여인이었다는 점은 의미심장하다. 그가 소설 속에서 두 가지 의무에 골몰했었음을 기억해볼 필요가 있을 것이다.

누군가의 이야기를 '들어주는' 것과 그 이야기에 전력을 다해 '응답'해주는 것. 여민의 집을 방문했을 때 그는 그렇게 했다. 여민이 마음을 열도록 이야기를 들어주었고 필요할 때는 적당한 이야기를 들려주었다. 동생에 대해서도 마찬가지였다. 이미 아무도 듣지 않는 동생의 목소리를 들으려 했고 그것을 실현하려 했다. 우리는 여기에서 듣고, 답하는 행위가 지닌 어떤 가능성을 볼 수 있다.

그렇다고 해서 미련한 소망 따위에 대해 기도하는 게 잘못은 아니잖아.

오래전 새벽에 기도하면서 울고 있는 내게 담임목사님이 그러시더군. 기도에 대한 응답의 확신을 가지라고 말이야.(125쪽)

전도사를 해답으로 이끈 이는 엄밀히 말해 신도 목사도 아니었다. 범죄를 입증할 결정적인 증거를 목사의 설교를 통해 떠올린 것은 사실이지만, 그가 범인을 찾아 헤매게 했던 것은 소녀였고 끝내 범인을 놓쳐버리지 않게 한 것은 여민이었다. 여인은 끊임없이 이들의 목소리를 들으려 했고 거기에 대응하려 했다. 셋의 상처가 그에게 이르러 겹쳐져 가해자를 단죄하는 증거가 된 것은 우연이 아닐 것이다.

응답은 화자와 청자의 동시적 존재를 담보한다. 누군가의 목소리가 또 다른 누군가에게 전해진다는 것은, 적어도 듣는 이가 말하는 이를 외면하지 않고 있음을 의미하는 것이다. 이것은 어떤 연대의 징표가 된다. 그러니 독백에 그치는 기도가 아니라 전언으로서의 기도에서 구원의 실마리를 찾는 소설의 이야기는 일리가 있다. 독백과 전언의 사이에서 누군가의 희구를 듣고 거기에 답하는 행위가 꼭 크고 높은 존재의 전유물은 아닐 것이다. 대단할 것도 내세울 것도 없는 누군가의 응답이 더 숭고해지는 순간도 있다.

이와 같은 소설의 전언은, 그 형식에도 반영이 되어 있다. 소설을 지탱하는 시점은 두 개의 축으로 이루어져 있다. 하나는 여민을 초점 인물 삼아 화자가 그의 이야기를 풀어나가는 방식이다. 다른 하나는 전도사의 시점을 따라가며 그의 말을 서간 형태로 기록한 방법이다.

결혼하고 B시에 신혼집을 구하면서 여민은 J시의 병원 간호조무사 일을 그만두었다.(114쪽)

물끄러미 사진을 보고 있는데 여자가 다가와 말을 걸었지. 여자가 Y중학교를 나왔다고 했을 때 약간 놀랐어. (……) 그러고 보니 우리 모두 쉬는 시간에 「소녀의 기도」를 들었던 셈이네.(132~133쪽)

아무래도 후자 쪽에 소설의 미덕이 있다. 소설의 내부에서 소녀와 여민의 내력을 듣고 거기에 감응했던 여인은 그것을 다시 또 다른 청자—소설 밖 독자에게 옮겨낸다. 소설의 형식을 통해 듣는 이(listener)면서 전하는 이(teller)로 존재하게 되는 것이다. 이러한 일련의 과정은 타인의 목소리를 '듣고' 거기에 '응답하며' 그것을 다시 '전달하는' 전도 행위의 소설적 반영이라 해도 무방할 것이다. 생각해보면 소설가의 역할이라는 것이 그렇다. 누군가의 기도 내지 상처에 관해 들으려 애쓰고 거기에 답하는 이야기를 또 다른 이에게 전하는 것. 그리하여 만성이 되어 잊힌 어떤 진실들을 다시 들추어내는 것. 그 진실이란 아마도 소녀의 기도와 같을 것이다.

이 생각의 끝에서, 이 소설집에서 가장 아프고 아름다운 소설들에 대해 말해야겠다. 누구에게도 말하지 못한 고통을 아이와 함께 끌어안고 극단적인 선택을 한 엄마 유령의 목소리를 떨림까지 복원해낸 「밤」. 세월호를 비롯한 세계의 폭력에 희생된 아이의 유령과 상실 이후 유령처럼 살아가는 부모의 목소리를 참혹하되 애틋하게 교차시킨 「윈드벨, 기억의 문을 열면」. 금세 휘발되어버리는 이 유령들의 음성을 영원으로 복원시킨 두 편의 소설이 이 소설집에서 가장 빛난다는 것을, 구태여 힘주어 설득할 필요는 없을 것이다.

4. 누구도 나가지 않는 방, 남겨진 선택

다시 사르트르가 그려낸 저 방의 지옥 풍경. 고장 난 것 같았던 문이 별안간 열렸을 때, 그토록 탈출을 원했던 세 사람은 정작 문밖으로 나가기를 망설인다. 어쩌면 그들 모두 그 방에서 나갈 수 없다는 사실을 일찌감치 깨달았을지도 모른다. 이를테면 그들 중 한 명이 자신의 얼굴을 보기 위해 다른 이의 눈동자를 거울삼았을 때. 사람의 눈은 유일하게 제 얼굴만은 매개 없이 볼 수 없어, 자신의 존재에 대한 증명을 타인으로부터 얻을 수밖에 없다고 사르트르는 비밀스럽게 속삭인다. 그와 같은 삶을 지옥으로 여길지 천국으로 여길지 정하는 것은 각자의 몫일 것이다. 다만 이즈음 더 혹독해진 인간과 인간의 '사이'에서 어떤 살가운 지대를 발명하려는 김신우의 소설집에 따르면, 이 세계는 얼마든지 다정해질 수 있는 지옥인 것이다.

언젠가, 그렇게 하지 않았다면 좋았을 순간들을 생각하기에도 너무 멀리 와버렸지만, 늦게나마 마음속 짐을 내려놓을 수 있어 다행입니다. 잃어버린 것들을 뒤적여 뭔가를 꺼내놓고 보니 아무것도 아닌 미련만 남아 있습니다. 후회는 늘 있겠으나, 가만히 웃고 나면 그 역시 그만, 속절없는 세월과 악수를 합니다.

오류와 모순투성이인 시간을 툭툭 털고 새롭게 한 발 걸어보고 싶은 계절입니다. 세상 밖으로 나와 처음 공기를 마시듯 첫 문장 내밀지만 멈추지 않고 또박또박 써내려갈 수 있게 되기를 소망해봅니다.

포기하지 않고 한 글자라도 쓸 수 있도록 용기를 주신 분들께 고마움과 미안한 마음이 교차합니다. 어려운 상황 가운데 해설을 써주신 전소영 선생님 감사합니다. 무엇보다도, 오래 묵은 원고들을 세상에 내놓을 수 있게 해주신 강출판사에게 깊은 감사를 드립니다. 홀가분한 마음으로 다시 시작해보렵니다.

2020년 새해에
김신우

수록 작품 발표 지면

이사 _『작가세계』 2016년 봄호
얼굴 _『문학의오늘』 2019년 봄호
나는 아무 짓도 하지 않았다 _『문학의오늘』 2014년 여름호
소녀의 기도 _『문학의오늘』 2012년 겨울호
짐작과는 다른 일들 _『문학에스프리』 2016년 겨울호
콜드 _『문학의오늘』 2013년 겨울호
밤 _『문장웹진』 2009년 5월호
유자 _『은수저』 2011년 12월호
윈드벨, 기억의 문을 열면 _『문학의오늘』 2015년 봄호, 『우리는 행복할 수 있을까』 세월호 참사 희생자 추모 15인 공동 소설집 2015년 예옥

윈드벨, 기억의 문을 열면

ⓒ 김신우

1판 1쇄 발행 | 2020년 1월 20일

지은이 | 김신우
펴낸이 | 정홍수
편집 | 김현숙 이진선 임고운
펴낸곳 | (주)도서출판 강
출판등록 | 2000년 8월 9일(제2000-185호)

주소 | 서울시 마포구 동교로 17안길 21(우 04002)
전화 | 02-325-9566
팩시밀리 | 02-325-8486
전자우편 | gangpub@hanmail.net

값 14,000원
ISBN 978-89-8218-252-5   03810

이 도서의 국립중앙도서관 출판예정도서목록(CIP)은 서지정보유통지원시스템 홈페이지
(http://seoji.nl.go.kr)와 국가자료종합목록시스템(http://www.nl.go.kr/kolisnet)에서 이용하실 수 있
습니다. (CIP제어번호 : CIP2020000608)

* 이 도서는 아르코문학창작기금 지원사업에 선정되어 발간된 작품입니다.
* 잘못 만들어진 책은 구입처에서 교환해드립니다.